U0672913

教育部人文社科研究项目
浙江省人文社科重点研究基地"外国语言文学"学科资助出版

当代美国青少年文学研究

芮渝萍　陈晓菊　著

ZHEJIANG UNIVERSITY PRESS
浙江大学出版社

图书在版编目（CIP）数据

当代美国青少年文学研究 / 芮渝萍，陈晓菊著. —
杭州：浙江大学出版社，2017.1
ISBN 978-7-308-16644-7

Ⅰ.①当… Ⅱ.①芮… ②陈… Ⅲ.①文学研究－美
国 Ⅳ.①I712.06

中国版本图书馆CIP数据核字（2017）第016968号

当代美国青少年文学研究

芮渝萍　陈晓菊　著

责任编辑	宋旭华	
文字编辑	唐妙琴	
责任校对	王俏华　张小苹	
排　　版	杭州兴邦电子印务有限公司	
封面设计	周　灵	
出版发行	浙江大学出版社	
	（杭州市天目山路148号　邮政编码310007）	
	（网址：http://www.zjupress.com）	
印　　刷	杭州日报报业集团盛元印务有限公司	
开　　本	710mm×1000mm　1/16	
印　　张	16	
字　　数	253千字	
版 印 次	2017年1月第1版　2017年1月第1次印刷	
书　　号	ISBN 978-7-308-16644-7	
定　　价	42.00元	

版权所有　翻印必究　印装差错　负责调换

浙江大学出版社发行中心电话（0571）88925591；http://zjdxcbs.tmall.com

目　录

前　言

美国文学的一个显著特点是它对青少年的浓厚兴趣。许多文学作品从故事内容到人物塑造都是围绕青少年展开的。从早期美国文学到当代美国文学,讲述青少年时期经历和成长的故事可谓长盛不衰、历久弥新。许多作品还跻身经典美国文学行列,成为美国文学的重要组成部分,比如《白鲸》《汤姆·索耶历险记》《哈克贝利·芬历险记》《小妇人》《红色勇士勋章》《麦田里的守望者》《局外人》《巴德,不是巴迪》,等等。

第二次世界大战(简称二战)以后,青少年文学创作在美国日趋繁荣,各州立图书馆协会都设有青少年文学奖项,鼓励为青少年创作优秀的文学作品。国家级别的青少年文学奖项也有多个,获奖者几乎都是成年人。带着好奇心,我们查阅了"中国青少年文学网",里面的绝大多数作品都是中小学生的习作。[①]这个网站给青少年学生提供了展示自己写作才华的平台,这固然是件好事。但遗憾的是,成年人为青少年读者创作的作品在这个内容庞杂的网站里几乎找不到。这一现象其实也是我国青少年文学现状的折射。我国青少年文学还只是"儿童文学"的一个分支,还没有像美国青少年文学一样成为文学大观园中一棵独立的大树。

青少年正处在需要大量阅读以增长知识、开阔眼界、培养移情能力的成长关键期。为这一社会群体创作出优秀的文学作品是一件十分必要、十分有意义的事情。美国青少年文学创作出版的繁荣发展或许可以为我国青少年文学的发展提供某些启发和借鉴。带着这种认识,我们申报了教育部人文社科研究项目"当代美国青少年文学研究",希望能够结合我们的专业知识,向国人介绍美国青少年小说的发展历史和现状,探讨青少年小说中的意识形态和表

---

① 　参见 http://www.zgqsnjz.com/。

现方式、青少年话语在小说中的作用、青少年人物的塑造策略、青少年小说与社会文化的互动关系等问题,以期能够给我国青少年文学创作者和青少年工作者提供借鉴与启发,推动我国青少年文学的发展,为我国青少年读者提供更加丰富多彩的文学作品。

在研究过程中,我们遇到的第一个问题是确定研究范畴,即如何定义"当代美国青少年文学"。在时间断代上,定义文学史上的"当代"并不困难。无论是美国还是中国出版的当代美国文学论著、教材、选集,比如权威的《希斯美国文学选集》[①]、著名美国文学史家丹尼尔·霍夫曼的《美国当代文学》[②]、童明的《美国文学史》[③]、陈锡麟和王晓路的《当代美国小说理论》[④]等,都是把第二次世界大战结束后的1945年作为当代美国文学的起点。至于青少年文学的定义,我们将在第一章做详细阐述。

我们遇到的第二个问题是,无论国内还是国外,对青少年文学研究的深度和广度都远远不及成人文学,甚至不及儿童文学。虽然美国有州级和国家级的青少年文学奖(一些奖项已经跟儿童文学分离),这些奖也极大地提高了青少年文学的社会声誉,推动了青少年文学创作繁荣,但对青少年文学作品的学术研究却不尽如人意。检索国内外的学术文献数据库,针对单部青少年小说的研究论文凤毛麟角,但推介获奖小说的文章却不计其数。每当一年一度的青少年文学奖公布后,各种推介和报道立刻跟上,但深入的研究论文却很少见诸相关学术期刊。发表在学术期刊上的青少年文学研究成果主要针对中学教育,讨论如何将青少年小说运用在学校教学活动中。这种现象成为我们深入、系统研究美国青少年文学的一道障碍,但这也成为我们坚持这一研究方向的动力源泉:创新就在别人普遍忽视的地方。

青少年文学作品虽然文字比较浅显,一般易读易懂,篇幅比成人文学短小,内容不及成人文学复杂,但它同样也具有丰富的意识形态和写作策略,同

---

① Paul Lauter, et al. (ed.) *The Heath Anthology of American Literature*, Lexington: D. C. Heath and Company, 1990.

② 丹尼尔·霍夫曼:《美国当代文学》,中国文联出版公司1985年版。

③ 童明:《美国文学史》,外语教学与研究出版社2008年版。

④ 陈锡麟、王晓路:《当代美国小说理论》,外语教学与研究出版社2001年版。

样可以借鉴各种文学理论来发掘深层次的内涵。正是带着这种思路,在本课题的研究过程中,我们参考了大量理论书籍和相关研究资料,努力克服国内外青少年文学研究中缺乏理论深度的缺陷。我们在绝大多数章节的写作过程中,都努力以某种文学理论视野来指导具体的小说文本研究。

本书第一章围绕青少年文学的界定展开。在我国学界,普遍的观点还是将青少年文学视作儿童文学这顶大帽子下面的一个亚类。我们根据青少年发展心理学、美国青少年文学的发展历程和出版消费现状,明确提出青少年文学应该成为一个独立的类别。我们从青少年与儿童的生理、心理变化,成长环境和社会对他们的不同期待等方面,全面论述了这两个社会群体的区别,也系统地比较和分析了儿童文学与青少年文学的差异。这一章为青少年文学作为一个独立的文学类别提供了理论阐述。

第二章介绍美国青少年文学从儿童文学独立出来之后,形成规模化发展的历史轨迹。第二次世界大战以后,美国青少年文学经历了三个阶段:第一阶段是20世纪50年代的迷茫时期,传统青少年文学中的轻松、乐观和浪漫基调不复存在,青少年文学也像成人文学那样染上了一种"挫败感",充满了对现实社会的批评和反叛。第二阶段从60年代一直延续到80年代,人们开始直面现实生活中青少年成长面临的诸多问题。而且,揭露问题的小说数量之多、反映的问题之广,成为这一时期美国青少年文学的突出特点。"问题小说"成为这一时期的主要表征。第三阶段从80年代末开始,"问题小说"的大势已去,多元文化思潮开始引领青少年文学向多元化方向发展。作品的基调不再停留在对问题的渲染上,读者和评论界开始对故意渲染青少年问题的创作倾向产生反感。从文化源头去探索人物故事的意义,并以积极干预、健康乐观的基调引领青少年成长的小说,开始重新赢得市场的青睐,并逐渐形成新的时代特征。这一章还介绍了国内外的相关研究现状和一些具有参考价值的学术著作。

第三章的核心问题是青少年文学中的文化意识形态。文学作品体现了写作者对社会生活的情感态度和价值取向,也蕴含了影响读者思想情感的渗透力量,具有意识形态性。作为一种拥有特定读者对象的文学类型,青少年文学,尤其是成人创作的青少年文学,往往肩负着帮助青少年成长的教育使命,包含着作者对青少年的殷切期盼,对未来的美好憧憬和向往。尤其在获奖作品中,意识形态性往往超过作品的娱乐性。我们选取了意识形态色彩十分明显的《相约星期六》等作品,通过分析场景设置、人物塑造、情节安排、叙事结构、细节描写等各个要素,阐释小说的主题思想和作者的创作意图,挖掘文本所蕴含的意识形态。

关心全人类共同生活的环境家园是当今世界一个主导意识形态。当极端气候频发、厄尔尼诺现象影响到许多人的生活状态和质量、温室效应甚至影响到一些岛国和沿海居民生存的时候,新的环境生态伦理应运而生。我们选取了两部反映生态问题的小说《加利福尼亚蓝蝶》和《走出沙尘暴》。前一部以生态保护为主旋律,通过典型人物的塑造和对稀有蓝蝶的拟人化描写来传播新的生态伦理。小说向人们明确而强烈地传递了一个信息:人类作为地球上社会历史的主体,作为自然环境的管理者,应该停止为谋取人类短期利益而破坏生态系统的行为,人类应担负起维护、发展和美化地球生态环境的责任。后一部小说一方面批判了人类贪得无厌的物质追求让草原变成荒漠,毁掉了自己和子孙后代的未来;另一方面又歌颂了恶劣环境中普通人的坚忍和互助精神。作品以一种乐观主义态度,表达了对人类能够认识和纠正自己过错的期盼。

第四章论述青少年文学中的社会文化现象。青少年亚文化是当代美国社会不可忽视的文化现象,青少年文学自然也不会忽视青少年亚文化的影响力。反过来,青少年文学也是青少年亚文化的一种建设性力量。《巧克力战争》是罗伯特·科米尔的成名作,小说主人公杰里的行为动机和小说结局一直是评论界争议的焦点。研究者从青少年亚文化角度出发,解读主人公杰里拒绝参加巧克力义卖活动的动机,认为杰里的行为与其说是一种道德选择,不如说是一种仪式性抵抗,是青少年身份认同需要的一种外部表现。这样的抵抗也是青少年对成长过程中的种种问题进行象征性解决的尝试。

20世纪60年代的民权运动和妇女解放运动,极大地改变了美国的社会风尚、生活态度和行为方式。妇女解放运动对成年人的影响,必然会折射到他们对待家庭和孩子的态度与方式上。表面上看,小说《祝福动物与孩子》讲述的是男孩子们的故事,实际上却反映了孩子们生长的社会环境问题。研究者从家庭关系、同伴关系和社会关系三个方面展开,论述影响青少年性格形成的几大原因。在60年代民权运动的启发下,少数族裔和边缘群体的身份意识上升到前所未有的高度。在多元文化主义思潮的影响下,族裔身份问题一时间成为美国文学十分流行的主题。《猫头鹰的孩子》就是这一时期的产物。华裔作家叶祥添以中国传统文化中的孝道为精髓,自编了一个猫头鹰的传说。研究者从美籍华裔对身份问题的反思、小说主人公名字的转换、猫头鹰的象征意义等问题入手,深入分析了该小说如何实现主人公文化身份的构建。

与美籍华裔相比,美国黑人曾经遭受的苦难更加深重,他们的族群意识也更加强烈。自哈莱姆文艺复兴起,构建黑人美学一直是非洲裔文人的志向。《巴德,不是巴迪》将黑人美学运用在构建主人公的黑人身份上。这部小说以其鲜明的黑人文学特色、独特的叙事策略及其深刻的文化内涵成为美国黑人文学,乃至20世纪美国青少年文学的经典之作。我们借鉴了黑人美学理论,论述了"讲述者文本"、社交面具化、表意幽默等特定的文化现象在这部小说中对主人公身份的构建作用。

第五章探讨青少年文学中的人物塑造。我们选取了三部青少年文学经典为研究对象,对小说中最突出的人物刻画技巧进行了分析和论述。由于在青少年文学中,成长小说是一个十分重要的类别,小说如何表现人物的成长一直是我们关注的问题。人的成长离不开认知发展,《朋友》和《局外人》两部小说都较为明显地描述了青少年主人公的认知发展过程。当我们撇开小说叙事的其他因素,从认知的角度来阅读《朋友》时,故事发展的内在逻辑得到更加清晰的呈现。《局外人》中波尼在讲述自己及同伴们的故事时,以生动的实例展现了自己从认知缺失、误差,到顿悟、反思,再到认知发展的整个过程。对认知发展过程的追踪和描写,成为美国青少年小说人物塑造的叙事策略。对《无神论者》的研究集中在青少年独立人格的塑造上。

对青少年文学来说,叙事话语和叙事策略是尤其需要仔细设计的要素,因为作品需要兼顾话语与人物身份的关系,还要兼顾人物话语与作品思想深度的关系。本书第六章结合实例,分别论述了五部小说中的叙事话语和叙事策略,以及这些策略与小说主题之间的互动关系。我们综合青少年成长心理、社会文化环境等因素,论述了《局外人》中青少年话语的深层隐喻,揭示了看似简单的话语下蕴藏的深刻社会文化力量。选取《克里斯蒂》是因为它代表了悬念丛生、极具戏剧性的叙事策略。这是一部介于青少年文学和成人文学之间的作品,而且是一部充满道德教诲的小说,但它却成为一部畅销书。我们认为,它的成功秘诀就在于很好地运用了矛盾冲突。主要矛盾和次要矛盾的交织与转换推动了故事情节的不断发展。剖析这部小说的叙事结构和各种悬念之间的关系，是揭示小说故事性和戏剧性来源的典型案例。

互文性是后现代小说的典型特征，这种时尚策略也不可避免地渗透到当代青少年文学创作中。比如《百舌鸟》，文中大量使用的互文技巧，使得这部文字浅显的小说拓展了它的内涵和外延。因此，研究该小说的互文特征及其效果，对青少年文学创作是十分有益的事情。《中国男孩》是近年来华裔作家创作的小说中比较出色的一部。当下流行的创伤理论十分适合用来解读这部小说。主人公的创伤经历、创伤心理和带有创伤色彩的叙事，赋予这部小说独特的叙事特征。如果把其中的幽默成分看作愈合创伤的手段，则可以合理地解释创伤与幽默两种看似冲突的叙事话语，在这部小说中的结合产生的奇妙效果。当代美国青少年文学中，现实主义作品占很大比重，其主要体现形式是"问题小说"。本章还以《孤独的蓝鸟》为代表，论述了"问题小说"的写作程式和叙事结构、问题小说中的人物及文化符号，将这一类型小说的形式和主题综合在一起加以观察和论述。

美国青少年文学作品数量与日俱增，伴随创作的繁荣出现了作品质量良莠不齐的现象。为了引导青少年读好书，美国国家级图书馆协会和州级图书馆协会纷纷设立青少年图书奖。通过评选佳作，扩大好书的知名度和读者群，从而发挥对青少年文学阅读、消费的促进作用和对青少年文学繁荣发展的引领作用。本书附录部分介绍了美国当下具有代表性和较高知名度的青少年文学奖项及其评奖标准，帮助读者了解这些奖项的价值取向和对创作的引导作用。附录还介绍了国外几种主要的青少年文学研究刊物，为青少年文学研究者提供参考信息和学术资源。

这部著作是课题组成员通力合作的成果。主要部分由课题负责人宁波大学芮渝萍教授完成，课题组成员范谊教授负责全书的统稿和修改工作。陈晓菊副教授负责第三章第二节、第四章第二节、第五章第二节的撰写。刘春慧讲师负责第四章第一节的撰写。浙江电大工商学院张倩讲师负责第三章第一节的撰写。芮渝萍教授指导的两位研究生也参与了该课题研究，梦莉红参与了第六章第二节的部分写作，吕新星主笔了第四章第四节的写作。其余部分由芮渝萍完成。在此，我们对课题组成员的通力合作表示感谢，也感谢教育部社科课题评审专家和社科规划办对我们的信任，让我们这项研究获得了必要的资金帮助和信心激励。同时，我们也感谢宁波大学外语学院对该著作的出版资助。我们期望本书能够对我国青少年文学作家和研究者、青少年工作者、中小学教师和教育管理者提供有价值的参考;希望在大家的共同努力下,中国的青少年文学能够不断发展壮大,产生更多的精品之作;也希望我们的研究成果能有助于我国引进、评价美国当代青少年文学优秀作品,促进两国青少年文学交流,为我国青少年健康成长提供更多、更好的文学阅读选择。

　　限于我们的理论水平和团队合作,本著作可能存在这样或那样不足,欢迎青少年文学专家、出版家、青少年教育工作者和广大读者批评指正。

芮渝萍

2016 年夏

宁波大学

第一章 青少年与青少年文学

　　"青少年"在我国是一个相当晚近的概念,它显然是一个现代汉语词汇。即便在现代汉语中,它也还没有充分词化,明显带有词组的痕迹,是"青年"和"少年"的合成词。根据《辞源》,"青年"一词至少在唐朝就出现在文献中,有歌曰:"皎洁玉颜胜白雪,况乃青年对芳月。"①"少年"一词出现的时间更早,在《史记》中就有记载。②有趣的是,到了近现代,"少年"一词和"青年"一词年龄所指还是很难明确区分的。梁启超的《少年中国说》中有一名句:"少年强则中国强。"从文章内容看,文中反复出现的"少年"一词,显然不是现代汉语中的"少年儿童"的含义,它的实际年龄所指与今天人们常用的"青少年"范畴更为契合。然而,无论在 2006 年版《辞源》,还是在商务印书馆 1982 年版的《新华词典》和 1979 年版的《现代汉语词典》中,都没有收入"青少年"这个词条。

　　"青少年"一词在中国常常被看作"青年"和"少年"的合成词,人们在使用这一词语时,也往往是指这两类人群或者是他们的总称。但"青少年"一词在英语中却有一个充分词化的独立单词,即 adolescent(指人)和 adolescence(指青少年时期),来源于拉丁词 adolescere,意思是"长大成熟"。根据《21 世纪大英汉词典》,这两个词出现在英语中的具体时间是在 1475—1485 年。而 child/children(儿童)和 youth(青年)都是古英语,早在公元 900 年以前就出现

---

① 《辞源》,商务印书馆 2006 年版,第 3350 页。
② 《辞源》,第 893 页。

在英语中了。①可见，"青少年"这一概念及其词化过程在西方出现的时间远在我国之前，这和中西方社会发展的阶段性差异不无关系。

从文化人类学的角度看，人生阶段的细分是人类自我认知的升华，是人类社会发展和进步的产物。社会语言学研究早有定论，一种文化对某一事物的观察越精细、越深入，在价值上越看重，这种文化关于这一事物的语汇就越丰富。比如马作为生产工具、交通工具和财富象征，对中国古人的意义是远超今人的。因此，在我国古代社会，人们对马的观察和细分也是远超今人的。反映在语言上，古汉语中的小马叫"驹"，老马叫"骥"；母马叫"骒"，公马叫"骘"；劣马叫"驽"，光是强壮的马就有"骏""骁""骦""骍""骄"等叫法。根据马的毛色，甚至不同身体部位的毛色，还有几十个专门词语，比如"骢"就特指青白杂色皮毛的马。同理，随着人们对自身成长过程的认识不断深化，人生成长阶段的内部细分也在不断发展。"青少年"作为一个需要独立标记的人生阶段，是社会发展的产物，其基本动因可以在现代社会的工业化和城市化中找到存在的理据。认知这一客观存在的社会群体是非常重要的，否则我们可能把他们和别的年龄段社会群体混为一谈，进而忽视甚至压制他们的合理诉求，同时也可能导致我们为他们提供的精神指导和文化产品出现错配。比如，我们总是习惯于拿一些适合低龄儿童的寓言和说教去指导青少年成长，殊不知这个年龄段的青少年认知水平早已超越了对童话故事的认同，他们最反感的就是成年人总把他们当作儿童看待。这就对青少年文学的内容和形式提出了更高的要求。因此，本章在定义"青少年"这一概念后，进一步界定了"青少年文学"的内涵，细致辨析了"青少年文学"和"儿童文学""成人文学"的区别，讨论了青少年文学的现实意义。

---

① 李华驹主编：《21世纪大英汉词典》，中国人民大学出版社2003年版，第39页、第2405页。

第一节 青少年：一个需要独立标记的人生阶段

用年龄段来标记个体生命的成长和发展阶段，这是人类跨文化、跨种族的普遍思维方式。但是究竟把人的一生划分为几个阶段，不同的历史时期，不同的社会形态和生产水平，却有不同的划分方法。少年（儿童）、青年、老年的三分法就是传统农业社会的产物。

在传统农业社会中，只有儿童与青年之分，没有青少年这个人生阶段。从出生到 2—3 岁是婴儿阶段（infancy），从 4—5 岁到 14—15 岁是儿童阶段（childhood），从 15—16 岁到 30 岁是青年阶段（youth）。[①]传统的人生年龄段划分依据是人生不同阶段在农业生产、经济结构中的不同地位。在传统农业社会中，儿童长到 15—16 岁，不管是生理上还是社会角色上就基本算是成年人了，女子可以出嫁，结婚生子；男子要担当农活或者出门学习手艺。因此，在传统农业社会，"青年"在本质上就是一个成年人的概念，所以它的年龄段可以一直延续到 30 岁左右。由于我国长期处于传统农业社会，城市化水平和国民教育水平到 20 世纪 50 年代初还处在起步阶段。因此，"青少年"作为一个独立的人生阶段也就迟迟没有社会需求和存在的条件。

西方国家发展到 14—15 世纪，城市社会和手工业已经比较成熟与发达，经济结构和生产技术比农业社会更加复杂，南欧、西欧各国开始出现现代工业和商业的萌芽。这就要求儿童有更长的学习、培训时间。同时，生产力的发展已为延长儿童期提供了物质上的保障。到 17 世纪的欧洲，青少年时期开始成为一个独立的人生阶段，指 13 岁到 20 岁出头这段时期。这也暗合了今天世界各国的学校教育年龄段，即从上初中到大学毕业的年龄阶段。17 世纪中叶，欧洲各国开始从农业社会向工业社会转型，人口从农村聚集到城市，年轻人需要经过更长时间做学徒，经过体制性的学习、培训，才会得到一份工作，成为一名可以谈婚论嫁、成家立业的成年人。在中世纪和近代欧洲，手工业者

---

① 见商务印书馆《新华词典》第二版，第 677 页对"青年"的定义；商务印书馆《现代汉语词典》第 1 版，第 919 页对"青年"的定义。

必须经过三个阶段才具有完整的人生:学徒时代、漫游时代、为师时代。他们在学徒时代学习技术和知识,学徒期满后开始漫游各地,一方面增长见识,一方面磨炼技艺,最后到他们技术娴熟时便可以在一个城市稳定下来,开馆设铺,招纳徒弟,为人师傅了。①

传统的农业社会对儿童成长的内涵要求不高,在儿童与成人之间只有青年,没有所谓青少年(adolescence)这个阶段。从本质上讲,青年就是年轻的成年人,他们的人生观和世界观基本形成;而青少年,正处在人生观、世界观和价值观形成与发展的阶段,即所谓学徒阶段。农业社会相对简单的生产技术和生产关系不要求儿童在其成长的道路上必须经过一个所谓学徒期。工业化和城市化兴起以后,大大丰富了儿童成长的内涵,也相应延长了儿童走向成熟的时间,一个以学徒期为标志的青少年时期成为人生一个必须经历的阶段。由于生产水平和生活水平的提高,儿童时期和成人时期的生活内涵与价值取向出现了相反方向的分离及漂移。儿童的世界童话化,纯洁而简单;成人的世界越来越复杂,欺骗和邪恶、矛盾和冲突,都非儿童所能理解。随着工业化和城市化朝着现代化方向发展,儿童世界和成人世界的反差不是在逐步缩小,而是在不断扩大。儿童无法理解成人世界的现象和规则,他们必须经历一个遭遇问题、体验迷茫、学会生存的成长过程,才能理解成人世界,适应和融入成人社会。这个学习和成长的过程,有时候充满了迷茫和痛苦,也充满了戏剧性的故事,它为青少年文学提供了无尽的素材和创作的冲动。

然而,从学术研究上认可青少年应该作为一个独立的人生阶段和一个需要特别关注、尊重的社会存在,却是 20 世纪以后的事情。到 19 世纪和 20 世纪之交,西方国家,尤其是美国,工业化已经发展到中后期,青少年义务教育、社会保障、法律义务逐渐完善,对这一特殊社会群体和特殊人生阶段的学术研究也日益丰富。根据浙江大学隋红升的研究,1904 年,美国心理学联合会的创建者斯坦利·豪尔(Stanley Hall)博士在他的皇皇两卷本巨著《青少年心理学》(*Adolescence: Its Psychology*)中,从学术研究上正式认定青少年这一"特殊阶段"的存在。另一名心理学家佛丽莎-克瓦克(B. Forisha-Kovach)也认为,在 20 世纪之前青少年作为人生的一个独立阶段没有受到普遍认可,一个成长

---

① 谷裕:《试论诺瓦利斯小说的宗教特征》,《外国文学评论》2001 年第 2 期。

个体经历了短暂的童年之后，没有经过青少年这个中间阶段就直接步入了成年早期，并和成年人一样投入工作，承担起成年人的责任和义务。同时，她还进一步指出，只有到了20世纪20年代，人们才清晰地认识到青少年是个分离的人生阶段。学者贝蒂·卡特(Betty Carter)和小说家娜塔莉·芭比特(Natalie Babbitt)则认为，青少年阶段的真正发现是第二次世界大战之后的事，因为战争时期为了让处于青少年阶段的这部分人能够承担起战时的某些特殊工作，扩大了对他们的教育和培训。二战后，接受学校教育逐渐成为青少年的一项普遍权利和义务，并受到法律的保护和监督。其后，对青少年的研究更加深入。其中，哈维格斯特(R.J.Havighurst)1949年发起的对青少年"发展阶段任务"(developmental task)的研究、艾立克·埃里克松(Erick Erikson)1950年提出的青少年身份危机理论(identity crisis)、吉恩·皮亚杰(Jean Piaget)1958年推出的认知发展理论(cognitive development)和60年代劳伦斯·科尔伯格(Lawrence Kohlberg)对青少年道德发展(moral development)的研究最具有代表性。[1]

从以上回顾可以看出，到20世纪60年代，学术界对青少年这一特殊人生阶段的研究和认识已经逐渐走向全面和深入。社会心理学家总结出青少年阶段终结的主要标志有：

1. 从社会学看，完成了从儿童到成人的社会身份认识和身份转变；
2. 从心理上看，获得了对社会主流价值观和审美观的认同与理性思维的能力；
3. 从生物学看，获得了生理成熟；
4. 从法律上看，达到了法定的成人年龄；
5. 从经济上看，开始自立，能够保持收支平衡；
6. 从传统上看，不成文的习俗向他/她开启了通向成人特权之门。[2]

---

[1]　隋红升：《再访"问题小说"》，芮渝萍、范谊主编：《青少年成长的文学探索——青少年文学国际研讨会论文集》，外语教学与研究出版社2011年版，第5页。

[2]　Hans Sebald, *Adolescence: A Social Psychological Analysis*, Upper Saddle River: Prentice-Hall (third edition), 1984, p.6.

从人类学意义上看,"青少年"作为一个具有独立存在意义的年龄段,已经成为一个被现代社会普遍接受的人类学分类概念。它以自己鲜明的所指和丰富的能指,区别于"童年""儿童",也区别于"成年"或"成人"。"青少年"的社会学含义是:"人生从儿童到成年之间的这个阶段,过去人们认为,这只是一个人从童年到成年身份转化过程中的断裂阶段。现在人们认为,它就是一种身份,这种身份具有不确定的、散乱的指导路线,因此造成无所适从的、散漫的行为。简而言之,它是指一种缺乏明确行为准则的社会存在。"①

显然,一个青少年要从这种无所适从的、散漫的、缺乏明确行为准则的社会存在达到成年人的标准,必定充满了生动的戏剧故事和艰难的心路历程。青少年站在成人世界的门槛上,不断向成人世界窥探,充满了好奇和渴望,又充满了犹豫和恐慌。他们的智力和心理处在一种不稳定的状态,他们不满足于充满呵护和服从的儿童世界,又对成人世界的复杂性、多样性,甚至矛盾性感到困惑和恐惧。这个年龄段的年轻人有很多共同的生理特征、生活特征、心理特征和思维特征:生理上基本成熟,性萌动和性意识开始觉醒,生活在学校的群体之中,心理上开始反叛说教和约束,自我身份、自我形象意识开始觉醒和不断增强,开始厌恶、逃避儿童身份,渴望了解、认知成人社会,开始具有一定的阅读思辨能力和独立见解,希望得到成人的尊重和接纳,等等。归结起来,就是青少年具有一种共同的心理特征——对成长的渴望。因此,把这个时期的年轻人混同于4—12岁的儿童,是违背他们的成长渴望的,也不符合他们的情感、认知和心理成长阶段特征。

作为一种独立的社会身份和客观的社会存在,"青少年"在哪些方面区别于儿童呢? 其一,儿童在社会身份上还不具备独立性,儿童和成人双方都认同儿童在人格上的依附性,他们需要受到成年人的庇护,也自觉接受成人的庇护;青少年则不同,他们已经开始具有独立的社会身份,开始逃避成年人的过度指导和关心,叛逆社会的约束,对灌输的价值观有自己的判断和想法,开始探索形成自己的人生态度和应对方式。其二,儿童在认知上具有当下性和幻想性。所谓当下性,是指儿童只对眼前经历的事物感兴趣,并不关心事件的未

---

① Hans Sebald, *Adolescence: A Social Psychological Analysis*, Upper Saddle River: Prentice-Hall(third edition), 1984,p.3.

来和后果;所谓幻想性,是指儿童常常对幻想世界和现实世界不加区分,对任何幻化的描写都产生快感和痴迷。青少年则不同,他的认知特点在于亲历性和现实性,他对世界的兴趣已经开始从幻想王国回落到现实社会,他更有兴趣了解现实世界的人和事。幼儿读者在阅读中接受的是符号化的人物;少年读者在阅读中接受的是精彩的故事;而青少年读者在阅读中不仅获得个性化体验,还能体会它的社会意义。其三,儿童在生理上还没有发育成熟,还没有自觉的两性意识和性冲动。青少年则不同,他们在性激素的作用下开始对异性世界感到好奇,原始的生理冲动和社会规范形成强烈反差,使他们感到既萌动又害怕。其四,儿童在心理上自我意识还不充分,对同伴的示范和成人的教育愿意认同和模仿,对自己的失误和失败并不那么敏感挂怀,对自我的社会形象也不太在意。有些人即便在意,也不过是短暂的反应。青少年则不同,他们的自我意识非常强烈,非常在乎自己的社会形象,对别人的评价和认可非常敏感与关注。青少年和儿童之间的差异性还可以这样无限描述下去。简而言之,儿童还处在一个幻想、游戏的人生阶段,他的一切违反社会观念和规范的行为都可以被理解为童心和童趣而得到原谅;而青少年则处于一个从幻想世界到现实社会的转型阶段,社会化既是他的内在渴望,也是社会对他的外在要求,他的任何违反社会观念、规范的行为都可能得不到原谅而受到处罚,这也令他们感到一种前所未有而且无所不在的成长压力。成长成为一种既盼望又焦虑的心结。

"青少年时期是一个可能性得到扩展、可以尝试各种选择的时期,个人在经历了这个时期之后开始承担成人的义务,从而使各种可能性大大缩减。"[①]安娜·弗罗伊德在分析青少年心理时写道:

> 我认为青少年在相当长一个时期里具有以下特征是正常现象:行为不一、难以预测;一会儿抵制自己的冲动,一会儿又接受它;一会儿成功地打消冲动,一会儿又受制于冲动;爱他的父母又恨他的父母;反叛他们又依赖他们;……一会儿表现出少有的理想化、艺术化,慷慨大方、毫无私心,一会儿又完全相反,以自我为中心,自私自利、小心算计。这种走极端

---

① Katherine Dalsimer, *Female Adolescence: Psychoanalytic Reflections on Literature*, New Haven and London: Yale University Press, 1986, p.5.

的现象在一个人一生中其他时期都是不正常现象。而在这一时期,这些不过表明成年人的性格需要花很长时间才能形成,这个年轻人还一直不停地在尝试,还不急于缩小可能性,并稳定下来。①

每个人生命中都要经历这样一个彷徨、烦躁、不安分的阶段,它成为一个人社会化过程中的关键阶段。它有丰富的文学素材和审美价值,它有明确的服务对象,它有青少年个体的成长意义,也是人类成长的集体体验。青少年阶段面临的人生转折和青少年心理自身的不稳定性,为青少年文学提供了广阔的创作空间和审美空间。

第二节 青少年文学:一个超越童话的文学世界

对青少年文学的界定主要是根据读者对象,而不是作者年龄。美国出版发行的大多数青少年文学作品是成人创作的,只有极少作品出自青少年之手。②青少年文学一头连着儿童文学,一头连着成人文学,它的产生既有儿童文学的背景,又有成人文学的指向。因此,要界定青少年文学就必须考察儿童文学和成人文学的内涵。

我国虽然是一个文学大国,文学和文论研究都有久远的历史,但是根据读者对象的年龄段对文学现象和文学作品进行分类却是近代的事情。根据茅盾的考证,"儿童文学"作为文学分类术语在我国出现的时间是五四运动前后,③此后一直沿用至今。在很长一段时期内,我们都把幼儿文学、青少年文学统统包括在"儿童文学"之内。年龄跨度很大,其结果是幼儿、少儿读物较多,青少年文学严重短缺。造成这种状况的一个重要原因是我国儿童文学理论研究对儿童文学的内在构成缺乏细致的辨析和分类。笼统的"儿童"两字,自然把人

---

① Katherine Dalsimer, *Female Adolescence: Psychoanalytic Reflections on Literature*, New Haven and London: Yale University Press, 1986, p.5.

② 辛顿的《局外人》出版时,她是一位大学一年级的学生,小说初稿在她还是高中生时就已经完成。但青少年创作并得到出版的小说数量极少。

③ 王泉根:《中国现代儿童文学主潮》,重庆出版社2000年版,第498页。

们的眼光引向年幼的孩童。我国著名儿童文学作家、北京大学曹文轩教授曾说："我们把我们的儿童文学所服务的一个广阔的读者领域，无缘无故地缩减成为一个仅仅含有低幼和低年级、中年级的领域。以给低幼和低年级、中年级的作品代替了整个儿童文学，而我们却未发现这样一个事实。一些适合于低幼和低年级、中年级文学的文学理论观念，被作为全部的儿童文学理论观念了。"①

我国当代儿童文学研究专家、北京师范大学王泉根教授早在 1986 年就提出了"儿童文学三分说"，即把儿童文学的内涵细分为：为 3—6 岁幼儿服务的"幼年文学"，为 7—12 岁儿童服务的"童年文学"，为 13—17 岁少年服务的"少年文学"②。孙建江在《20 世纪中国儿童文学导论》中高度评价"儿童文学三分说"的现实意义：

> 他将这一问题的讨论深入化、系统化了。王泉根从儿童文学的本质"找不到共同的易于普遍接受的语言""少年儿童年龄的差异性与儿童文学标准的单一性"之间存在着矛盾这一事实的检讨入手，以儿童心理学将儿童分为不同层次为依据，提出儿童文学应该一分为三。进而，谈了儿童文学分为幼年、童年、少年三个层次的必要性（这也是王泉根论述最见分量的地方）。他从三个方面论述了儿童文学分为三个层次的必要性。第一，三层次的划分，可以明确不同层次儿童文学的不同服务对象与思想、艺术上的要求，从而使我们的创作更有针对性。第二，三层次的划分，可以提高儿童文学的地位。第三，三层次的划分，可以回答和澄清儿童文学理论方面一些长期纠缠不清、混沌一团的问题，可以划清一些"政策界限"。③

显然，王泉根教授已经注意到"儿童文学"这一概念的内在矛盾性，"儿童文学"过于宽泛的定义失去了分类学上的内在一致性和在服务对象上的外在

---

① 曹文轩：《儿童文学观念的更新》。见蒋风主编，《中国儿童文学大系》，希望出版社 1988 年版，第 895 页。

② 见《浙江师范大学学报》1986 年儿童文学研究专辑。

③ 王泉根：《现代中国儿童文学主潮》，重庆出版社 2000 年版，第 501 页。

针对性。王泉根强调,这三类文学各自具有鲜明的艺术个性与特殊使命,"少年文学应该多强调教育性,幼年、童年文学应该多强调趣味性。幼年、童年文学应该注重儿童化,成人化出现在少年文学中则是必要的"①。

我国另一位儿童文学专家朱自强教授同样高度评价儿童文学一分为三的观点。他说,这"是一个很大的进步,推动了儿童文学理论的发展。……'一分为三'的观点提出以来,很快便得到了儿童文学界的认同"②。我国文学界虽然已经认识到青少年文学在儿童文学中的尴尬地位,但还是没有建立起青少年文学独立成类的自觉意识,总体上还是把青少年文学放置在儿童文学的大范畴之内。③

其次,我们需要对成人文学和青少年文学加以区分。无论东方或西方,普及学校教育都是近代以来的事情。20 世纪以前,能够读书识字的青少年只占很小比例,人们缺乏专门针对青少年创作文学作品的意识和市场需求。因此,那时候的文学作品主要都是针对成年人的。少数具有阅读能力的青少年也只能阅读为成年人创作的文学作品,即成人文学④。比如中国的青少年只要能读书识字,恐怕都读过《三国演义》《水浒传》,而这些都不是为青少年读者创作的文学作品,把它们都划入青少年文学的范畴显然过于牵强,也缺乏学理依据。随着学校教育的普及,现在绝大多数青少年具有了阅读文学作品的能力。随着年龄的增长,他们当然不满足于阅读儿童文学,甚至也不满足于专门针对青少年创作的文学作品。家长和学校出于教学的需要或者人格培养的目的,往往也要求青少年尽可能广泛地阅读,包括阅读为成年人创作的文学作品。这就出现一个文学分类上的难题:青少年文学的分类标准是什么?边界定在哪里?青少年喜欢的文学作品都可以纳入青少年文学范畴吗?学校或家

---

① 王泉根:《现代中国儿童文学主潮》,重庆出版社 2000 年版,第 501 页。
② 王泉根:《现代中国儿童文学主潮》,第 500 页。
③ 近十几年,这种情况有所改变。在黄云生主编的《儿童文学概论》中,儿童文学的主人公和读者定位就不再包括 15 岁以上的青少年。宁波大学、东北师范大学和首都师范大学外语学院相继成立美国青少年文学研究课题组,并申报到省、市、国家级相关研究课题,在推动青少年文学研究上做出了比较突出的贡献。
④ 这里所说的成人文学,是指和儿童文学、青少年文学相对而言,以成年人为读者对象的文学大类。

长认为适合并推荐给青少年阅读的文学作品就属于青少年文学吗？对这些问题的不同态度形成了对青少年文学的不同定义。

国内外均有学者认同这样一种定义：狭义的青少年文学指为青少年创作，关于青少年生活状态和人格成长的文学。它集中描写青少年人物的经历、他们的梦想、他们生活中的磨难等等。广义的青少年文学可定义为青少年所喜欢并接受的任何文学作品，包括为成年人而创作的作品。[①]从学校教育和教师为了帮助、引导青少年提高文学阅读能力和文学欣赏水平的角度看，广义的定义未尝不可，它有利于最大限度地把文学阅读纳入学校的教学资源和教师的覆盖视野，并尽可能多为学生提供指导和帮助。然而，从文学本体论的角度和学术研究的定位看，这种宽泛的定义对提高青少年文学的创作和研究水平并无助益。它可能把青少年文学研究的对象泛化、虚化，使青少年文学研究失去它本身的焦点，进而丧失其分类学上的独立性。本书采用的定义是从文学本体论的角度对青少年文学做出的狭义或者较为严格的定义：

> 所谓青少年文学，我们基本上指的是为 12 岁和 18 岁之间的青少年读者创作的读物（这和他们作为课后作业而被迫阅读的东西是不同的）；而我们谈到儿童文学的时候，我们指的是出版社的少儿部发行的、年龄从幼儿园到小学六年级之间的读者所阅读的文学读物。[②]

以上这个定义是道诺森和尼尔森提出的，很多学者都认同这个定义，尽管在年龄上是 12—18 岁，还是 13—20 岁上会比较灵活。这个定义既把青少年文学和儿童文学区分开来，也把青少年文学和成人文学区分开来。它赋予了青少年文学独立的地位，可以说是按读者的年龄做出的三分法，它的基本理据就是尊重人生不同阶段特有的心理和认知特征，尊重人生不同阶段特有的生命体验、审美需求和意趣。

20 世纪 70 年代，针对有人质疑青少年是否需要自己的文学，作家西尔维

---

① 张颖：《20 世纪美国少年文学回顾》，《四川外语学院学报》2002 年第 2 期，第 14 页。

② Kenneth L. Donelson and Alleen Pace Nilsen, *Literature for Today's Young Adults*, Boston, New York, San Francisco: Pearson Education, Inc., 2005, p.1.

娅·恩达尔回答:"如果当代成人文学能够满足更加广泛的文学需求,那么可以不要青少年文学,但目前的问题是年纪较长的读者需求都不能满足,更不要说青少年了。"她补充说,早期的文学作品确实有一些适合年轻读者的,但现在的情况不一样。成人文学所表现的经历和情感成熟度是青少年读者理解不了的。一些受到批评家欢迎的小说吸引不了青少年的兴趣。另一方面,青少年文学也在打破一些传统禁区,一些十几二十年前会被看作是成人文学的书籍,现在则属于青少年文学。她还根据自己的创作经验指出,青少年文学与成人文学的主要区别在于复杂性和叙事角。对青少年读者来说,有意义的小说应该是他们能够清晰把握的小说,过于复杂的关系会阻碍清晰度。叙事角涉及视点人物的年龄和世界观,成人的世界观青少年既不一定能理解,也不一定会接受。她认为让青少年读者进入他们不能理解的成人世界,会增加其异化感。①

早在 20 世纪初,美国文学进入现代主义时代,形式上追求标新立异,内容上表现异化的作品流行起来。艾略特的《荒原》是突出代表。作家们以超凡脱俗为目标,进行创新实验,将自己的创作与大众化的流行文学区别开来。一些作家甚至声称:"传统的、标准的表达方式根本无法记录我们的头脑和心理状态。"②因此,文学创作规范不断被打破,从改变诗歌的视觉形式、诗行排列到小说语言创新、结构创新、时空创新、心理表现方式创新,再到对深层次社会问题的反讽式揭露,创新手段不一而足。第二次世界大战以后的后现代派文学在标新立异上毫不逊色于现代派文学,一些作品被贴上"荒诞派""黑色幽默""元小说"等标签,很多实验性文学作品连成人也难以读懂,更不要说青少年读者了。在这样的背景下,青少年文学与成人文学的分离势在必行,也是文学消费市场自然选择的结果。

美国青少年图书服务协会(The Young Adult Library Services Association,

---

① Sylvia Engdahl, "Do Teenage Novels Fill a Need?" in Millicent Lenz and Romona M. Mahood (ed.), *Young Adult Literature: Background and Criticism.* American Library Association, 1980, p.42.

② Charles Molesworth, "Alienation and Literary Experimentation" in Paul Lauter, et al. (ed.), *The Heath Anthology of American Literature*, Vol. 2, D. C. Heath and Company, 1990, p.1163.

简称 YALSA)将服务对象也设定在 12—18 岁。①为了促进青少年文学的发展,该机构设立了艾利克斯奖(Alex Award)、爱德华兹奖(Edwards Award)、莫里斯奖(Morris Award)、奥德赛奖(Odyssey Award)、非小说类奖(Nonfiction Award)、普林兹奖(Printz Award)。其中只有艾利克斯奖是奖励前一年出版的"为成人创作的,对 12—20 岁青少年特别有吸引力的 10 部书籍"②。由此可见,美国青少年图书服务协会也是根据读者年龄来定义青少年文学的。但"青少年文学"是该称为"adolescent literature"(青少年文学)还是"young adult literature"(青年文学)? 两位相关领域的先驱学者道诺森和尼尔森在他们的著作《当今的青少年文学》一书中说,他们权衡了这两个名称之后,选择了后者,理由是"adolescent"这个词带有贬义,隐含了"不成熟"的贬义和价值评判。③但从他们的年龄界定来看,12—20 岁显然是青少年这一人生阶段。至少在中国,12—13 岁被看作少年,很难被看作青年。因此,用"青少年"来定义这一人生阶段是最恰当的术语。

具体来说,青少年文学具有以下基本特征:

1. 作品的主人公是 13—20 岁出头的青少年;

2. 故事情节围绕主人公和他在困境中的奋斗展开;

3. 作品的叙事角和叙事者是青少年或者成年人回顾青少年时期;

4. 作品主要为青少年读者创作,甚至作者本身就是青少年;

5. 主题涉及青春期困惑与成长(如自我形象、性困惑、人际关系、叛逆倾向等);

6. 篇幅一般在 200 页左右。

总之,本书讨论的美国青少年文学是独立于儿童文学之外,也有别于结构复杂、主题多元的成人文学的一种独立形态,其主题、结构、情节、人物、语言、叙事方式都符合青少年的认知水平和心理特征。客观上讲,这一年龄段的青少年正处在世界观形成和定型的关键时期,也是思想和心理上的活跃期。这

---

① 参见其官网 http://www.ala org/yalsa/aboutyalsa. ［2015－9－6］.

② 参见其官网 http://www.ala org/yalsa/alex-awards. ［2015－9－6］.

③ Kenneth L. Donelson and Alleen Pace Nilsen, *Literature for Today's Young Adults* (3rd. ed.)，Glenview: Scott, Foresman and Company, 1989, p.13.

一时期,大部分青少年都开始关心环境、自然、社会、自我、人生、金钱、情感这些人生重大问题。因此,青少年文学必定不同于一般的少儿故事,它的重点不在于讲述一个有趣的故事,而在于表现这个故事中的人物,表现这个人在社会化过程中的内心体验和成长经历。所以,美国青少年文学中的问题小说和成长小说是我们特别关心的两种主要类型。当然,青少年文学在体裁上显然不仅限于小说这一种类型,还有诗歌、戏剧等其他体裁。即便在小说范围内,也不是说青少年小说都是问题小说或成长小说,还有科幻小说、历史小说、历险小说、浪漫小说等等。这些色彩斑斓的文学样式赋予了美国青少年文学丰富的内涵。

德玛和贝克曼在《60年代以来美国小说中的青少年》一书中,把美国青少年文学按主题分为20类,许多作品都兼跨几类。他们的分类是:讽喻类(allegory)、地方色彩类(local color)、人物塑造类(character study)、风俗类(novel of manners)、奇幻类(mystic)、实验类(experimental)、侦探/悬念类(detection/suspense)、成长类(initiation)、流浪传奇类(picaresque)、幻想类(fantasy)、探寻类(quest)、寓言类(fable)、社会批评类(social criticism)、科幻类(science fiction)、哥特类(gothic)、南方哥特类(southern gothic)、历史类(historical)、西部类(western)、恐怖类(horror)、年轻人类(young adult)。

他们还按小说的风格,把青少年文学分为以下13种类型:喜剧型(comic)、现实主义型(realistic)、说教型(didactic)、浪漫型(romantic)、幻想型(fantastic)、讽刺型(satiric)、讽喻型(ironic)、感伤型(sentimental)、自然主义型(naturalistic)、超现实主义型(surrealistic)、怀旧型(nostalgic)、象征型(symbolic)、心理型(psychological)。

此外,他们还按故事发生的地点和背景,把青少年文学分为新英格兰地区、东部、西部等10个地区类型。①

美国青少年文学之所以如此丰富多彩,一方面是因为以青少年为特定读者对象和文学人物的文学创作在欧美文学史上有久远的传统;②另一方面,20世纪二三十年代以后,多数出版商开始将儿童文学、青少年文学与成人文学分

---

① Mary J. DeMarr and Jane S. Bakerman, *The Adolescent in the American Novel Since 1960*, NY: Ungar, 1986.

② 芮渝萍:《美国成长小说研究》,中国社会科学出版社2004年版,第2页、第26—78页。

门别类,在书店的货架上它们被分别陈列。①青少年文学作为一种独立的文学分类逐渐被学术界和出版界所认可。在美国,儿童文学主要指少儿读物(12岁以下),尽管一些作品介于少儿文学和青少年文学之间,但与中国的"儿童文学"这一概念相比,它的所指还是比较明确、清晰的。儿童文学向低龄化方向发展,主要指幼儿图画书、儿童诗歌、童话故事等,以愉悦身心、丰富想象和道德教育为目的;图书的普遍特点是有大量的配画,或者干脆以图画为主,文字为辅。

相反,青少年文学却朝着成人化方向发展,主要的图书形式是小说,以文字为主,只有少量插图,甚至完全没有插图;读者定位在 13—20 岁之间,其小说主人公也多半是同龄青少年。青少年文学多数以现实社会为故事背景,以帮助青少年读者体验生活、认知社会、完善自我为目的,在语言、情节、思想和情感上越来越丰富与复杂,幻想和超自然的成分越来越少,现实和理性的成分越来越多。它不回避现实生活中的矛盾和困境,不再把读者看作需要特殊保护的儿童,而是把他们看作正在快速社会化的年轻人(the young adult)。他们需要的是社会真相,而不是善意的谎言(the white lie);是冷峻的思考,而不是温情的粉饰;是人生的体验,而不是童话的幻想。总之,厘定儿童文学、成人文学和青少年文学的分野,有助于我们理解青少年文学的独特价值,以及它能够异军突起的时代背景和意义。

第三节　青少年文学的意义

人的一生可以分为多个阶段,对每个阶段的独特性认识越深,对其书写也越到位,可以说每个阶段都有丰富而独特的文学性。19 世纪英国著名诗人济慈曾经用一幢有许多房间的宅邸来比喻人生的阶段性特征:

---

① Kenneth L. Donelson and Alleen Pace Nilsen, *Literature for Today's Young Adults*, 1989, p.13.

我们首先迈步进去的那间屋子叫作"幼年之室"或者"无思之室"，只要我们不会思维，我们就在那里呆下去。——我们会在那里呆很久，纵然第二间屋子的门是敞开的，显示出一片光亮，我们可不急于进去。但我们不知不觉地受到内在思维能力觉醒的驱使而前进。——我们一走进第二间屋子"初觉之室"，就为那里的光芒和空气所陶醉，到处都是使人愉悦的新奇事物。但是呼吸了这种空气的后果之一，就是使我们对人类的心灵和本性敏感起来，使我们觉得世界上充满悲惨、伤心、痛苦、疾病和压迫。这一来，"初觉之室"的光明就会逐渐消失。同时，它四周许多门敞开了——都是黑阒的，都导向黑暗的过道。我们看不到善恶的平衡，我们生活在迷雾之中。①

济慈所说的第一间屋子"幼年之室"发生的故事，属于儿童文学的主要内容；而第二间屋子"初觉之室"发生的故事，就是青少年文学的主要范畴。在"初觉之室"人们变得敏感起来，因为其认知能力在这个阶段快速发展，学会了对耳闻目睹的人物和事件进行体悟与思考。济慈相信，人生的"第三室"将是幸福和慈祥的，那里"储藏着爱情的美酒和友谊的面包"，但是要得到那"美酒和面包"却不是那么容易。只有成功穿过"黑暗的过道"的人，才能享受那"爱情的美酒和友谊的面包"。而青少年文学产生和存在的意义就是帮助青少年读者成功穿越"黑暗的过道"，避免迷失在生活的迷雾之中、毁灭在生活的黑阒之中。

无论从社会学还是生理学上看，青少年时期是一个人思想、道德、心理成长的关键阶段。如何从纯洁而浪漫的童话世界走向复杂而充满矛盾的现实社会，对每一个青少年都是严峻的人生挑战。怎样用艺术的净化力和感召力去引导他们直面社会、直面生活中的烦恼和挫折，排遣心中的焦虑和恐惧，树立积极向上的世界观和人生观，学会与人相处、与人合作，在社会化过程中顺利完成个人价值的定位和实现，这是青少年文学必须面对的问题。

青少年是一个时代、一个社会的一面镜子，又是文化的传承者和创新者。一方面，青少年的生存状况和精神面貌反映了一个时代的文化特征和社会环境，他们的精神追求、价值观念和生活方式都是时代精神的折射。通过他们，

---

① 刘若端：《十九世纪英国诗人论诗》，人民文学出版社1984年版，第181—183页。

我们可以反省自己和我们的社会。另一方面，作为未来文化的创新者，他们应该具有坚实的根基和良好的人文素质。文学作为一种文化传承的重要手段，应该为此做出重要贡献。这也是青少年文学的意义所在。

与"性"和"暴力"泛滥的电视节目相比，反映青少年成长的小说具有更大的社会价值，也有利于青少年的社会化进程。而那些挑逗起青少年对"性"和"暴力"产生兴趣的电视节目和作品，则可能引发青少年的反社会行为。在绝大多数社会里，青少年过早地涉入性行为、用暴力解决问题，都是违背主流价值观的反社会行为。另外，根据国外一些学者的研究发现，电视思维具有零散性和片段化的特点，长期看电视还会形成惰性心态，不利于青少年的性格和学业发展，也不利于青少年思维能力的培养和提高。①阅读小说则可以训练人的推断力、记忆力、想象力、思辨力等综合思维能力。文字语言与影视语言的一个重大区别在于，文字语言给读者提供了联想、想象、反思和重复阅读的条件，影视语言则是瞬间即逝的　不断的图像输入留给观众的反思和想象时间十分有限，观众必须不断接受新图像。图像本身的可视性可以让内容无聊的影视作品变得吸引人的眼球。相比之下，读者对文学作品的思想水平和文本质量要求更高，因为平淡的思想和无聊的文字难以吸引读者长时间阅读。

文学就像万花筒，年轻的读者从中看到的是各种各样的人物和各种各样的生活方式，他们往往会自觉认同那些受人喜爱、尊敬、成功的人物，并通过模仿主人公的某些行为举动，塑造自我。文学作为一种交流手段，具有示范或教会人们进行人际交往的社会功能。对于尚缺乏生活历练，而又渴望提升自我、丰富社会认知的青少年读者来说，青少年文学给他们提供了值得借鉴的青少年形象和成长故事，可以弥补他们生活经验的缺乏，是青少年认知社会、认知人类行为和内心活动的重要途径。这种认知在幼年时期往往表现为直接认同和模仿，而在青少年时期则增加了反思和选择。因此，青少年读物尤其需要积极的人物形象和积极的人生观，以培养友善、同情、合作等亲社会行为取向。相反，格调低下、态度消极的文学作品往往滋生自我中心、唯利是图、游戏人生等反社会行为。

一部文学作品一旦进入市场，就会被购买和阅读，从而产生社会影响。其

---

① 　祁林：《电视文化的观念》，复旦大学出版社 2006 年版，第 130—131 页。

实,读者的阅读行为和阅读心理犹如消费者购买商品与消费商品的心理,回报和补偿是对付出的自然期待。一件商品给我们的满足感越多越持久,我们越会认可购买这件商品所付出的时间、精力和金钱。在生活节奏越来越快速的今天,阅读所付出的金钱、时间和精力也越来越昂贵,读者对回报的期望也越来越高。阅读其实遵循了一种"补偿原则",即阅读带给读者的满足感越多,读者对所读作品的接受程度就越高。平庸的作品给读者的补偿是比较单一的,或是语言表达有一定特色,读者能够玩味其语言;或是一个比较精彩的故事,可以让人消磨时间;或是一个想象出来的荒野遇险,教会读者一些生存技巧;或是一个虚构人物所经历的貌似可能的故事,演绎出某种观念;等等。但优秀的作品常常能够赋予不同年龄段的读者方方面面的补偿:独特的语言风格、丰富的想象、知识和智慧、奇妙的构思、难忘的人物、奇特的经历、异域风情、人性洞见和丰富的启迪等等。一些传统的经典作品,之所以能够引发多重视角的研究,激发一代又一代读者言说不尽的分析,就在于它们给读者提供了丰富的阅读补偿。

如果从阅读中得不到补偿,是没有人愿意坚持读下去的。无论是专门研究小说的评论家,还是普通的青少年读者,他们愿意废寝忘食地投入进某些作品,一定是因为他们从中获得了阅读的补偿。而评论家和普通读者获得的阅读补偿可能是不一样的。一部作品若能吸引各个年龄层次的读者,说明它具有多种补偿功能,它就像一个大型超市,人们可以在里面各取所需。一部作品若只能迎合某些人的胃口,那么它就像一个专卖店,只有特定的一部分顾客光顾。了解文学作品的补偿原则,有助于我们研究具体的青少年文学作品。

美国著名文学理论家韦勒克和沃伦在讨论阅读问题时说,当我们每一次重新阅读一部作品时,每次都在其中发现了新东西,"我们通常所指的新东西,并不是发现了更多的另一种东西,而是指在新的层次上发现了新的意义,新的联想形式,即我们发现诗或小说是一种多层面的复合组织"[①]。也有学者把文学作品的这种特点称为"多义性"。艾略特在评论莎士比亚的一部戏剧时说:"头脑最简单的人可以看到情节,较有思想的人可以看到性格和性格冲

---

① 韦勒克、沃伦:《文学理论》,刘象愚等译,生活·读书·新知三联书店1984年版,第278页。

突,文学知识较丰富的人可以看到词语的表达方法,对音乐较敏感的人可以看到节奏,那些具有更高的理解力和敏感性的观众与听众则可以发现某种逐渐揭示出来的内涵意义。"[1]这就是我们所称的"补偿原则"。读者花时间阅读一部作品,总是希望得到更多的补偿——在知识方面获得信息、教育和启发,在心理上获得愉悦和宣泄,在德育和美育方面获得熏陶和修养,在语言方面学到新的表达和措辞,在思想方面开拓思维、深化对世界的认识,在生活技能方面扩大视野、丰富生命体验、为健康生活积累经验。

然而,一个有争议的问题是,什么样的文学作品适合身心正在成长中的青少年阅读? 二战之前,美国青少年文学的基调是浪漫主义,具体表现是在写作题材和主题上有很多禁忌,比如父母离异、性行为、种族冲突、早孕、吸毒、强奸、同性恋、自杀等问题,统统被看作青少年文学应该回避的内容。人们认为,青少年在性格、智力、判断和控制能力等方面都是不成熟的,很容易受小说人物和事件的影响,甚至会刻意模仿主人公的穿着打扮和行为举止。因此,青少年文学要尽量避免那些"少儿不宜"的东西。然而,随着青少年教育水平的提高和大众媒体的发展,那种希望把青少年隔绝在社会问题之外的想法,只是成年人的一厢情愿而已。就像诺玛·克莱因说的那样:

> 如果我们承认无论历史上的任何时期,在某种意义上步入青少年阶段都是一件可怕的事情,那么我们的书就应当对此事实予以承认,就应当触及其中某些可怕的问题,在处理这些问题时要做到既没有任何粉饰美化,也没有任何谎言欺骗和躲躲闪闪。年轻人对这样的书会深表感激的。他们需要这样的书。[2]

在青少年文学如何帮助青少年认知社会、直面问题、应对生活挑战这一方面,我国的美国青少年文学研究专家、东北师范大学的张颖教授也有相同的看法。张颖指出:

---

① 韦勒克、沃伦:《文学理论》,刁象愚等译,第279页。
② 隋红升:《再访"问题小说"》,第141页。

人的经历在人的成熟过程中起着重要的作用。但有的经历是非常惨痛的,我们不希望青少年读者去亲身经历它们。那么他们从何处了解处理这些问题的方法呢? 有调查表明,近半数的孩子会从书本中寻找答案。新现实主义青少年小说给青少年读者提供了间接处理各种问题的机会,这样一旦他们遇到类似的问题,他们就可能做出适宜的、负责任的选择。①

现实主义态度为战后美国青少年文学提供了一种新的理论基础,即"年轻人如果对自己和社会的期待值能够切合实际,并且对他们所在的社会好的方面和不好的方面都有所了解,那么他们就更有可能过得幸福快乐"。②

人们观念上的转变带来了美国青少年文学在题材和主题上的转变。总的趋势是从温情呵护到帮助青少年面对现实,从回避社会问题到帮助青少年直面它们,让青少年在文学阅读中间接体验生活、体验磨难,从而变得更加成熟、坚强和富有智慧。因此,当代美国青少年文学的题材和主题是非常广泛的,不仅有中产阶级温馨的家庭生活和奋斗故事,也有底层社会的艰辛和挣扎;不仅表达白人中产阶级的价值观,也表达少数族裔和新移民的文化价值取向。人生百态无一不进入当代青少年文学的表现范围:生存压力、身份意识、种族歧视、家庭变故与离散、艾滋病传染、宗教体验、拓荒冒险、生态环保、团伙暴力、战争与死亡、友情、爱情、青春期叛逆、谎言与背叛、欺诈等等。从丰富青少年读者的生活认知、指导他们人格成长的角度看,首都师范大学王小萍教授认为当代美国青少年文学的题材和主题以强化生存意识、破解性成熟期烦恼、倡导诚实做人三个方面最为突出。③

青少年文学对于青少年成长来说,具有一种"镜像"作用。越是优秀的文学作品,越是能够透过虚构世界中独特的"自我",反映现实社会中群体的"自我"。这个群体的"自我"相当于青少年的"集体意识"和"共性"。青少年读者通过这面"镜子",获得对自我的进一步认识,从而改变自我,把握机会,开拓

---

① 张颖:《20世纪美国少年文学回顾》,第15页。
② Donelson and Nilsen, *Literature for Today's Young Adults*, 2005, p.117.
③ 王小萍:《论美国青少年小说题材的积极意义》,芮渝萍、范谊主编:《青少年成长的文学探索——青少年文学国际研讨会论文集》,外语教学与研究出版社2011年版,第114—124页。

自己更好的发展空间。如同《孤女流浪记》中的小金龟,当她听到杂货铺老板称赞她的容貌后,才知道原来自己很漂亮,并不是一只受人嘲笑的"粪金龟"。在遇到挫折、失去信心时,朋友威尔告诉她,在他眼里,她不仅勇气十足,还很睿智。从威尔的评价中小金龟获得了新的自我认识。从此,孤女金龟有了自己的名字——艾莉丝,也从此塑造了新的自我形象。艾莉丝的人格成长故事,说明了他人的评价和反馈是青少年获得客观自我评价的重要参照。青少年文学除了给青少年提供解决问题的各种可能性外,对青少年的心灵创伤和心理健康也有着不可替代的慰藉和抚平作用。作品中的人物和故事,无论是欢乐还是忧伤,是成功还是挫折,都极大地丰富了青少年读者的生活体验和内心世界,让他们感受到社会的复杂性和多样性。唯其如此,他们才可以理解自己的幸福不是无缘无故的,自己的不幸也不是唯一的。他们可能无法改变这个世界,却可以改变自己看待这个世界的角度,调整自己适应这个世界的态度和策略。就像道诺森和尼尔森说的那样:

> 对于正常和健康的青少年而言,阅读和谈论小说中人物所遭遇的问题对他们的心理是有好处的。所有的青少年都有这种或那种问题,认识到别人也有着同样的问题会给他们带来一丝慰藉,得知别人同样也会体验到他们的恐惧和疑虑会使他们的信心和勇气得到恢复……阅读和讨论小说虽然无法治疗心理疾病,但对各种问题以及问题的解决方法的广泛阅读会帮助青少年思考道德上的问题。[1]

综上所述,从整体看,美国青少年小说有着积极的社会意义。无论是强化生命意义的题材、化解成长烦恼的题材、应对家庭难题的题材、处理同伴关系的题材、判断是非曲直的题材,还是深化自我认识的题材,都从不同的侧面反映了作家希望能够影响青少年读者,帮助他们树立积极向上的生活态度,勇敢面对生活挑战,努力实现自我价值和自我完善。

---

[1] Donelson and Nilsen, *Literature for Today's Young Adults*, 2005, pp.324-326.

第二章 二战后美国青少年文学的历史嬗变

　　二战以前，虽然美国青少年文学创作已经很有历史，许多作家都曾出版过描写青少年时期的小说，不少作品进入美国文学经典的行列，但是总体而言，二战前的美国青少年文学创作还是处于零散的状态。喜欢阅读文学作品的青少年主要通过儿童文学和成人文学来满足自己的需求。二战以后，美国开始全面推广高中教育，青少年的文学阅读能力和阅读需求大幅度提高。加之二战以后的成人文学越来越追求标新立异和形式上的实验创新、内容上的异化主题和对成人思想情感的心理描写，这些都越来越偏离青少年读者的阅读兴趣和能力。美国是一个高度市场化的社会，有需求就有供给。普及高中教育为青少年文学创作和出版市场的繁荣发展提供了稳定的社会需求。宏观来看，二战后美国青少年文学经历了三个阶段：第一阶段是20世纪50年代的迷茫时期，曾经影响了一代读者的霍瑞修·阿尔杰的励志小说退出市场。以奥尔科特的《小妇人》《小男人》为代表的青少年文学乐观、浪漫的传统基调开始消退，青少年文学也像成人文学那样染上了一种"挫败感"，充满了对现实社会的反思和反叛。这一时期的代表作是塞林格的《麦田里的守望者》，由于这部小说与传统青少年文学的区别巨大，大众一时间难以接受，许多民众尤其是学生家长希望禁止这部小说上架。但是，它却获得很多学者和青少年读者的认可，并且影响了以后的青少年文学创作。第二阶段从60年代后期一直延续到80年代，人们开始直面现实生活中青少年成长面临的诸多问题，对社会上新出现的阻碍青少年健康成长的文化因素表示担忧和深刻反思。而且，揭露问题的小说一部接一部，以至于人们开始用"问题小说"来命名这一阶段的青少年文学。第三阶段从80年代末开始，规模庞大的"问题小说"令越来越多的读者产生阅读疲劳甚至反感。这类小说大势已去,多元文化思潮开始引领青少年文学向多元化方向发展。少数族裔作家的作品在民权运动之后也有了更加广阔的市场。80 年代以后的青少年文学基调不再停留在对社会问题的渲染上。从文化源头去探索人物故事的意义,并以积极干预、健康乐观的基调引领青少年成长的小说开始重新赢得市场的青睐,并逐渐形成新的时代特征。

第一节　迷茫时期

　　回顾 19 世纪的美国,可以用经济成长和确立民族身份概括其时代特征。在经济成长方面,有西进拓荒,农业集约化,南方庄园农业的破灭,劳动力(黑奴)的解放,大交通的形成和由此带来的人流、物流的旺盛,工业化,城市化,等等;在确立民族身份方面,有领土扩张,南北战争,美西战争,超验主义带来的民族思想解放运动,国力增长带来的民族自豪与自尊,初等教育的普及和高校的发展,科学、文化事业的繁荣,国际地位的提高等,这一切都塑造、改造着美国人民的生活方式和思维方式,也塑造、改造着美国文学的基调。

　　从南北战争以后到第二次世界大战前,虽然有 20 世纪 30 年代的经济大萧条,美国社会总体处于上升时期。经济繁荣,国土扩张,内战的创伤在治愈,地区间的仇恨在逐渐消除,社会整合增强了民族身份感,美西战争的胜利又带来了国家的自豪感和归属感。所以,这一时期美国文学的基调是乐观和自信的。天真,正是美国文学繁荣时代的基本特征。

　　在这些小说的最后一章,卑鄙和玩世不恭的人物总是被彻底清除,伟岸的男子总是和贞洁的女子缔结良缘。人与人的关系是黑白分明的。男主人公或女主人公大多数都不沉湎于内心反省,因为反省内心被认为是一种病态的表现。[1]

---

　　① 　威勒德·索普:《20 世纪美国文学》,濮阳翔、李成秀译,北京师范大学出版社 1984 年版,第 1 页。

然而，两次世界大战严重动摇了西方文明的自信心，20世纪30年代的经济大萧条、严重的战争创伤、战后的经济结构调整、朝鲜战争和麦卡锡主义、东西方冷战，这些巨大挑战造成了欧洲和美国社会普遍的幻灭感。美国文学界也被悲观、失望的情绪所笼罩，连青少年文学也很难再现曾经乐观、浪漫的基调。

1946年南方女作家卡森·麦卡勒斯（Carson McCullers）发表《婚礼的成员》（*The Member of the Wedding*）。环境的压抑和人物的孤独为这部小说营造了一种南方小说典型的怪诞风格。主人公弗兰基是一位处在青春发育期的少女，她因自己身材高大、长得像个男孩子而感到困惑，产生了生理发育时期的心理危机。卡森·麦卡勒斯是一位细腻、敏感的女作家，她的作品往往以那些被人们视作怪异的事件为中心，人物大多是生理残缺和心理变态者。她往往通过极端的表现形式，表达"对美国精神文化的深刻的忧患意识。从某种意义上讲，她已经超越了地方主义甚至于美国主义，而成为世界上所有孤独者和异化者的代言人"[①]。

以塑造"硬汉性格"著称的海明威，其作品大多以年轻人为主人公。1952年他创作出版了《老人与海》，作品中无论是人物性格，还是故事情节，甚至氛围营造，都弥漫着一种浓厚的迷茫情绪。老渔民桑地亚哥每天重复着同样的生活方式，出海捕鱼，完全没有战胜自然的豪情；大海被死一般的寂静笼罩，唯一一次与大自然的抗争虽然过程惊心动魄，但结果还是徒劳，连续80多天出海的唯一收获——一条硕大的马林鱼被鲨鱼咬得只剩下骨架。虽然小说秉持了海明威的一贯风格，刻意表现了老人的坚忍性格，并通过老人的口向他的少年徒弟马洛林说出了那句振奋世界的名言："人不是生来让人打败的。人可以被消灭，但不能被打败。"但是，这句话之所以在20世纪50年代有那么大的魅力，以致海明威因此获得了诺贝尔文学奖，恰恰是因为20世纪50年代西方社会普遍存在的迷茫和幻灭感。二战后美国青少年文学也对这种迷茫和幻灭感做出了反应。

20世纪50年代初，塞林格出版的《麦田里的守望者》就是这种反应的标志。这部小说一反温情脉脉、怀旧、幽默的语气讲述青少年成长故事的传统，

---

① 李公昭主编：《20世纪美国文学导论》，西安交通大学出版社2000年版，第191页。

而是让一位 15 岁的中学生霍尔顿用愤世嫉俗的、叛逆的、粗俗的口语来叙述自己的生活状态和心里的郁闷。批评与称赞之声从它面世之日起就一直伴随着这部小说。在历年美国学校图书馆和公共图书馆最有争议的图书目录中，它一直榜上有名。一代代年轻读者带着对争论的好奇，阅读这部小说，许多人还在主人公霍尔顿身上找到共鸣。因此，这部小说的销售不仅没有停止，反而不断再版，销售量不断攀升，成为出版商们羡慕的对象。可以说，美国青少年文学在 20 世纪 60 年代末至 80 年代的迅猛发展，跟这部小说的成功有很大关系。

霍尔顿反感的是成年人假模假样的虚伪和同学中伪善的、不负责任的交往方式，尽管他自己也染上了不少时代病，如抽烟、喝酒、讲脏话，以玩世不恭的态度看待社会，等等。他的行为方式透露出他的内心深处对真诚、友情和互助等传统美德的渴望。例如，他深夜叫来一位应召女郎到宾馆房间，却并不想跟她上床，只是想找个人聊天解闷、排遣孤独感。看到小学墙上有猥亵的词语，他义愤填膺，立即擦拭干净。虽然万史老师给他的课程考试不及格，他还是在离校前主动前去道别，并耐心听取老师的批评和评价，尽管他并不真心想听。同学要他帮忙的事情，他都尽量去做。以霍尔顿的视角展开的叙事，既表现了一个十五六岁富家子弟自以为是的偏激，又反映了一个未成年人面对各种复杂社会表象产生的困惑，这也是他真实自我和社会自我的自然流露和折射。这部小说的成功，很大程度上归功于作者对现实的把握和提炼。小说出版后，受到很多美国青少年的追捧，一些人甚至刻意模仿霍尔顿的衣着和言谈举止，以示认同和时髦。

就美国青少年文学发展史而言，《麦田里的守望者》是一部承上启下的作品。这部小说与 19 世纪马克·吐温创作的经典之作《哈克贝利·芬历险记》有不少共同点：两部小说的主人公都是 15 岁左右的男孩，都是游离在社会边缘的"流浪者"，只不过时代发生了变化。哈克所见的是美国南方小镇的社会生活，霍尔顿所见的是东部大都市纽约的社会风貌；哈克有过跟骗子相遇的历险，霍尔顿有过被妓女和旅店服务员敲诈的经历；哈克把保护黑人吉姆看作自己的义务，霍尔顿把保护天真的小孩看作应尽的责任；哈克用一口没有受过教育的乡村俚语来讲述自己的漂泊所见，霍尔顿用二战后青少年愤世嫉俗的粗俗语言讲述他在纽约体验到的生活。这些相似之处表明了《麦田里的守望者》对美国文学传统的继承，而它的"启下"作用，则反映在随后出现的一部部用青少年话语讲述自我成长经历的小说中。

塞林格虽然是一位犹太人,但在《麦田里的守望者》里,读者几乎看不到明显的族裔痕迹。20世纪50年代其他几位知名犹太作家也出版了一些优秀的反映青少年成长经历的小说,但在他们的小说里,犹太文化和族裔身份比较明显,如索尔·贝娄的《奥吉·玛琪历险记》(1953)、马拉默德的《店员》(1957)等。黑人作家鲍德温的《向苍天呼吁》(1953)、黑人女作家马歇尔的《棕色女孩,棕色砖房》(1959)等也在50年代出版。然而,小说主人公的少数族裔背景导致这些小说并没有立刻引起足够的重视。不少研究青少年文学的学者也常常在他们的著述中忽略了这些作品对后来青少年文学的影响,黑人作家的一些优秀作品其文学价值要到80年代才被重新发现。

美国图书馆协会在1958年分离出美国青少年图书服务协会(The Young Adult Library Services Association,简称YALSA),表明这一时期反映青少年成长和生存状态的文学作品已经蔚为大观,作为一种独立的文学类型已经初具形态,有必要进行分类推介,提供更加精准的图书服务。需要指出的是,一些青少年文学作家和研究者不把20世纪50年代看作美国青少年文学的成熟期,而把美国青少年文学里程碑的殊荣授予1967—1970年间出版的一系列小说。1994年美国图书馆协会在迈阿密海滩举办会议,评选出"1967—1992年百部青少年文学佳作"。为什么是从1967年开始?这跟有些专家把1967年看作美国青少年文学重要转折期有关。美国学者麦克·卡特在他的重要著作《从浪漫主义到现实主义:青少年文学发展变化50年》中,把1967年辛顿发表《局外人》看作美国青少年文学从浪漫主义走向现实主义的重要转折点。卡特的这一观点影响了不少研究者。

第二节　问题小说时期

20世纪60年代的美国是一个反抗与解放的年代,民权运动、妇女运动、学生运动、集会游行都在向旧制度、旧观念发起挑战。在这样一个旧传统被打破,新的价值体系尚未确立的时代,青少年犯罪事件时有发生。在青少年中,流行着一句口号："30 岁以上的人说的话，别信。"①1963 年，即第二次女性解放运动前夕，女作家西尔维亚·普拉斯创作的《钟形瓶》受到广泛关注，尤其是受女性读者的追捧，尽管欧文·豪等男性批评家对这部作品有负面评论。普拉斯甚至被认为是一个时代的"偶像"(icon)。普拉斯的这部小说引起关注的另一个重要原因是她嫁给了英国著名诗人特德·休斯，而且在完成这部小说后不久，她就自杀身亡。这部小说中的女大学生艾斯特也曾经有过自杀的企图。人们自然地把作者的自杀动机与艾斯特的遭遇联系起来。一些女性因此开始搜索特德·休斯的过错，攻击男性霸权主义。这部小说在 1975 年、1983 年、1988 年和 1994 年美国图书馆协会评选的青少年文学佳作名单上多次入选。

20 世纪 60 年代后期几部反映青少年成长问题的重要小说出版，它们是辛顿的《局外人》(1967)、利普塞特的《对手》(1967)、任德尔的《猪人》(1968)和《我的恋人，我的汉堡包》(1969)等。一些美国学者把这些作品看作青少年文学发展史上的重要里程碑。②紧随其后，70 年代又有《祝福动物与孩子》(1970)、《我知道笼中鸟为何歌唱》(1970)、《临终守护》(1972)、《没有猪儿被宰杀的一天》(1972)、《朋友》(1973)、《英雄无非三明治》(1973)、《巧克力战争》(1974)、《如果比尔街能够讲述》(1974)、《平凡的人》(1976)等出版。这些作品反映了青少年吸毒、暴力、恶作剧、早育、性骚扰、破裂家庭对他们的人生影响等现实问题。其中以青少年口吻叙事的作品很多。无论思想内容，还是创作风格，都明显偏向青少年读者。这类小说又被一些美国学者称为青少年文学中的新现实主义小说、现实主义小说或问题小说。这类作品一部接一部面世，在 70 年代达到高潮。如果说 50 年代霍尔顿的粗俗语言让社会惊讶，六七十年代反映青少年犯罪和颓废的小说带给美国社会的阅读效果，则可以用"震惊"来描写。人们用"嬉皮士""颓废派""垮掉派""一无所知派"等新词来描绘那个时代青年人的精神状态。

到 20 世纪 80 年代，年轻人生长在一个机遇和偶然胜过奋斗和团结的时

① Michael Cart, *From Romance to Realism*：*50 Years of Growth and Change in Young Adult Literature*. New York：HarperCollins Publishers, 1996, p.42.

② Kenneth L. Donelson and Alleen Pace Nilson, *Literature for Today's Young Adults*. 1997, p.12；Michael Cart, *From Romance to Realism*：*50 Years of Growth and Change in Young Adult Literature*. p.64.

代,美国青少年文学中的年轻叛逆者们已经失去了目标。他们缺乏是非观和道德感,情感迟钝,没有理想。"问题小说"也走向登峰造极的状态。科纳特对80年代以后的美国青少年文学进行了研究后指出,当代美国青少年文学的一个普遍特征是青少年主人公的反文化倾向。80年代后"小说中的青年,尤其是白人青年,放弃了行动和主观能动性,成为一群行尸走肉,与艾略特《荒原》中毁掉的人物没有区别"①。他列举的作品有:杰·麦卡艾那尼(Jay McInerney)的《明亮的灯,大都市》(*Bright Lights, Big City*, 1984)、布里特·伊斯顿·艾里斯(Bret Easton Ellis)的《不足为零》(*Less Than Zero*, 1985)、麦克尔·查本(Michael Chabon)的《匹兹堡之谜》(*Mysteries of Pittsburgh*, 1987)、科普兰(Douglas Coupland)的《X 一代》(*Generation X*, 1991)和《香波行星》(*Shampoo Planet*, 1993)、尼尔森(Blake Nelson)的《女孩》(*Girl*, 1994)等作品。②

在尼尔森的《女孩》中,叙述者安迪以麻木、无所谓的口气描述自己失去童贞的过程:她一动不动地躺在地上,在脑海里以一种漠然、冷静的口气,描述她的性体验全过程,仿佛她是一个旁观者、局外人,没有真挚、热烈的爱。这种漠然冷淡的风格反映出当代青少年淡薄的道德意识,他们不再是积极投入生活的热血青年,而是一群失去了生活激情、麻木不仁的浪荡子,能够激起他们冲动的常常是性快感、暴力和毒品。

在《不足为零》中,克雷经常挂在嘴边的话是:"我想看看最糟糕的东西。"一次,他和朋友们看到一具年轻人的死尸。大家议论一阵后,听从了最冷漠的建议——不去管他。其中一人还笑着把一根香烟插进死者嘴里。死亡也不能引起他们的关注和猎奇心。他们一伙又来到毒品贩子的住所,这人曾许诺让他们看看最刺激的东西。结果他们亲眼看到的是一位被海洛因迷糊着的22岁女孩被捆绑在床上,衣服已被剥光。毒品贩子甚至要当着他们的面强奸这位女孩。他向孩子们灌输的思想是:"你想要什么,就有权得到什么。你有权做你想做的任何事情。"克雷想逃离这个场面,却被另一位青年拖住,那人沉溺于电脑游戏,一边玩电脑一边问克雷,是不是还想回去看那具死尸。早期成长

---

① Kirk Curnutt, *Teenage Wasteland: Coming-of-age Novels in the 1980s and 1990s*, *Critique*, Vol. 43 (1), 2001.

② Ibid.

小说中哈克贝利对黑人的同情心和天生的道德意识,甚至20世纪50年代霍尔顿希望守护儿童安全的社会责任感,在这些青少年人物身上都已经荡然无存。

当代青少年的情感麻木和精神空虚反映出后现代美国社会的隐患——年轻一代失去了生活的坐标。追溯文学中出现这类青少年形象的原因,有人认为这种现象是作家为了激发"绝望政治"的产物,因为人们恐惧"上帝死亡"以后,道德权威也随之丧失。文学中反文化、道德麻木的青少年的出现,至少反映了两个方面的问题:一是青少年的现实生存状况和精神面貌;二是在后现代思潮的冲击下,传统道德观念和价值体系受到彻底解构与颠覆。学校里缺乏道德教育,传统上起到道德感化和教化作用的宗教又在逐渐退出人们的日常生活。后现代社会流行的多元文化主义思潮,固然有其积极的一面,但消极的一面也不容忽视。这种思潮肯定了多种价值观存在的合理、合法性,但对缺乏判断能力、需要明确指导的青少年来说,无疑是把他们抛入相对主义和不知所措的困境。

当代青少年文学中的青少年反文化现象给社会敲响了警钟:传统个人主义中的积极成分,如自尊、自爱、自立、自强,被道德虚无主义和绝对的个人利益所瓦解,人的意义和价值被还原成为纯粹的存在和本能欲望的满足。后现代社会对传统道德和价值体系的颠覆,造成了当代社会的道德混乱,这是当下美国社会中青少年成长遭遇的普遍困境。人们在满足青少年的物质和感官需求的同时,却忽视了对他们精神和道德成长的看护与滋养。

以上小说与传统青少年文学的区别主要体现在以下几个方面:

从语言上看,以往描写青少年生活的小说以第三人称为主,叙事语言老练,语言艺术较高。叙事者还常常以长者的口气,带着一丝幽默,笑看年轻人(或青春岁月)的稚气和冲动。例如霍瑞修·阿尔杰的《衣衫褴褛的迪克》可以代表二战前的美国青少年文学风格。这部小说1868年出版,好评如潮,以至于阿尔杰接下来的几十年一直专注于青少年小说创作,他的作品影响力一直持续到二战前的经济大萧条时期。纳撒尼尔·韦斯特甚至说:"阿尔杰对于美国来说,如同荷马对于希腊。"[①]他的系列青少年小说讲述了一个穷孩子如何通过勤奋努力实现美国梦的故事,颂扬了慷慨大度、自我牺牲、诚实守信等美

---

① "Horatio Alger, JR." in Horatio Alger, Jr., *Ragged Dick or, Street Life in New York with the Boot-Blacks*, New York: The Modern Library, 2005, p.vi.

德,充满了传统道德意义上的正能量。而 60 年代以后的青少年小说不仅反映各种尖锐的现实问题,还努力模仿青少年话语,很多作品让青少年主人公作为第一人称叙事者,以带有一定偏激或幼稚的眼光来观察世界,用青少年俚语来讲述自己的故事。因此,口语体、圈内话语、俚语、非标准语、口头禅等普遍出现在当代青少年文学中。讲究话语形式的真实性也是现实主义创作理念的体现,是"真实感"在语言选择上的呈现。但对度和量的把握与叙事角切换的把握,则极大地影响了作品的思想深度和艺术性。

从内容上看,传统的青少年文学较多描写青少年友谊、初恋,初入社会、崭露头角、百折不挠的青春岁月。20 世纪 60—80 年代的小说主要表现影响各个阶层青少年成长的现实因素,如《局外人》中贫民窟青少年被欺辱,被家庭和社会忽视,青少年组成团伙用暴力解决问题;《猪人》中中产阶级家庭的青少年精神空虚,缺乏责任感,缺乏良好的家庭引导;《没有猪儿被宰杀的一天》中乡村少年面临的贫穷问题;《朋友》中少数族裔青少年遭遇的种族歧视、学校暴力、身份认同问题;《巧克力战争》中教会学校的学生团伙内部冲突、学校教育和管理失范等问题。问题意识在这一时期的青少年文学中得到空前提升,成为最突出的文学主题。因此,这一时期的青少年文学被许多学者称为"问题小说"。

从思想深度和美学高度看,传统的青少年文学较多采用第三人称视角。无论是人物内视角还是叙事外视角,叙事者往往具有敏锐的洞察力和艺术表现能力,因此通常具有较丰富的思想内涵和语言张力,如马克·吐温、路易莎·梅·奥尔科特、霍瑞修·阿尔杰等人的青少年小说,不仅青少年爱读,成人也爱读。20 世纪 60 年代以后的青少年文学由于普遍针对青少年读者,大都采用第一人称青少年内视角叙事,青少年的眼光和分析能力通常限制了作品的思想深度与语言张力,其口语化的叙事风格也难以达到第三人称叙事的艺术高度。语言的艺术性和象征力都因青少年阅历的局限受到影响。作家英格黛尔评论 60—70 年代的青少年文学时指出:青少年文学与成人文学的区别应体现在观念和情感深度上,而不是语言难易度上。[①]她认为,当代成人文学

---

① Sylvia Engdahl, "Do Teenage Novels Fill a Need?" in Millicent Lenz and Romona M. Mahood (ed.), *Young Adult Literature: Background and Criticism*, Chicago: American Library Association, 1980,p.45.

不能满足青少年的阅读需求,主要原因不在语言,而在于成人文学不能满足多种阅读需求,它所反映的成人经历和情感问题是青少年难以理解的。^①那种既让青少年的语气和眼光得到一定程度的呈现,又能自然切换叙述视角,让成年叙事者对青春往事进行反思和评析的优秀作品数量不多,《杀死百舌鸟》就是其中的佼佼者。这部小说曾荣普利策文学奖,证明了它的实力。

从人物刻画看,这一时期的小说比较突出单个人物的思想变化和成长,其他人物相对来说比较扁平,缺乏立体感和复杂性。人物塑造的背景往往被限定在一年或两年等较短时间段。突出了在青少年时期,尤其是14—15岁刚入青春期,某次突发经历对人物塑造的重大影响。这次经历也构成了小说中最主要的、最富戏剧性的故事。这类故事较多地强调了环境对青少年的影响和塑造,青少年以社会环境的受害者形象出现。人的主动性在人与他人、人与环境微妙的互动中表现薄弱。人的主观能动性决定人在任何时刻都在根据自己的愿望、目的、意义和价值创造着自己,以自己的方式融入社会。遗憾的是,多数"问题小说"没能很好地结合客观影响与主观能动性,达不到《杀死百舌鸟》《朋友》等作品的思想深度和艺术高度。问题和冲突压倒了情节与人物塑造。其实,这也反映出创作者对现实生活的提炼不够,他们注意到了社会问题、青少年亚文化、青少年话语等表象,他们对这些表象的刻意表现反而超过了对文学"真实性"的把握和对社会问题的反思。

道诺森和尼尔森在《当今的青少年文学》中较好地总结了20世纪60年代以后的青少年现实主义小说。他们指出,这类小说与早期的青少年文学相比有四个基本区别:第一,人物主要来自社会下层家庭;第二,背景与以往的宜人郊区相比,通常是严酷、艰难的生存环境;第三,为了让人物的语言符合他们的生长环境和身份,作者们用口语写作;第四,作者们开始用青少年的真实语言写作,比如粗俗的、非标准的口语。他们还认为,大众接受这样的语言,表明人们的文学观念改变了,不再认为青少年文学的主要目的是给青少年读者树立起中产阶级的道德坐标和行为榜样。人们开始认为,小说的教育价值在于给读者提供各种各样的社会经验。由此可见,有什么样的文学观念就会导致什么样的创作实践。让青少年通过见识社会问题,获得间接经验的文学

---

① Sylvia Engdahl, *Do Teenage Novels Fill a Need?* p.43.

观,直接导致了一系列"问题小说"的出现。

"问题小说"能否等同于现实主义小说? 美国青少年文学专家麦克·卡特对此发表了自己的看法。他指出,1967 至 1975 年间的一些青少年文学开始面对现实问题,具有开拓意义。不幸的是,后来的跟风之作没能超越,反而把现实主义小说变成了所谓的"问题小说"。他认为,"问题小说"的作者们忘掉了现实主义小说的使命,即不仅要描写真实的现状和问题,还要描写真实的人。但后来的"问题小说"注意了前者,却忽略了后者。当作者们反映的问题越来越追求轰动效果时,"问题小说"就偏离了现实主义的轨道,必然导致上世纪 80 年代青少年文学的反弹,即浪漫主义以新的面貌重新回潮。①卡特的论述同时也包含了把现实主义小说等同于"问题小说"的批评。但是由于这种区分只是对问题的渲染程度和艺术水平的高度之区分,所以哪些是现实主义小说,哪些是"问题小说",很难达成共识。卡特自己在论著的后半部分也几乎把这两个术语等同起来使用,并没有做严格的区分。

对"问题小说"的缺陷,汤姆林森和林奇-布朗也做出过类似的评价。他们指出:"'问题小说'有时可以看作当代现实主义的同义词,有时则作为一个贬义词用来指代那些问题或者冲突压倒了情节和人物塑造的小说。"②这一描述指出了"问题小说"中一个比较普遍的艺术硬伤。我们认为,学界对一种新的文学现象的命名,虽然来源于对文本共性的高度提炼,但是给一种文学现象贴上一个笼统的标签,在一定程度上也会起到推波助澜的作用。"问题小说"这个命名对后来的跟风者来说,就是一种暗示和引导,就像国内国外长期用"儿童文学"来命名少儿文学和青少年文学,导致在很长一段时间里面向低幼年龄的文学作品比较繁荣,而面向青少年的文学作品严重缺失一样。

---

① Michael Cart, *From Romance to Realism: 50 Years of Growth and Change in Young Adult Literature*, pp.64 - 72.

② Carl M Tomlinson and Carol Lynch-Brown, *Essentials of Young Adult Literature*, Boston: Pearson Education, Inc., 2007, p.41.

第三节　多元文化建设时期

从 20 世纪 80 年代末开始,美国青少年文学进入了又一个转折期。一方面,反映和暴露青少年成长问题的小说继续出版,如戴维斯的《性教育》(*Sex Education*, 1988)、梅瑟的《市区》(*Downtown*, 1984)等。然而,创作的困境也随着一种文学形式发展到顶峰而不可避免的出现。"问题小说"反映的问题越来越猎奇,越来越极端,逐渐失去了文学意义上的典型性,从而导致读者越来越反感,越来越失去了阅读兴趣。另一方面,作为对市场新需求的回应,浪漫和轻松的元素又开始回归青少年文学创作。80 年代以后,既有反映严峻问题的作品,又有讲述初恋故事的浪漫小说,还有科幻小说、历史小说等出现。与此同时,随着多元文化思潮日益高涨,一些少数族裔作家创作的青少年文学作品受到前所未有的重视,甚至一些 50—60 年代发表的黑人青少年文学作品得到重新阐释和价值发现。青少年文学多元化创作的局面开始形成。在多元文化主义的引导下,青少年文学创作相互借鉴,推动了现实主义文学传统朝着新的方向发展。

90 年代以来,青少年文学中的乐观向上的基调越来越明显。用乐观的态度看待青少年成长面临的问题,既是对现实主义创作理念的继承,又是对过分渲染青少年问题的修正。沃尔夫的《制作柠檬汁》(*Make Lemonade*, 1993)就是一部较好的代表作。这是一部用散文诗写成的小说,以 14 岁少女拉旺的视角讲述她的一段重要人生经历。拉旺一家住在一个类似贫民窟的社区,这里经常发生枪击、打斗、吸毒等危害社会的行为,可谓"问题严重"。她的父亲就是在街上被流弹击中意外死亡的。母亲辛勤工作,希望能够帮助女儿考入大学,脱离这个危机四伏的社区。14 岁的拉旺决定打零工,为将来上大学做准备。她找到一份帮人带孩子的工作。然而,她发现她的雇主乔尼是一位比她大不了几岁的单身母亲,有一儿一女两个孩子,女儿还不会走路。雇用拉旺不久,乔尼就失去了工作,她根本付不起拉旺的工资。拉旺非常同情乔尼,也很喜爱两个孩子,于是她决定留下来免费帮助乔尼。在跟乔尼一家的交往中,拉旺深切地体会到知识、责任、友情的重要性,深切体会到千万不能走乔尼的路,要远离毒品和没有责任感的男孩。在拉旺的帮助下,乔尼重新回到学校学习,她的子女也得到公益机构的救助。通过这次做家庭保姆的经历,拉旺不仅增强了学习动力和责任感,解决问题的能力也大大提升。从这个结果看,虽然这部小说反映了贫民窟、单身母亲等社会问题,但年轻的主人公没有被劣质的社会环境腐化,反而从他人的经历中深化了对社会和人生的认识,激励起她走出贫民窟的决心。因此,这部小说的基调还是积极乐观的,它摆脱了60—70年代青少年话语中的玩世不恭、思想叛逆和悲观情绪。它在正视社会现实问题的同时,又发挥了文学作品启发和引导青少年进步的正能量。这部小说很快赢得了文学界和社会的好评。

鲍尔的《希望曾在此地》(*Hope Was Here*,2000)也是一部以乐观向上的基调应对现实问题的小说。小说女主人公是一位16岁的女孩,出生时母亲给她取名叫"郁金香"。长大以后,她自己改名叫"希望"。"希望"出生以前,父亲就离家出走。母亲觉得自己没有能力养大一个孩子,所以把她留给姐姐抚养。"希望"和姨妈艾迪相依为命,跟着姨妈四处搬迁。"希望"虽然经历许多坎坷,但为人正直善良的姨妈为她树立起生活的榜样。"希望"从14岁起,就在姨妈干活的餐馆打工。她们虽然不富裕,却能靠自己的能力生存,并且对自己的工作越来越驾轻就熟,得到同事和顾客的好评。母亲偶尔会来看望她们。"希望"能够感受到她的母亲是一个既缺乏责任感,又很肤浅的女人。但母亲是一位很有经验的餐馆服务员,她给"希望"讲述了餐馆打工的要诀。"希望"一心盼望有一天她的父亲会回来找她。在她的想象中,父亲是一位受人尊敬的成功人士。然而,她一直没有等来亲生父亲,倒是姨妈的老板——一位身患癌症、却要竞选市长的餐馆老板,要跟她的姨妈结婚,并且要领养她,当她的养父。这位名叫斯杜普的老板爱护员工、热心公益、乐观开朗,从不把疾病放在心上。虽然其貌不扬,也没有"希望"想象的父亲那样英俊伟岸,但他的精神境界给"希望"极大的鼓励和启发。这部小说有大量关于竞选的故事,斯杜普的竞选理念跟奥巴马竞选总统有不少类似之处。作者乔·鲍尔自己也有过竞选经验,她曾担任密歇根州众议员。这部小说既有强烈的现实感,又是个性化的典型。在美国现实生活中,单亲家庭生长的青少年人数庞大,他们都面临如何看待自我身份、如何看待父母、如何实现自我价值的问题。同样,在现实生活中,像"希望"一样热衷政治、愿意为竞选活动出力的年轻人也不乏其人,一些大学生还以能够申请去国会山做实习生为荣。"希望"被塑造成为一位具有个性和代表性的感性人物。她有幸遇到一位竞选市长的癌症患者,并且还成为他的继女,参与他的竞选活动。在这样一个非常态的相识过程中,一位普通女孩的理想和能力被激发出来,她的眼界和潜力得到了扩展。非常态事件中符合常理的因素得到挖掘和体现,这是现实主义小说"真实性"和"典型性"的结合。小说用戏剧性的、个性化的故事将符合常理、具有现实可能性的人物烘托出来。

1994 年,在由 100 位图书管理员、教育工作者、图书编辑和作家推选的"1967—1992 年百部青少年文学佳作"中,有五本在前三次类似选拔中入选的小说再度胜出,它们是:《我知道笼中鸟为何歌唱》(1970)、《朋友》(1973)、《钟形瓶》(1963)、《保佑动物和孩子》(1970)、《临终守护》(1972)。除《临终守护》具有斗智斗勇的冒险性质以外,其余四部都反映了青少年成长过程中确立自我身份、塑造自我,获得社会认同、实现自我价值的努力。值得注意的是,这几部小说并没有用所谓真实的青少年话语进行主体叙事。尽管《朋友》是第一人称,但叙述者采用过去时,拉开了历事自我与叙事自我的差距,而且主人公是一位优秀的学生,所以其话语超越了普通青少年的口语局限。这说明文学语言的艺术张力仍然被很多人看作评判一部作品的重要参照。内容比形式、神似比形似更接近现实主义文学的精髓。

美国青少年文学经历了从浪漫走向现实,从突出现实问题到关心现实中青少年的成长,从单一模式的现实主义走向多元模式的现实主义这样一个变化发展过程。20 世纪 80 年代以后,随着多元文化思想的普及,不同创作理念受到尊重,作家对于在多大程度上贴近现实、如何反映现实等问题各有不同的把握,导致不同作品中现实主义元素的量和度各不相同。现实主义在有的作品中体现在形式和细节的仿真上,因此偏向于"形似";而有的作品虽然突出了虚构背景,但其人物和故事却具有现实的可能性和可信性,偏向于"神似";继续以传统的现实主义模式创作也是一种选择。加之 60 年代轰轰烈烈的民权运动之后,不同族裔背景的作家获得了比以前更多的机会和更大的可能性出版他们的文学创作。因此,美国青少年文学有了来自不同种族背景的青少年主人公形象,打破了以白人青少年为主人公,少数族裔只是次要角色的文学惯例。

美国青少年文学越来越呈现出百花齐放的局面。尽管如此,能够经得起时间考验的优秀作品似乎还是不多。一些获得这样那样青少年文学奖项的小说虽然受到图书界和教育工作者的认可,但却不受青少年读者的欢迎。能够既受到学界广泛好评,又受到市场广泛追捧的作品还不够丰富。这一现象跟青少年文学研究长期受到忽视,跟不上青少年文学创作的发展繁荣有很大关系。我们在下一节将对美国青少年文学的研究现状做系统的梳理。

第四节 青少年文学研究现状

根据潘·科尔的研究,美国青少年文学的命名经历了一个逐渐演变的过程,使用过许多名词,这一概念化过程直观地反映了青少年文学研究的发展过程。

过去半个世纪,专家学者们一直在努力界定什么是青少年文学。他们发现在儿童文学(children's literature)与成人文学(adult literature)之间存在一种鸿沟,而跨越这种鸿沟的文学作品已经大量出现。他们使用了众多名称来描写这些作品,如 young adult literature, adolescent literature, juvenile literature, children's literature, junior books, books for teenagers, books for teens, books for tweeners。由于 adolescent 和 teen 这两个词在语用学上有隐含的贬义,如"不成熟",现在大多数专家学者都统一使用 young adult literature 来表征这种文学类型,简称"YA"。[①]

全美英语教师协会主办的学术刊物《英文期刊》(English Journal)的编辑克里斯·克劳(Chris Crowe)也指出,"YA"(青少年文学)这一标签存在的理由主要源于出版界和读书界。出版商和图书管理员希望为青少年创作的作品能够顺利抵达青少年读者手中。他们认为,为青少年读者专门分出一个文学图书类型,并命名一个标签十分必要。克劳同时指出,青少年希望被当作成人

---

① Pam B. Cole, *Young Adult Literature in the 21ˢᵗ Century*, Boston: McGraw-Hill, 2009, p.49.

对待,所以他们对小看他们的标签会产生抵触。现在广泛使用"YA"这一标签,字面翻译就是"年轻的成人",这是尊重青少年意愿的结果,因为"adolescent"在语用上有不够中性、不尊重青少年的嫌疑①。

2007 年宁波大学外语学院主办的"青少年文学国际研讨会"对这个问题也进行过热烈争论。"儿童文学""青少年文学"以及"成长小说"等几个概念的厘定成为研讨会关注的热点。《外国文学研究》副主编邹建军教授在开幕式发言中对这几个概念做了厘定。他认为"儿童文学"这个概念是"五四"时期从西方引进,通俗易懂,约定俗成;"青少年文学",也是从西方引进来的一个概念,表明西方学术界对于"儿童文学"的重新认识,别有新意。邹建军教授认为,两者具有各自不同的含义,可以并行不悖、共生共存。

北京师范大学王泉根教授的发言虽然承认儿童文学的内涵需要细分,但他明确主张"儿童文学"的概念更有概括力。他认为"儿童文学是为 18 岁以下的未成年人精神生命健康成长服务并适合他们审美接受心理的文学。在这一特殊文学内部,因少年儿童年龄段的差异特征,又将其具体区分为少年文学(中学生)、童年文学(小学生)、幼年文学(幼儿园)三个层次"。他认为,儿童文学实际包含了青少年文学。

芮渝萍、范谊教授则立足于青少年文学和儿童文学之间的区别,特别突出青少年文学作为独立文学类型的必要性。芮渝萍和范谊联合撰写的论文《青少年文学的独立性》全面阐述了青少年文学的概念内涵、阅读价值和研究领域。文章指出,青少年文学在我国文学史上是一个相当晚近的概念,是从儿童文学中逐渐分化出来的一种文学分类,主要文学人物和读者对象定位在 13—20 岁的青少年。这个年龄段的年轻人的生理特征、生活特征、心理特征和思维特征跟 4—12 岁的儿童有很大区别。传统的"儿童文学"是一个过于宽泛的概念,已经失去了分类学理上的内在一致性和服务对象上的外在针对性。每个人生命中都要经历"青少年"这样一个彷徨、迷茫、叛逆的时期,它是一个人社会化过程的关键阶段。青少年阶段面临的人生转折和青少年心理自身的不稳定性,为青少年文学提供了广阔的创作空间和审美空间。它有明确的服务对

---

① Chris Crowe, "Young Adult Literature: The Problem with YA Literature," *The English Journal*, Vol. 90 (3), 2001, p.146.

象,有充分的文学分类学理据,应该作为一种独立的文学类型进行研究。

首都师范大学的李敏对青少年文学的研究现状进行过系统梳理和总结。她的数据来源是中国知网 CNKI 和国际人文社科数据库 JSTOR。中国知网是目前世界上最大的连续更新的中文期刊全文数据库,它收录中国国内 8200 多种综合期刊与专业特色期刊的全文。所以中国知网上所发表的文章,能够一定程度上反映某一学科的研究现状。JSTOR 全名为 Journal Storage,是海外学术性期刊的数字化存档。它是十几个领域的代表性学术期刊全文库,收藏的文献在学术水平上属于研究级基础资源,特别适合人文社科类研究人员使用。因此,JSTOR 的文章能够一定程度上反映国外某一学科研究的基本现状。

李敏收集的是 1980—2007 年的数据。在中国知网的世界文学查询范围内搜索以青少年为主题的文章,共有 96 条结果,其中关于成长主题的研究有 63 条,占 65.6%,关于叙事策略研究的有 20 条,占 22.8%,象征意义及价值研究为 10 条,占 11.4%,其他研究为 3 条,占 3%。由此她总结道:国内对于外国青少年文学文本本身的研究还不够广泛、透彻。她还引用莎拉·赫兹在《从辛顿到哈姆雷特》一书中的一段话,说明我们对于外国青少年文学文本本身的研究还有很大的空间:"青少年文学同经典文学一样具有相同的文学元素,有一致的视角,重要的背景,成熟却不复杂的情节安排,形象的人物刻画,真实活泼的对话以及引人入胜的风格。"

关于青少年文学研究的国别调查。李敏收集到的数据是:美国青少年文学研究有 49 条,俄罗斯青少年文学研究有 5 条,德国青少年文学研究有 4 条,日本青少年文学研究有 4 条,英国有 4 条。由此可见,美国青少年文学是国内研究重点。她认为,一方面是因为美国青少年文学优秀的作家和作品最多,另一方面是我国读者对美国作家和作品更为熟知。与此相关的是,美国发达的出版业,美国的青少年文学作品有各种排行榜和各种青少年文学大奖,还有诸如美国青少年图书馆服务学会等专业机构,积极致力于美国青少年文学的推介、发展和繁荣。

她还对青少年文学研究重点作品做了调查。美国作品远超其他国家的作品,比如对《麦田里的守望者》(*The Catcher in the Rye*)的研究有 120 项,《红色勇士勋章》(*Red Badge of Courage*)有 16 项,《猪人》(*The Pigman*)有 3 项,《棕色姑娘,棕色砖房》(*Brown Gril, Brown Stones*)有 2 项。《红色勇士勋章》是 1894 年的作品,《麦田里的守望者》是 1951 年的作品,《棕色姑娘,棕色砖房》是 1959 年的作品,《猪人》是 1968 年的作品。

李敏对在 JSTOR 数据库里查询到的 584 篇国外论文做了描述和分析。按照论文内容,这 584 篇论文可分为 7 类:(1)青少年文学与课程教学,在教学实践中教师怎样讲授青少年文学,学生怎样学习青少年文学,这类文章有 271 篇,占总数的 46.4%;(2)青少年文学阅读与写作技巧的关系,这类 10 篇,占总数的 1.7%;(3)青少年文学按主题分类,分成幻想类(fantasy)、科幻类(science fiction)以及寓言类(Fable)等等,这类文章 32 篇,占总数的 5.5%;(4)青少年文学的地域分类,包含非裔美国青少年文学、亚裔美国青少年文学等等,这类文章 29 篇,占总数的 5.0%;(5)对青少年文学本身的研究,探讨究竟什么是青少年文学,这类文章 128 篇,占总数的 21.9%;(6)介绍优秀的青少年文学作品,这类文章 92 篇,占总数的 15.8%;(7)青少年文学的评论和理论研究,这类文章 17 篇,占总数的 2.9%;其他文章 5 篇,占总数的 0.9%。

根据以上数据,李敏得出以下结论:

1. 国外青少年文学研究的一个重要方向是与课程相结合,研究怎样把青少年文学更好地应用于教学实践中,研究教师应当怎样教授青少年文学。因为国外青少年文学的主要研究人员是中学教师,所以他们的研究更多的是关心怎样将青少年文学与课堂教学相结合。①

2. 目前在国外,对于什么是青少年文学这一基本概念,许多专家学者以及研究人员仍然在进行探索讨论。因此我们可以看出,青少年文学研究还处于起步阶段,它的成熟发展需要国内外研究人员共同努力。

3. 从数据上看,国外对于青少年文学作品的介绍很丰富。而相比之下,我国对于青少年文学作品的宣传与介绍力度就明显不足。这里面可能有出版、学校课程体系差异等原因,不过这也说明加强对青少年文学作品的宣传推广是推动青少年文学研究的一条重要途径。

4. 经过统计得出的数据有一点令人惊讶,那就是国外对青少年文学作品

---

① 我们认为,这类文章数量最多的一个重要原因是《儿童文学与教育》这一刊物的主导,它主要刊登如何将儿童文学(广义定义)运用于教学的文章,如将历史小说作为历史课的补充读物等。

的纯文学评论也很少,只有 17 篇,不到检索文章总数的 3%。这从另一方面说明,青少年文学作为独立的文学样式还没有成为文学评论界和学术研究界的重要研究对象。青少年文学研究还没有摆脱边缘化的地位,这和青少年文学创作的持续繁荣形成鲜明对比。这也显示了国内外文学批评界对青少年成长的忽视。①

在国外,伊丽莎白·坡等人曾获全美英语教师委员会青少年文学会(ALAN)的资助,对 1970—1995 年的美国青少年文学研究做过调查。他们发现,现有的研究主要包含以下几个层面:作者研究、主题分析、人物分析、文学反映的社会问题、青少年阅读兴趣、读者反应理论、青少年文学中的人物心理和人物社会特征、人物成长视角下的性别问题和族裔问题、阅读主张等。他们也指出了美国青少年文学研究的空白点:即对文学要素的研究相当缺乏,如多重叙事者、时间转换(temporal shift)、叙事结构等,特别是对具体作品的深入研究还相当缺乏。②

他们提供的美国青少年文学研究主要刊物有:《青少年文学评论》(*The ALAN Review*)、《图书链接》(*Book Links*)、《新书目录》(*Book List*)、《图书报道》(*Book Report*)、《儿童文学与教育》(*Children's Literature in Education*)、《儿童文学学会季刊》(*Children's Literature Association Quarterly*)、《号角图书》(*Hornbook*)、《图书馆青年服务学刊》(*Journal of Youth Services in Libraries*)、《新倡导》(*The New Advocate*)、《狮子与独角兽》(*Lion and the Unicorn*)、《学校图书馆学刊》(*School Library Journal*)、《信号》(*SIGNAL*),《青年倡导之声》(*Voice of Youth Advocates*)和《威尔逊图书馆简讯》(*The Wilson Library Bulletin*)。其实这里面的刊物多半只提供出版信息和简介,而且《号角图书》《狮子与独角兽》主要针对儿童文学,青少年文学评论不多。

---

① 李敏:《基于数据库的国内外青少年文学研究综述》,芮渝萍、范谊主编:《青少年成长的文学探索——青少年文学国际研讨会论文集》,外语教学与研究出版社 2011 年版。另外,我们在研究中发现对单部青少年小说的评论很少,主要原因是青少年文学评论很少能够挤进主要文学研究刊物,这类文章多半只能进入研究专集或会议论文集里,所以在期刊论文数据库里很难找到。

② Elizabeth Poe, et al., "Future Directions: An Interim Analysis of Twenty-Five Years of Research on Young Adult Literature," *ALAN Review*, Vol. 22 (2), 1995.

他们的研究和李敏的统计都指出了一个问题,即对青少年文学具体作品的深入研究还相当缺乏。

伊丽莎白·坡等人把青少年文学研究成果分为两类:一类是高校学位论文,学术性强,主题鲜明,有较高的学术参考价值;另一类是专业期刊论文,其主题似乎更加务实,学术性和研究深度不如学位论文。前一类研究题目比较大,涉及面广,有较丰富的信息材料,但是其社会学意义似乎超过了文学意义。比如,他们列举的重要学位论文有:《苏·艾伦·布里吉斯的南方青少年文学》《弗吉利亚·汉密尔顿小说中的哥特和怪诞效果》《自我牺牲还是自我发展? 辛西娅·沃伊特小说中人物的抉择》《自我作为知识源泉:青少年小说中的身份主题的哲学研究》《1967—1979 年间青少年文学中的家庭形象》《1980—1981 年间青少年小说和电影中的教师形象》《通过罗曼史成为女人:青少年小说及女性气质意识形态》等。所列举的期刊论文有:《青少年学生的阅读兴趣评估》《青少年文学的终极发展任务》等。

我们也注意到,在数量庞大的论文中,青少年文学成为反映社会问题和研究社会问题的资源,或者成为探讨课程教学的资源。相反,它们作为文学作品的艺术特征则很少受到应有的重视,如小说如何塑造人物、如何讲述故事、如何构建情节和主题、虚构的"真实感"、象征与隐喻、青少年话语及视角等诸多文学要素缺乏深入探讨。现有论文的关键词都包括"青少年文学",但极少有具体作品名称,因此如果把某部小说作为关键词搜索,只能找到简短的书评和报刊简介,几乎找不到比较深入的研究论文。这种现象极大地制约了青少年文学的研究水平,反过来也制约了创作水平的提升。

爱莉丝·储普也注意到这个现象。她指出,对当代青少年文学的评论和学术研究极少,大部分资料是书评(book review)。①所谓书评,就是一些发表在报纸上或图书出版信息上的作品介绍和简要评价,其目的是让读者了解某部小说的主要内容,其信息传播功能远大于学术研讨,其评论往往只有寥寥数语,对研究者来说几乎不具有参考价值。

通过搜索文学研究最常用的西文数据库 EBSCO 和 JSTOR,我们发现大

---

① Alice Trupe, *Thematic Guide to Young Adult Literature*, Westport: Greenwood Press, 2006, p.vii.

凡获得主要文学奖项的成人文学作品都可以在这两个数据库中找到研究性论文,但青少年文学获奖作品则很少有相关评论。通常,青少年文学研究资料有四种来源:一是青少年文学研究学术会议论文集,二是青少年文学研究专著,三是青少年文学综述性论文,四是研究生学位论文。一个突出问题是,专门研究某部青少年文学作品的论文很少被学术期刊采用,因此也很难在权威文献数据库中找到相关信息。这种现象反映了学术界对青少年文学研究的偏见和忽视,同时也表明专门研究青少年文学的学术刊物太少。这种局面阻碍了青少年文学优秀作品的推广,也不利于青少年文学创作水平的提高。

这种局面在国内外都十分普遍。就此,丹尼尔斯在青少年文学重要期刊《青少年文学评论》(The ALAN Review)上发表文章指出,被列入 YA(young adult literature)系列的当代青少年文学作品被许多文学评论家和学术期刊所忽视。她说,J. K. 罗琳的《哈利·波特》问世,获得巨大成功,才开始吸引一些过去从不关心青少年文学的评论家的注意。她还指出了另一个普遍现象,即许多人将青少年文学看作儿童文学的一个分支,青少年文学与儿童文学一样被看作"小儿科",不能与成人文学相提并论。她说:"当人们看到青少年文学几个字,就想放弃这篇文章,认为它跟文学团体没有关系。"①她呼吁评论家们应该认识到以下几点:(1)青少年文学和儿童文学都是文学作品;(2)它们属于不同的文学类别;(3)应该用关键性的文学指标来衡量青少年文学,以提升青少年文学的地位;(4)将流行的文学理论运用于青少年文学作品分析。应该说这样的呼吁一直都存在,但却很少见到运用主流文学理论对青少年文学作品进行分析的案例。将一种理论用于分析几部青少年文学作品的案例相对多一些。后一种方法的缺陷在于对一部作品剖析的深度会大打折扣。当然,对相关性较强的几部作品进行分析也是必要和有价值的,它通过横向或纵向比较,就某一文学现象进行综合性论述,它所提供的信息量还是值得肯定的。这类专论有:弗莱伯格的专论《美国小说中的青少年崇拜》②,汉森的

---

① Cindy Lou Daniels, "Literary Theory and Young Adult Literature: The Open Frontier in Critical Studies," *The ALAN Review*, Winter 2006, p.78.

② Barton Friedberg, "The Cult of Adolescence in American Fiction," *Nassau Review*, Vol. 1(1), 1964.

《美国文学中的青少年观念》①，约翰生的《青少年英雄：当代小说的一个潮流》②，基尔的《小说中的青少年：心理分析》③等。

　　由于美国文学中以青少年为主人公的小说成千上万，鱼龙混杂，要详细描述是十分困难的事情，于是有学者用简单的主题归类法，把这些书目收集起来，并提供了简要介绍，如戒瑟姆编撰的《美国小说中的青少年：1920—1960》④，德玛和贝克曼编撰的《60年代以来美国小说中的青少年》⑤。后一本书从1961—1982年出版的涉及青少年人物的4200本小说中筛选出600本小说，做了简略的介绍和归类。凯威尔主编的《青少年文学：对经典的补充》⑥，是一本青少年文学教学参考书，以成长小说为主。成长小说研究专集有科伊尔编撰的《美国文学中的年轻人——成长主题》⑦，其中收集了5篇关于青少年成长的论文，具有较大的参考价值，后部分则是文学作品选集。1970年邓尼斯·汤米森主编出版论文集《青少年文学论文集》⑧，内容分为青少年及其阅读、青少年小说、非小说类作品、青少年文学中的问题、读书讨论会等几个部分。收集的论文均是对青少年文学的价值、审查机制、课堂推介等的宏观论述和现状描写，缺乏对具体作品的研究评论。

　　其他专著和文集还有，1985年怀特出版《女性成长——美国小说中的女

---

①　Ihab Hassan, "The Idea of Adolescence in American Fiction," *American Quarterly* 10, Fall 1958.

②　James William Johnson, "The Adolescent Hero: A Trend in Modern Fiction," *Twentieth Century Literature* 5, 1959.

③　Norman Kiell, *The Adolescent through Fiction*: *A Psychological Approach*, New York: International UP, 1959.

④　W. Tasker Witham, *The Adolescent in the American Novel 1920—1960*. New York: Ungar, 1964.

⑤　Mary J. DeMarr and Jane S. Bakerman, *The Adolescent in the American Novel since 1960*, NY: Ungar, 1986.

⑥　Joan F. Kaywell, *Adolescent Literature as a Complement to the Classics*, Christopher-Gordon Publisher, Inc. 1993.

⑦　William Coyle (ed.), *The Young Man in American Literature*: *The Initiation Theme*, New York: The Odyssey Press, 1981.

⑧　Dennis Thomison, *Readings About Adolescent Literature*, Metuchen: The Scarecrow Press, 1970.

性青少年》①,1986 年达西梅尔的专著《女性青少年——对文学的心理分析》②由耶鲁大学出版社出版。这本书选择了主人公分别属于五个年龄阶段的文学作品,从心理学的角度评价了文学作品对青少年成长过程的艺术再现,其中作品引文较多,分析比较简略。

1991 年德国人加布瑞尔·维基出版了著作《美国小说中的女性成长》③。该书实际上是作者的论文集,以单个作品分析为主,加上一章对 18—19 世纪美国文学作品中女性人物的分析评论,没有对女性成长小说进行整体研究。

1991 年詹姆士·哈丁编辑出版《反思与行动:成长小说论文集》④,收录了 17 篇论文,讨论了歌德等德国作家的小说。编者指出,在 18 世纪后半叶,德国出现了一种小说样式,它通常带有自传性,有时甚至难以称作小说,它主要关注主人公的精神和心理成长,后来被称为成长小说。他指出,这类小说是德国小说中最重要的类型之一。而且,最伟大的德国小说均属于这个类别的作品。⑤由于学者们对 Bildung 这一术语的解释不尽相同,作者花了较多的笔墨来追溯词源及词义。无论从他追根溯源的努力,还是观察现实生活中的实例,都可以得出一个结论:一个词的基本意义虽然相对来说是比较稳定的,但绝不是静止不变的。随着历史的变迁和"成长小说"创作的推陈出新,这个术语的内涵和所指对象也在不断扩大,变得更加丰富。可以想象,如果所有成长小说都是一个模样,那么读者很快就会厌倦这类小说。哈丁指出了一个有趣的问题:成长小说在各个国家是有所不同的。也就是说,各个国家独特的文化和社会环境决定了它的成长小说具有的民族性和本国特色。

---

① Barbara White, *Growing Up Female*: *Adolescent Girlhood in American Fiction*, Westport: Greenwood Press, 1985.

② Katherine Dalsimer, *Female Adolescence*: *Psychoanalytic Reflections on Literature*, New Haven and London: Yale University Press, 1986.

③ Gabriele Wittke, *Female Initiation in the American Novel*, Frankfurt: Peter Lang, 1991.

④ James Hardin (ed.), *Reflection and Action*: *Essays on the Bildungsroman*, Columbia: University of South Carolina Press, 1991.

⑤ James Hardin (ed.), *Reflection and Action*: *Essays on the Bildungsroman*, p.ix.

1997 年莎伦·斯特林格出版《冲突与联系：青少年文学中的心理学》[①]。这是一部把心理学理论应用于青少年文学研究的专著。作者从"我是谁?""家——我长大的地方""同甘共苦的朋友""脑海之战""找到适合我的位置""对与错：我希望知道正确的选择""我的性征：幻想与现实""我一定疯了"等几个章节，以众多小说为蓝本，以青少年常见心理现象为主题，结合心理学理论，引用了小说中的心理描写，阐述一些心理学知识，并对小说人物的心理行为做了简要的分析和评论，是一本有较高学术价值的参考书。

摩尔·诺尔 1997 年出版《阐释青少年文学：中学课堂上的文学理论》[②]，这是将文学理论运用于作品分析的较好范例。他运用形式主义理论评论了《了不起的希金斯》(*M. C. Higgins, The Great*)，用原型批评理论分析了《狗之歌》(*Dogsong*)中的单一神话，用结构主义理论阐释了《行动决定人》(*The Moves Make the Man*)，用解构主义理论评论了《传承者》(*The Giver*)，用读者反应理论评论了《落难天使》(*Fallen Angels*)，用女性主义理论评论了《离去》(*The Leaving*)中的母女转换，用黑人美学理论分析了《临终前的一课》(*A Lesson Before Dying*)，用文化批评理论论述了《夜晚的风筝》(*Night Kites*)的社会建构，还对《我爱过雅各布》(*Jacob Have I Loved*)做了多重解读。这部著作反映了作者开阔的文学理论视野和深厚的文本分析功力，为青少年文学研究提供了良好示范。

2004 年艾莉西亚·奥塔若出版专著《讲述历史：美国亚裔成长小说中的儿童视角》[③]。第一章从理论的角度探讨了英语文学中的儿童视角问题，后面 5 章则结合实例，通过 5 部小说中的对话和独白，进一步论述了儿童和成人双重视角在四部小说中的呈现方式及其意义。所选的小说文本是《记忆中的鬼兄弟》《中国男孩》《布鲁的麻烦》《彩虹女神哭泣的时候》《众神的气味》。在该专著的文献综述中，作者把视角转向英语文学中的儿童视角问题，指出现有的

---

① Sharon A. Stringer, *Conflict and Connection：The Psychology of Young Adult Literature*, Portmouth：Boynton/Cook Publishers, 1997.

② Moore John Noell, *Interpreting Young Adult Literature：Literary Theory in Secondary Classroom*, Portsmouth：Boynton/Cook Publishers, 1997.

③ Alicia Otano, *Speaking the Past：Child Perspective in the Asian American Bildungsroman*, Münster：Lit Verlag Münster, 2004.

论著中,论述较多的是文学中的儿童或童年主题,如讨论童年为何如此频繁地出现在文学作品中,以及它的意义等。然而,从写作技巧上探讨儿童视角的论著不多。具体说,对语气、意识形态、叙事声音的地位及读者构建叙事者形象的复杂过程的探究较少。作者还简要介绍了她所参考的关于视角和声音方面的理论著述,认为卢梭和弗洛伊德对童年的认识极大地影响了世人,而马克·吐温的《哈克贝利·芬历险记》、亨利·詹姆士的《梅西知道多少》、詹姆士·乔伊斯的《一个青年艺术家的画像》、弗吉尼亚·沃尔夫的《海浪》等小说对儿童对话和儿童心理的刻画,则对文学创作产生了很大的影响。她指出,儿童声音的真实感离不开对儿童观察力缺陷、认知缺陷和有限表达手段的反映。因此,研究儿童的声音和视角不应该忽略小说中多层次叙事的存在。她强调:"是作者的一系列选择让叙事者拥有了一个孩子所具有的独特的意识。这些选择在作品中是有所反映的,也能通过分析那些传达儿童声音和视野的语言来对此进行研究。"①

爱丽丝·储普的《青少年文学主题指南》②出版于 2006 年。该书将当代青少年文学作品划分为 32 个主题类别,一个类别为一章,每章涉及 3—8 部具有一定知名度的小说,这些作品出版于 20 世纪 60 年代至新世纪之交,涉及青少年文学作品共有 150 部之多,可谓工程浩大。这部书的价值是向读者介绍了众多的青少年小说,为读者提供了美国青少年小说的概貌。读者可以根据自己感兴趣的主题,初步了解作品概况,选择是否进一步阅读。而且,作者在每一章结尾还提供了更多相关主题的小说目录。但从文学批评的角度看,对小说主题的阐释和故事介绍多于文本研究,资料信息价值大于学术研究价值。

2009 年南希·雷诺兹出版了专著《青少年文学的多种传统》。③该书聚焦于青少年文学中的族裔文学传统,包括混血儿原型人物及其历史演变、当代青少年文学中的白人与黑人、土著印第安人与新移民、移民面临多种传统的选择

---

① Alicia Otano, *Speaking the Past: Child Perspective in the Asian American Bildungsroman*, p.16.

② Alice Trupe, *Thematic Guide to Young Adult Literature*, Westport: Greenwood Press, 2006.

③ Nancy Thalia Reynolds, *Mixed Heritage in Young Adult Literature*, Lanham: The Scarecrow Press, 2009.

困惑、在多种传统中确立身份、非小说文本中具有多种传统的青少年等几个部分,其关注点是多元文化环境下移民社会中的混血儿。混血儿所面临的身份问题和文学对他们的描写是这本专著的重点。在青少年文学研究中,这样的研究虽然不多,但对移民社会的读者来说却具有很大的现实意义。

2009 年,帕姆·科尔出版《21 世纪青少年文学》①。这是一部针对青少年文学教学的专著。前三章帮助教师了解青少年阅读习惯、阅读兴趣和阅读能力。第四章至第十三章分别以现实主义小说、罗曼史、历史小说、惊悚小说、科幻小说、诗歌、戏剧、自传、日记等文学类别为切入点,介绍这些文学类别的基本特征,从结构和风格上介绍了一些相关的青少年文学作品,介绍和讨论了不同的教学方法。

其他研究青少年文学或者将青少年文学与儿童文学合并在一起研究的学术著作还有一些,可以从学术刊物《儿童文学》《儿童文学学会季刊》《狮子与独角兽》每期的书评中了解相关信息。一些学者还主编了专集,方便读者集中阅读这一类别的文学作品。但编选的方式往往比较简单,大都以简介加读本为主。简介又分为两种:一种介绍所收文本的故事梗概,另一种以原型批评的理念进行主题归类,然后对每一主题进行简介。

另外,2007 年宁波大学外语学院主办了"青少年文学国际研讨会",这是我国青少年文学研究成果的一次集中展现。本次研讨会由《外国文学研究》编辑部、北京师范大学中国儿童文学研究中心协办,由加拿大驻沪总领事馆、浙江省外文学会、宁波市外文翻译学会资助。参加会议的国内外正式代表共计91 人,其中国外代表 9 人,分别来自加拿大、瑞典、澳大利亚等国的高校和出版机构,国内代表 82 人,既有高校、科研院所的专家学者,也有出版单位的编审、编辑,既有外国文学专业的博士、硕士研究生,也有中国文学专业的博士、硕士研究生,还有青年教师和青少年文学作者。大会共收到论文 59 篇,其中探讨青少年成长主题的论文共 25 篇,青少年文学研究综论 9 篇,青少年文学专题研究 25 篇。这是一次跨学科、跨国界的学术合作,与会专家学者就青少年文学的不同方面展开了讨论。会后,芮渝萍和范谊教授主编出版了《青少年

---

① Pam B Cole, *Young Adult Literature in the 21ˢᵗ Century*, Boston: McGraw-Hill, 2009.

成长的文学探索——青少年文学国际研讨会论文集》(外语教学与研究出版社,2011)。这部论文集收录了35篇参会中外论文,5篇大会发言,分为4个板块,学术视野开阔,信息量大,是近年来国内较为厚重的青少年文学研究文集。

第三章　当代青少年文学中的文化意识形态

　　文学作品体现了作者对社会生活的情感态度和价值取向,具有意识形态性。文学作品中的意识形态是以情节、主题、题材、体裁、形式、技巧、言语方式等各种结构性因素表现出来的。①通过分析场景设置、人物塑造、情节安排、叙事结构、细节描写等各个要素,可以发现文学作品的主题思想和作者的创作意图,挖掘文本所蕴含的意识形态。青少年文学,尤其是成人创作的青少年文学,作为一种特殊的文学类型,往往肩负着帮助青少年认识自我、认识社会、积累人生体验、树立正确的人生观和世界观的教育使命。因此,青少年文学作品普遍包含着对青少年成长的殷切关怀和希望,其作品的意识形态性更强。

　　本章讨论的几部青少年小说涉及乌托邦意识形态、当代生态伦理、文化身份问题和新历史主义思想影响下的历史小说创作问题。与成人文学相比,作者们在青少年文学中寄托了更多的美好期望,以至于一些作品乌托邦气息较浓,《相约星期六》是比较典型的代表。由于乌托邦的前提是当下社会的弊端和不完美,要把针砭现实弊端、寻找问题根源、设想美好未来统一在一部作品中,还要让读者感到真实自然,并非一件容易的事情。《相约星期六》中就蕴含了乌托邦表象下的多元文化悖论。青少年文学虽然不像成人文学那么厚重复杂,但同样具有影响读者世界观和人生观的渗透力,其布局设计、细节选择无不包含了作者的目的和意图,所以也暗含了各种各样的意识形态。如《加利福尼亚蓝蝶》宣扬了当代生态伦理,《走出沙尘暴》将草原变荒漠归结于人类的贪欲。正如澳大利亚儿童文学研究专家约翰·史蒂芬斯所说:"意识形态借由

---

　　①　邱运华:《文学批评方法与案例》,北京大学出版社2005年版,第57页。

语言生成,并且存在于语言之中。"①深入细致地阅读分析文本,从话语和叙事中发现其蕴含的思想观念和情感态度是本章的重心所在。

第一节 《相约星期六》中的乌托邦思想

《相约星期六》(*The View from Saturday*)是美国犹太裔女作家科尼斯伯格的一部力作,1996 年出版,1997 年获得美国纽伯瑞儿童文学金奖②。这是科尼斯伯格第二次获得该项大奖。她第一次获得该奖是在 1968 年,获奖作品是《弗兰克维勒太太的混乱档案》(*The Mixed'up Files of Mrs. Basil E. Frankweiler*)。《相约星期六》讲述了四个不同族裔、性格各异的六年级学生——诺亚、娜迪亚、伊桑和朱利安——在残疾女教师欧林斯基带领下参加"学术杯"知识竞赛,一路过关斩将,最终取得州冠军的故事。作为一部当代青少年小说,它所刻画的人物、描写的情节、设置的场景以及表达的愿望与当代美国社会现实拉开了较大的距离,带有明显的乌托邦色彩。

"乌托邦"一词最早由英国政治家、小说家托马斯·莫尔所造,意为"乌有之乡""不存在的地方",又有"理想的、令人神往的美好之地"的引申含义。"乌托邦"一词包含未来和现在两个纬度:对未来世界的憧憬和对当前世界的批判。乌托邦思想的出现以现存制度或秩序中的不公正、不完善为前提,它的产生同特定的时代背景紧密相连,并具有一定的意识形态投射。乌托邦思想往往与忧患意识互补。③乌托邦文本是对现实的拒绝,也是对现实的补偿。作为想象性的文本,在乌托邦文学文本中,社会矛盾往往得到了想象性解决。④本

---

① 约翰·史蒂芬斯:《儿童小说中的语言与意识形态》,张公善、黄惠玲译,安徽少年儿童出版社 2010 年版。

② 美国纽伯瑞儿童文学奖是美国儿童文学的重要奖项,素有"美国儿童文学奥斯卡奖"之称,每年评选一次,其获奖作品常常都被列入全国青少年的必读书目。

③ Kenneth M. Roemer, "Perceptual origins: Preparing American readers to see utopian fiction," in Arno Heller *et al.* (eds.), *Utopian Thought in American Literature*, Tubingen: Gunter Narr Verlag, 1988, p.13.

④ 林慧:《詹姆逊乌托邦思想研究》,中国人民大学出版社 2007 年版,第 42 页。

节从小说人物、场景、情节、叙事视角等文学要素着手,分析乌托邦思想在这部小说中的表现形式及其文学意义。

一、对回归阅读、回归经典的向往

科尼斯伯格在《相约星期六》中塑造的 4 个少年主人公个个优秀、才华出众。他们心地善良、博学多才、聪明机智、沉着稳重,有团队精神,还有不同寻常的兴趣爱好:书法、魔术、字谜游戏、戏剧表演等。用小读者的话说:"他们太棒了,但好得不够真实。"他们不是现实美国青少年的写照,而是作者希望的青少年应有的形象,带有明显的乌托邦色彩。小说中这 4 个少年给自己的四人小组起名为"灵魂"(soul),这个词语在英文中除了有"灵魂、心灵"之意以外,还有"精华""典范"的意思,恰好暗示了作者的创作意图——为天地立心,给小读者们树立好的典范,希望他们像书中的主人公那样正直、善良、博学,有合作精神,敢于接受生活的挑战。

作者首先从孩子们的兴趣爱好入手,他们是一群特立独行、情趣高雅的青少年。对主人公们那些不合潮流、不落俗套的兴趣爱好的详细描写,反映了作者对当代青少年沉溺电子媒体的担忧和不满。20 世纪下半叶,随着科技的进步和电视、电脑的普及,孩子们的课余生活发生了很大的变化,看电视成了他们最热衷的事情。据统计,美国孩子每天看电视的时间约为 4 至 5 个小时。[1]数百万的孩子因过度沉迷电视而影响了学业。[2]由于看电视取代阅读成为少年儿童课余的首要活动,美国 14 岁孩子的词汇量由 1950 年的 25000 个降至10000 个。[3]而 20 世纪 80 年代以来,个人电脑不断普及,3 岁孩童都会操作电脑,稍大点的孩子则热衷于玩各种刺激的电脑游戏。看电视、玩电脑只需要被动地接受信息,不像阅读那样需要动脑思考。长期沉溺于此,孩子们的思维能力和学习创造能力都会受到影响。电子文化给少年儿童带来的负面影响,让

---

[1]　范悦:《美国文化》,对外经济贸易大学出版社 2006 年版,第 160 页。

[2]　Maryanne K. Datesman, JoAnn Crandall and Edward N. Kearny, *American Ways: An Introduction to American Culture*, Beijing: World Publishing Corporation, 2006, p.223.

[3]　Ethel Tiersky and Martin Tiersky, *The USA: Customs and Institutions*, Beijing: China Renmin University Press, 2006, p.146.

家长和老师们深感忧虑。

正是出于这种担忧,科尼斯伯格在她的小说中刻意回避了电视和电脑,突出了阅读的重要性。她笔下的四个六年级学生有些"另类":他们不沉迷于电视、电脑和电子游戏。相反,他们兴趣爱好广泛:诺亚喜欢书法,娜迪亚热爱自然,伊桑痴迷戏剧,朱利安喜欢读书、变魔术。大篇幅地描写四个孩子丰富多彩的课余生活正是对当代美国青少年课余生活现状的拒绝和否定,意在引导小读者们远离电视和电脑,亲近自然,阅读经典,增长见识。在小说中,作者还不时通过叙述者表达对电子媒体的负面评价。娜迪亚无聊的时候也看电视脱口秀节目,但是对它们评价不高。作为一个例证,小说描写了师生五人在地区赛上夺冠后,受邀到电视台参加新闻发布会。滑稽的是作为新闻发布会的主角,他们却没有发言的机会,反而成为当地官员的陪衬。叙事者用嘲讽的语气叙述了主持人夸张的动作、谄媚的表情和粗俗的语言。所谓的新闻发布会完全忽视了真正的主角,成了地方官员的邀功会和节目主持人的个人表演。

小说在人物、情节和细节上都突出了阅读的重要性。"学术杯"知识竞赛这一线索贯穿小说始终。知识竞赛的题目涉及文学、历史、艺术、生物、宗教等各个领域。四个孩子正是因为博览群书、厚积薄发,才在各个级别的比赛中脱颖而出,击败同年级甚至高年级的同学,最终获得州冠军的桂冠,成为耀眼的明星。小说中的另一项重要活动——每周六下午在老屋的茶会是由朱利安发起的。他第一次向其他三个孩子发出邀请的方式别出心裁,他把信息藏在《爱丽丝梦游仙境》这本书里。朱利安喜欢阅读,家里的藏书堪比图书馆。正是凭借大量的阅读和精准的记忆,他答对了"学术杯"州决赛中决定胜负的一道题,而对这一题的答案连他们的指导老师也没有把握。除了在人物和情节上突出阅读的重要性,科尼斯伯格还在小说中直接引入儿童文学名著,如:《爱丽丝梦游仙境》《鹅妈妈》《镜中世界》等,意在引导青少年读者多读书、读好书。

青少年文学经常通过塑造某个年龄段的主人公形象来吸引相近年龄段的目标读者群。小说《相约星期六》刻画的四个少年是六年级学生,处于青春前期。处在这一年龄阶段的孩子的世界观、人生观、价值观都尚未定型,对生活会有些困惑和迷茫。以这一年龄段的孩子为目标读者显然是作者刻意选择的,希望通过自己的作品给这个年龄段的读者以正面的指引。在纽伯瑞文学奖的获奖感言中,科尼斯伯格证实了这一点。她谈到在创作中探索阅读体验和大脑的关系。她说,研究发现对理解文字这一区域的大脑回路的刺激有一个关键期,对大多数正在发育中的大脑而言,这个关键期正是在即将步入青春期的六年级。①而青春期也是青少年性格形成的关键时期。正是基于这一考虑,科尼斯伯格塑造了四个正直、善良、博学、多才、勇于挑战、有合作精神的六年级学生形象,还以"灵魂"给他们的组合命名,希望给小读者们树立一个榜样。而对于阅读的强调则一直贯穿小说的始终。

为了突出小说的教育功能,她甚至不惜在小说中穿插了大量历史、文学、生物、戏剧等知识,致使一些读者认为小说充满了说教的意味。通过刻画以纳普为代表的反面形象,作者还给少年读者们上了一堂生动的德育课。也正因为对作品教育功能的重视,这部小说读起来像一部意识形态色彩浓厚的观念小说。

二、对社会平等、社会和谐的向往

对社会平等、社会和谐的向往是《相约星期六》中突出的乌托邦元素。这种向往首先反映在种族平等、种族和谐关系上。美国是一个多种族的移民国家,先后被称为"大熔炉"和"色拉碗"。种族问题一向是美国敏感的社会问题。时至今日,种族歧视和偏见仍不同程度地普遍存在。然而,这一社会矛盾在《相约星期六》中却得到了想象性的解决。小说里的四个主人公有着不同的族裔背景:诺亚是犹太人,伊桑是 WASP(即祖先是英国新教徒的美国白人),娜迪亚则是犹太人与 WASP 的混血儿,而朱利安是美国土著印第安人的后代。虽然族裔背景不同,他们却相处融洽、互相尊重、彼此欣赏、亲密无间、配合默契。历史上,白人和印第安人曾有着深刻的敌意和冲突。而在小说中,白人伊桑和印第安人朱利安却心灵相通,有着无言的默契。最初,伊桑在校车上感受到了朱利安的善意,随后在朱利安遭遇欺负时伊桑出手相救,一向沉默寡言的伊桑在朱利安家里发现了一个新的自我,逐渐变得开朗自信。

不同族裔背景的人物组合以及对这些人物之间和谐关系带有乌托邦色彩的描写,反映了作者对美国社会依旧存在的种族歧视的否定和拒绝,寄托了她对各种族平等相待、和平共处、多元文化相互包容的美好祈愿。而贯穿小说始

---

① Elaine L. Konigsburg, "Newbery Medal Acceptance," *Horn Book Magazine*, Vol 73 (4), pp.404 – 415.

终的四人小组齐心协力,一路闯关,赢得"学术杯"州冠军的故事,也让人读出了"兄弟同心、其利断金"的寓意。当然,细读小说会发现,这种和谐的氛围只有在带有神秘色彩的西林顿农庄才有。周六聚会是由印第安男孩朱利安最先发起的,其他3个少年只是受邀赴约,他们却从未有过哪怕是礼节性的回请。而且,他们之间的关系也是对外保密的。伊桑虽然非常享受在朱利安家的聚会,甚至认为第一次到西林顿农庄喝茶的那天是他人生中最美妙的一天。但出了西林顿农庄,虽然坐同一辆校车,他依旧不和朱利安说话,下车后也依旧不和他一起步行到教室。由此看出,这种"和谐"的种族关系更多的是少数族裔单方面的努力,是一种特定环境下的乌托邦幻象。

当然,朱利安这一角色的塑造在一定程度上填补了美国青少年文学中印第安少年主人公的欠缺。在此之前,从印第安青少年视角创作的作品数量很少,因此大多数美国孩子很少有机会读到美国土著孩子的故事。而在《相约星期六》中,我们不但看到了印第安少年的形象,而且还是非常积极正面的形象。朱利安正直、善良、勇敢、见多识广、自信却不张扬。在知识竞赛的情节设计上,作者甚至刻意突出了朱利安宽广的知识面。他在州决赛中的表现两次掀起了比赛的高潮。对"TIP"这个缩略词答案的坚持,凸显了他的博学、沉稳和自信,令人印象深刻。也正是因为他的精彩表现,伊匹夫尼队答对了最后两道题,最终打败对手,拿下州冠军的桂冠。朱利安还是个多面手:他会训练小狗参加戏剧排演,还喜欢变魔术。他观察力强,又富有爱心。当班里有学生企图羞辱残疾老师欧林斯基时,是朱利安提议他们应该帮助老师从精神上"站"起来。在班级戏剧《安妮》的表演中,也是朱利安发现了反面人物纳普的诡计,救下了娜迪亚的小狗"生姜"和另一条参演的狗,挽救了这场演出。小说中的另一个印第安人是朱利安的父亲辛先生,虽然不是主角,他也被塑造成一个典型的绅士形象——礼貌、体贴、智慧、通晓世事,言谈富有哲理。作为现实世界里的绝对少数[1],该小说中的印第安人不再是被边缘化的"他者"形象,而在一定程度上实现了中心化。

对社会弱势群体的关注和重塑是向往社会平等、社会和谐的乌托邦思想在小说中的又一个表现。传统的美国社会崇尚竞争、崇尚强者,而社会弱势群

---

[1] 印第安人在美国尚存约200万人口,不到美国总人口的1%。

体被主流社会视为"他者",受到社会的排斥和遗忘。《相约星期六》却塑造了一群社会弱者的正面形象。对欧林斯基老师这一形象的刻画,就集中体现了作者对弱势群体的关注和颂扬。女性、寡妇、截瘫,这三个标签无疑使因车祸致残、在家休养10年后重返职场的欧林斯基老师成为世俗眼中的"他者、弱者"。然而,在小说中她却作为一位重要人物出场,成为有"尊严"和"权威"的师者,受到"灵魂"组成员们的尊重和爱戴。通过指导四名学生参加各个级别的知识竞赛并获胜,她得到了领导、同事、学生和社会的肯定和尊重。现实世界中被边缘化的"他者、弱者"在小说文本中被中心化了。这种人物角色的塑造和安排无疑体现了作者对现实世界中歧视残疾人、歧视女性现象的否定。欧林斯基老师的形象告诉人们:残疾人并非无能,他们虽然肢体残疾,却可以成为精神上的强者,他们可以有新的生活,有自己的事业并获得成功,他们值得人们尊敬。在小说中,叙事者对那些心存偏见的人所用的负面词汇和嘲讽语调表明了作者鲜明的态度。而欺负和羞辱过朱利安和欧林斯基老师的纳普和洛德最后也得到了"惩罚"。当然,这一情节的设计仅仅是在文本中对现实问题的一种想象性解决。

有意思的是,作者塑造了一个女性而非男性残疾人形象。在以男性为主导的当今世界里,女性通常被认为是"第二性",是相对弱势的群体。因此,一个截瘫的寡妇——"弱者中的弱者",能够重回职场并有所作为,更让人肃然起敬。事实上,细读小说会发现,作者还突出了其他女性形象:诺亚的母亲是一个成功的房地产销售员,因为业绩斐然而获得奖励。伊桑的外婆是学校的老校长,祖上曾是女权运动的先驱人物,而伊桑本人则为母亲这边的女强人们感到自豪。娜迪亚的母亲在离婚后开始了新的生活,而她的父亲似乎受离婚的影响,变得焦虑不安、一蹶不振。小说对诺亚和伊桑的父亲少有提及,而提到的学校里的老师们几乎都是女性。对女性形象的着墨,从一个侧面反映了作者渴望男女平等的理想,也是对现实世界里女性地位依然不高的一种想象性补偿。

塑造四位不同族裔背景的少年主人公形象,描写他们之间和谐融洽的关系,将现实生活中处于社会边缘的印第安人和残疾人中心化,这些安排都反映了作者对社会平等的向往:不论种族、性别、健康还是残疾,大家都能平等相待、和谐相处。

作者的这种平等观还体现在小说的叙事视角和叙事结构上。第三人称和几位主要人物的第一人称叙事交替进行,由此形成的独特的叙事结构是这部小说显著的特点。小说一共有 12 个章节,包含以下 6 个故事:

1. 诺亚叙述自己在世纪村过暑假,其间参加伊桑外婆和娜迪亚爷爷的婚礼并担任伴郎;

2. 娜迪亚叙述父母离异后,她远赴西部与父亲和新婚的祖父度暑假,参与拯救海龟的志愿者活动;

3. 伊桑叙述他们参加朱利安发起的茶会;

4. 朱利安叙述他帮助训练娜迪亚的小狗"生姜"参加学校音乐剧的演出;

5. 欧林斯基老师选拔并指导她的队员们参加"学术杯"知识竞赛;

6. "灵魂"组合在"学术杯"知识竞赛上的精彩表现。

前四个故事均采用相关主人公的视角,以第一人称叙事,分别嵌入小说的第一至第四章;后两条故事线索则以第三人称叙事贯穿整部小说。因此,小说的前四个章节出现了第三人称和第一人称相互交替叙事,构成了小说独特的叙事结构。有些读者甚至抱怨这种复杂的叙事结构让他们读起来很困难,故事和视角的连贯性被打破。确实,因为独特的叙事结构,小说读起来不那么流畅,有些故事是由不同叙事者完成叙事的,有些章节甚至因为叙事主体的不同而出现了内容的重复。这种看似复杂的叙事结构其实是作者精心设计的。在获奖感言中,科尼斯伯格也坦承,采用这种叙事结构是有风险的。[1]和其他文学要素一样,叙事视角和叙事结构的设计背后,蕴含着作者的创作理念和指导思想。安排少年主人公们做第一人称叙事,体现了作者以儿童为本位的创作理念。四个不同族裔的主人公有平等的话语权来叙事,也进一步反映了作者力图秉持和坚守的种族平等观念。

三、承载乌托邦理想的伊甸园

小说的题目 *The View from Saturday* 似乎也在暗示作者采用的乌托邦视角。作者在小说里描绘了两个充满乌托邦色彩的地方:退休老人居住的世

---

[1] Elaine L. Konigsburg, "Newbery medal acceptance," *Horn Book Magazine* Vol. 73 (4), 1997.

纪村和"灵魂"组成员聚会的西林顿农庄。如叙事者诺亚所说,世纪村与这个世界上任何一个地方都不一样,它是老人们的主题乐园。在那里,老人们过着自给自足、怡然自得的日子:侍弄花草,自己动手制作衣服,做蛋糕,用毛笔写请帖,俨然一个远离现代文明的世外桃源。在小说的字里行间,作者也不时地用它与"现实世界里"的不同来暗示这其实是一个美好的乌有之乡:"在现实世界里,我从来没有遇见过像康托先生一样能花费如此多的时间养花的人。""在现实世界里,人们才不会自己做婚礼蛋糕呢,他们都到店里预定。""现实生活中,我从没见过有人自己缝制衣服的,但在世纪村,我却见到了三个。"

曾经有人这样概括美国社会的特点:青少年的天堂、中年人的战场、老年人的坟场。美国社会竞争激烈,生活节奏快,爱老敬老的风气不如一些传统国家浓厚,老年人通常因为健康和自理能力每况愈下而被认为是无用的、没有价值的。①或许正是基于这种现状,科尼斯伯格在她的小说里描绘了一个老年人的乐园,描写了一群健康、快乐、退休后依旧发挥余热的老年人。他们的生活丰富、充实,丝毫没有垂暮之年的悲悲戚戚。他们当中的一些人,比如娜迪亚的爷爷和伊桑的外婆,甚至还享受着令年轻人都羡慕的甜蜜爱情,两位老人还热心于拯救海龟的公益活动。作者在小说里描绘了一幅幅美丽绚烂的退休生活场景,令人向往。

西林顿农庄是作者在小说中描绘的另一个温馨、祥和的乌有之乡。它是镇里最老的农舍,朱利安的父亲将它买下后改建成了提供住宿和早餐的B&B旅馆。和世纪村一样,它也是一个充满了怀旧色彩的地方:人们慢悠悠地喝着下午茶,品尝着精致美味的点心。"灵魂"组四位成员每周六在这里聚集,练习书法,玩字谜游戏,准备各级知识竞赛,在游客多时,孩子们还帮着招待客人。社区里的人不分种族都来喝下午茶,人们彬彬有礼,互相尊重,没有偏见,没有歧视。朱利安是那里的小主人,不会被人另眼相待。残疾老师欧林斯基也在这里感受到从未有过的轻松和闲适,没有人用异样的眼光打量她。在西林顿农庄,朱利安父子过得很开心,他们之间甚至没有代沟,朱利安告诉他父亲很多学校里的事情,而辛先生也对他的儿子非常了解。

世纪村和西林顿农庄是科尼斯伯格在小说里为老人和"弱者"搭建的"理

---

① 范悦:《美国文化》,对外经济贸易大学出版社2006年版。

想国"：一个尽享天伦、人人平等、没有歧视、没有伤害的世外桃源。这些都表达了作者向往和张扬社会平等、社会和谐的美好诉求，给小读者们展示了生活可以变得这样美好。

四、乌托邦表象下的多元文化悖论

文学作品虽然是作者个人的想象和创造，却也反映了作者所处时代的意识形态倾向和文化思潮。"任何乌托邦思想都集中反映了思想家本人的价值取向、理想追求和终极关怀。同时，也从某个侧面，某种程度上反映了乌托邦思想所产生的特定的文化传统和时代精神的某些特征。"[1]有学者认为：城镇化、科技进步、即时通信和白人中产阶级文化这四大因素，使得美国重新出现探寻乌托邦的思潮。[2]小说《相约星期六》所呈现的乌托邦色彩也可视为作者在文本上对乌托邦的探索。科技的快速发展改变了人们原有的生活方式，也给社会价值观念带来了巨大冲击，一些人开始担心传统的社会价值观会因此毁掉。[3]小说中充满怀旧色彩的生活方式描写和对西方文明衰落的担忧，就是这种社会思潮的体现。而作品中作者表达的平等观念，又与20世纪60年代兴起的美国民权运动以及由此带来的多元文化思潮不无关系。

20世纪60年代以来，美国的民权运动蓬勃发展，包括黑人在内的少数民族的处境得到了很大改善。种族歧视在法律上被禁止，平等的观念逐渐深入人心，妇女和残疾人等弱势群体的社会地位也得到提升。多元文化相互包容的思想日渐得到社会的普遍认同。多元文化主义关注少数民族和弱势群体，是一种文化观、历史观，也是一种教育理念。多元文化主义认为，传统教育对非主流文化的排斥必须得到纠正，学校必须帮助学生消除对其他文化的误解和歧视，消除对文化冲突的恐惧，学会了解、尊重和欣赏其他文化。[4]《相约星期六》在人物塑造上明显体现了作者对多元文化主义的认同。通过青少年文

---

① 张海燕：《柏拉图〈理想国〉与〈礼记·礼运〉的乌托邦思想比较研究》，《河北学刊》1994年第5期。

② Rosabeth Kanter, *Commitment and Community*: *Communes and Utopias in Sociological Perspective*, Cambridge：Harvard University Press，1972，p.171.

③ 范悦：《美国文化》，对外经济贸易大学出版社2006年版，第134页。

④ 沃特森：《多元文化主义》，叶兴艺译，吉林人民出版社2005年版，第1—2页。

学这一特殊文学形态,科尼斯伯格也进行了多元文化主义作为教育理念在文本实践上的探索。

多元文化主义首先是一种文化观,它的核心是承认文化的多样性,承认文化之间的平等和相互影响。印第安男孩儿朱利安的形象塑造是《相约星期六》的一大亮点,突出了作品的多元文化色彩。但问题是,在小说中,我们却看不到一丁点印第安文化的影子。朱利安和他的父亲虽然被称作美国土著的后代,却不是"土生土长"的,而是刚到美国的新移民。朱利安认为自己是"新来的,外来的,不在美国长大,但要在这里住下来"。将土著描写成新移民,这一设计充满了讽刺意味。朱利安长得不像英国人,却是英国男孩儿的打扮,说话带标准的英国口音。他们父子的行为举止也像英国绅士。他父亲经营的B&B旅馆的客房装饰物品都是从英国采购的。他家的四点钟下午茶也是英国人的传统。辛先生买下的西林顿农庄是伊匹夫尼镇被保护的最老的房子,是早期殖民者西林顿家族留下来的财产。众所周知,白人对印第安人的驱赶和杀戮是美国历史上黑暗的一页。在《相约星期六》中,印第安人的后代却住进早期殖民者留下来的老房子,尊崇他们的传统,依照他们的方式生活。虽然被称为"土著",却没有自己的文化内涵和表现。这种安排的背后折射出"企图同化被殖民者的欧洲中心主义立场"[①]。拨开文本表面的多元化面纱,这样的设计多少露出文化沙文主义的痕迹。这种痕迹也许表明,文化沙文主义已经成为美国白人社会的一种集体无意识,连主张、认同多元文化主义的作家也难以彻底根除它,还会不自觉地表现出来。

除了人物的多元文化背景,小说对多元文化的呈现其实十分有限,相互尊重和包容的表象下存在着不可深究的矛盾。劳拉·赫布斯(Laura Herbs)总结了美国儿童文学对土著文化的三种模式化处理方式,其中之一是将它描述成野蛮的、落后的、不如白人文化的形态。这些作品的作者将去除土著的生活方式视为一种进步。在他们的作品中,美国土著的形象常被描写为:到白人开办的学校上学,学习接受白人文化价值观;完全脱离了土著文化,甚至脱离了

---

① Clare Bradford, *Unsettling Narratives: Postcolonial Readings of Children's Literature*, Waterloo: Wilfrid Laurier University Press, 2007, p.16.

原先的社群。①在《相约星期六》中，科尼斯伯格对朱利安父子角色的处理也难逃窠臼。社区里的人到西林顿农庄喝茶，并非是认同这对美国土著父子和他们的文化，而是为了重温早期殖民者的生活方式。伊桑用欣赏和自豪的语气描述了带有典型维多利亚风格的西林顿农庄和旧照片里这个农庄曾经的辉煌。小说唯一一次提到伊桑的父亲，是他为自己家族悠久的历史深以为傲。以伊桑一家为代表的白人引以为傲的历史正是早期殖民者的历史。小说中长辈们所担心的行将衰落的"西方文明"，正是白人主导的带有欧洲中心立场的文化观。这种担心和焦虑背后折射的是多元文化兴起的时代背景下一部分人对白人文化失去主导地位的担忧。小说题目 The View from Saturday 可直译为"透过星期六的视角"。然而，透过这个视角，作者展望的不是真正意义上的多元文化平等互容，相反，这部小说更像是在回望和重温一元文化主导的旧梦。透过文本的叙事，我们看到多元文化平等互容是一个浮于虚表的假象，只是看上去很美而已。小说叙事呈现的意识形态上的矛盾从某种程度上反映了当代美国社会的现状：多元文化方兴未艾，但是白人的欧洲中心主义优越感依旧根深蒂固。

有意思的是，小说描绘的朱利安和他父亲第一次出场是中东移民的形象：辛先生围着蓝色围裙，戴着白色头巾。父子俩站在路边的画面像是《一千零一夜》里的一幅插图，一张来自遥远的神秘国度的海报。这不免让人联想到作者科尼斯伯格的犹太作家身份。而小说中存在的意识形态矛盾也与作者的这一族裔背景有关。犹太人移民美国的大潮出现在 19 世纪末至 20 世纪初。相对于其他族裔，他们属于"后来者"，免不了受到"先来者"的歧视，因而他们反抗不公，反对歧视，是民权运动的积极参与者。之后，犹太人在金融商务领域取得了骄人的业绩，他们又被视为美国社会的重要阶层。犹太裔美国人身处大文化之中却始终保持着强烈的族裔意识和鲜明的族裔身份。②这种阶层状况使得科尼斯伯格既关注少数民族和弱势群体，又不自觉地尊崇美国的主流文

---

① Donna Norton, *Through the Eyes of a Child: An Introduction to Children's Literature*, Columbus: Merrill Publishing Company, 1987, p.505.

② Maryanne K. Datesman, JoAnn Crandall and Edward N. Kearny, *American Ways: An Introduction to American Culture*, Beijing: World Publishing Corporation, 2006, p.166.

化。而朱利安的形象更像是犹太裔美国人的一个隐喻：热爱阅读、坚强勇敢、遭受欺负，仍坚持自我。历史上，犹太民族在欧洲饱受基督教国家迫害，他们当中的一些人最后到美国避难。而小说中的朱利安父子也有长时间的漂泊经历，父母在邮轮上工作，母亲去世之后，父亲带着儿子最终在美国定居。

彼得·哈林戴尔曾提到，儿童文学中存在着三个意识形态层次：显在的作者个人的理念和创作意图，作者潜在的无意识中被动接受的意识形态，以及作者和读者所处文化中固有的意识形态。[①]在小说《相约星期六》中，这三个层次的意识形态相互交错，显在的与潜在的相互矛盾，形成悖论。作者精心编织在人物塑造、场景设置、叙事结构、叙事视角和故事情节等文学要素中的多元文化主义理念和各民族平等和谐相处的乌托邦理想，被作者所浸淫的、自觉不自觉尊崇的、在当代美国依旧顽固存在的欧洲中心主义立场所削弱。而这种白人主导的欧洲中心主义立场不除，各民族平等共处、多元文化相互包容的和谐世界只能是"乌有的"，只能在文本的乌托邦中存在。

在众多意识形态中，乌托邦对教育的依赖程度最深。[②]而青少年文学，无论中外，都重视文本的教育功能。[③]早年的从教经历和作为少儿作家的忧患意识，使得科尼斯伯格在小说创作中有意识地将乌托邦意识形态对教育的依赖与青少年文学的教育功能相结合。她在《相约星期六》中先后描绘了世纪村里老有所养、老有所乐、老有所为的恬静退休生活；在拯救海龟的故事和训练小狗参演音乐剧的故事中描绘了人与自然、人与动物和谐相处的动人场面；通过老屋茶会展示了多元文化相互包容、各民族和谐相处的情景；而四位文化背景不同的中学生每周六在茶屋的聚会展示了他们相互学习、共同提高的理想画面。这几个主要的故事共有的"和谐"和"善意"承载了作者对未来世界的美好向往。作者通过描绘一个没有歧视和偏见，人与人、人与自然和谐相处，多元文化相互包容的美好世界，来表达对未来社会的期盼，希望小读者们能去实现这幅美好的蓝图。

---

① Peter Hollindale, *Ideology and the Children's book*, Gloucestershire: Thimble Press, 1988.

② 杰拉尔德·古特克：《哲学与意识形态视野中的教育》，陈晓端等译，北京师范大学出版社 2008 年版，第 246 页。

③ 王端祥：《儿童文学创作论》，浙江大学出版社 2006 年版，第 4 页。

第二节 《加利福尼亚蓝蝶》中的生态伦理

《加利福尼亚蓝蝶》(*California Blue*, 1994)是美国著名青少年文学作家大卫·克拉斯(David Klass)的力作,主要讲述了主人公约翰在美国加利福尼亚北部启欧华(Kiowa)伐木小镇因发现和参与保护蓝蝶与小镇居民发生各种冲突的故事。凭借鲜明而富有现实感的环境保护主题以及对约翰面临复杂的人际关系、利益关系时身心困惑的细腻刻画,该小说一举成为美国青少年的热荐读本,收获了出版界和读者的众多好评。它斩获的一系列殊荣包括:1994年美国图书馆期刊(School Library Journal)最佳图书、爱荷华州青少年图书奖、加利福尼亚青年读者奖、美国图书馆协会(ALA)最佳青少年图书奖等。该小说在美国各级别的"青少年环境主题文学"书单中均占据重要位置。美国学者劳拉·阿珀评价该小说是"为青少年读者创作的代表性小说,它推进了环境主题"[①]。然而,这部小说在国内尚无中译本,学界也没有正式发表的文章对它加以评述。本节拟从小说对典型人物——主人公约翰和爱格森博士的塑造,以及对蝴蝶的拟人化描写两大方面,论述小说蕴含的生态伦理。贯穿该小说的一个鲜明主题思想是:在社会经济不断取得进步而地球生态不断恶化的今天,人类作为地球上社会历史的主体,作为自然环境的管理者,需要迫切关注自己赖以生存的生态环境,承担起维护、发展和美化地球生态系统的责任。

一、人物塑造彰显生态伦理

《加利福尼亚蓝蝶》的主人公约翰以第一人称口吻讲述了自己从发现蓝蝶到与加利福尼亚大学伯克利分校的昆虫学专家爱格森博士一起发动了一场保护蝴蝶的运动,以及他们与小镇居民陷入的种种冲突。约翰和爱格森作为作

---

① Laura Apol, "Shooting Bears, Saving Butterflies: Ideology of the Environment in Gibson's *Herm and I* (1894) and Klass's *California Blue* (1994)," *Children's Literature*, Vol. 31, 2003, p.102.

品的两个典型人物,他们的言行分别彰显了大地伦理和现代人类中心主义生态伦理思想。可以说,约翰是当今大地伦理思想的代表,爱格森则是现代人类中心主义的代表。

17 岁的主人公约翰·罗杰斯从小生活在启欧华伐木小镇。他酷爱大自然,平时最喜欢的事就是午后在镇上属于木材公司的一片森林里独自奔跑。他有时会边跑边思考一些未解之谜,有时会想象自己是在参加田径冠军赛。他把树叶的婆娑当作掌声,把鸟鸣当作哨音,把狭窄的林间小道当作跑道,想象远处是扎着红丝带的比赛终点线,迎接着胜利者。他对森林古木的悠久历史和顽强生命怀有深深的敬畏之情。

小说这样描写他在林中的感受:

> 我猜想红木让我想到死亡是因为它们的体积和年龄。我习惯于认为自己是重要的,但树木给我提供了不同的视角。当苏格拉底饮下毒芹时,森林深处的一些红杉还只是幼苗;当尤里希斯·凯撒穿越卢比肯河背水一战时,有些还是小树苗。它们在黑暗时代(the Dark Ages)①长到几百英尺高,而今天,它们依然矗立在那里,就在它们已生长了千年而不变的阴凉的林间谷地里,而人类历史在地球的其他角落里不断前进着。②

约翰在长满高达三百米的古树林里奔跑,想到人的寿命与这片原始森林相比是如此短暂。"如果不被砍掉,这些树木会依然生长在泉水灌溉的山谷里。"③

约翰不仅对参天古树充满敬意,而且对森林中的鱼、鹿和蝴蝶等生物充满好奇和欣赏之情。他有时候会背着一个包,带上可折叠的鱼竿,在自己最喜欢的汤姆森溪谷垂钓。他以前会将钓上来的鲑鱼带回家烧了吃,但后来钓了它们,又将它们放生。在约翰眼里,这片树林是一处宁静美好的天堂。

约翰发现蓝蝶的经历纯属偶然。小说开篇,约翰像往常一样在红杉林中

---

① 黑暗时代:主要指西欧中世纪早期历史,为公元 476—1000 年。随着罗马帝国的衰落,西欧进入一个所谓的黑暗时代,直到 14 世纪意大利文艺复兴开始为止。

② David Klass, *California Blue*, New York: Scholastic Inc, 1994, p.2.

③ Ibid.

跑步,他被一只上下飞舞的白芥蝶吸引。他试图用随身携带的网兜去捕捉白芥蝶,根本没有留意到脚下有个被灌木丛掩盖着的落差十米的垂直坡度。一心顾着追蝶的约翰从灌木丛中跌落下去,在扫视被自己压平的灌木时,他看到了像鸟屎一样的白色条纹状的蝶蛹。于是,他轻轻折下一片上面附着蝶蛹的树叶,将它放入收集罐里。几天后,这只蝶蛹孵化了,竟是一只艳丽的蓝色蝴蝶,与他以前看到过的任何蝴蝶都不一样。约翰仔细对照手头的两本图鉴,发现这只蝴蝶属于独特的种类——它的翅膀之间有微小的钩子,连接着前翅和后翅。据他所知,一般的蝴蝶翅膀间是绝对没有钩子的。约翰把这只蝴蝶带给生物老师曼瑞尔小姐看,后者又请教了自己的老师——著名昆虫学家爱格森博士。经权威确认,这种蝴蝶的确属于新发现的物种。于是,一场为保护蓝蝶及其栖息地的斗争由此展开。

为保护蓝蝶,热爱自然的约翰义无反顾地站在了小镇居民的对立面,其中包括他的父亲。他的父亲一直在木材公司工作,而今罹患癌症。在市政大厅听证会上,爱格森博士为了保护约翰,极力回避透露蓝蝶的发现者。可约翰却借着酒劲,走上演讲台,承认自己是蓝蝶的发现者。爱格森博士只好当众宣布按照惯例,这种蓝蝶将被冠以发现者的名字,将被命名为"罗杰斯加利福尼亚蓝蝶"。当晚,独自在家的约翰遭遇了小镇居民的电话骚扰和威胁。次日上学途中,他被小镇社会青年和其他学生殴打。虽然他的身心遭遇重创,但他丝毫不为自己的选择感到后悔。在家乡小镇遭遇四面楚歌之后,约翰只身去洛杉矶寻找在那里就医的父亲和陪同他的母亲,而他的父母此时已离院返乡。在郁闷和孤独中,约翰到加利福尼亚大学伯克利分校寻找爱格森博士。他加入了由爱格森和其他环保主义者组织的抗议活动,将抗议者带到家乡小镇。在示威游行中,他站在了队伍的最前面,与包括父亲在内的小镇居民完全处于对峙的局面。小镇居民将环保主义者、自然主义者称作"长毛鬼"(Longhairs),称那些不顾一切保护森林的人为"生态恐怖分子"(eco-terrorists),将一些环保团体和激进组织视为"危险的敌人"。反之,一些环保人士将伐木工人称为"树木屠杀者"(tree-murderers),为了保护森林,他们甚至采取激进的方式——将自己绑在推土机上来阻止伐木进程或者将长钉敲进大树致使锯子无法正常工作。伐木小镇的群众感到生计受到威胁,由此带来的流血冲突时有发生。

被尊称为"自然保护之父"的奥尔多·利奥波德(A. Leopold)在其重要著

作《沙乡年鉴》中提出的"大地伦理学"是西方生态伦理学(ecological ethics)中自然中心主义学派的一个分支。[①]"大地伦理学"认为,伦理学的道德规范应该从调节人与人之间的关系或者人与社会的关系,扩展到调节人与大地之间的关系,把道德权利扩展到动物、植物、土地、水域和其他自然界的实体,确认它们在一种自然状态中持续存在的权利。它还指出,人是大地共同体的普通成员与普通公民。"这意味着人类不仅要尊重共同体中的其他同伴,而且要尊重共同体本身。"[②]人类一方面要认识到自然界的一切是有机地相互依存关系,另一方面要激发对自然共同体的热爱。此外,大地伦理学提出,人类必须彻底改变以单一经济私利为基础的自然保护体系,确立新的价值尺度。大地伦理学的价值尺度是"当一个事物有助于保护生物共同体的完整、稳定和美丽的时候,它就是正确的;反之,它就是错误的"[③]。

《加利福尼亚蓝蝶》中,约翰这一人物身上承载了鲜明的大地伦理生态思想。约翰热爱古木丛林,敬畏生命,对生物充满好奇和怜爱。反过来,森林和蝴蝶等自然之物给他带来精神慰藉。对于约翰来说,只有在森林里才能把平日的烦恼以及父亲生病带来的阴影暂时抛在脑后,他已经深深体会到这片森林就是他的精神家园。小说以较多的笔墨描绘了约翰对森林的热爱,展示了人与自然之间和谐美好的本真状态以及人与自然密不可分的依存关系。正是这种发自内心的爱促使约翰不畏压力,要保护蓝蝶的栖息地。即便这意味着他要站在小镇居民的对立面,经受身体和精神的双重煎熬。他始终坚信,保护

---

① 生态伦理学在19世纪末、20世纪初伴随着西方社会环境保护运动的兴起而诞生。到了20世纪末,生态伦理学已然成为一门举世瞩目的学科。西方生态伦理学支流派系甚多,但归纳起来,主要有两个学派,即自然中心主义学派(biocentric)和现代人类中心主义学派(modern anthropocentric)。自然中心主义学派以生态学为依据,从人的自然性出发,主张伦理学的知识领域从人与人的社会关系扩大到人与自然的关系,认为所有生物都是价值主体,自然物具有不依赖于人的"内在价值",人类在生物圈中仅仅是普通的一员,人类应当尊重自然物,对自然讲道德、讲平等。被尊为"自然保护之父"的美国著名林学家利奥波德的"大地伦理学",澳大利亚哲学家、当代世界动物保护主义运动的核心人物辛格(P. Singer)的"动物解放主义",法国著名哲学家、诺贝尔和平奖获得者施韦兹(A. Schweitzer)的"敬畏生命的伦理学"等流派都属于自然中心主义学派。

② 傅华:《生态伦理学探究》,华夏出版社2002年版,第25页。

③ 奥尔多·利奥波德:《沙乡年鉴》,吉林出版社1997年版,第215页。

这一稀有物种是正确的,哪怕包括他自己在内的小镇居民必须为此做出牺牲。

如果说约翰保护生态缘于一种原始热爱,那么爱格森博士则是站在学者的高度捍卫生态伦理。当爱格森得知蓝蝶消息后,当晚就开车赶到启欧华小镇。他拿回蓝蝶,与其他同行专家讨论,确认这是一个罕见的新物种。于是,他对保护蓝蝶采取了有计划的行动。首先,他主动提出到启欧华小镇召开一个听证会。在听证会上,小镇居民对爱格森带有明显的敌意,言辞中充满了嘲讽和挖苦。在与小镇居民的唇枪舌剑中,爱格森抛出了一个个直扣人心的问题:"我们是要发展和消费,还是要保护和节约?""我们有什么权利说它[蓝蝶]不应该存在?"人类中心主义导致的无知和狂妄,最明显地表现在人类对其他物种的蔑视和野蛮征服,致使生物多样性的锐减程度前所未有,而人类却推卸责任地将其归结为自然过程。美丽的蓝蝶在傲慢的镇长眼中也只不过是体型稍大的马蝇而已,这一言论激怒了爱格森,他愤怒地说道:

> 镇长大人,您不喜欢蝴蝶,那么美国秃鹰呢? 目前它们的数量已经少于一百……加州兀鹫呢? 只剩下大约 50 只,而且都在豢养中。我们正在努力尝试将一对放归自然,而过程却令人心痛,也许有一天您的孙子能够看到一只翱翔天际。又或者你不喜欢鸟,那么北美灰熊和美洲鳄呢? [1]

这些动物与俄勒冈的鲑鱼、德克萨斯的金颊莺、亚利桑那的红松鼠、科罗拉多的尖头叶唇鱼、加州的斑点枭都濒临灭绝。其中最令读者动容的就是跨越九百公里的重重障碍,洄游产卵的鲑鱼。[2]"1989 年,在产卵地只发现两个鲑鱼巢。"[3]人类的生存和发展很重要,但决不应该以其他物种的灭绝为代价。爱格森竭力与小镇居民保持理性的对话。他提出眼下有两条路可走:一是走

---

① David Klass, *California Blue*, pp.119 - 120.

② 鲑鱼出生于淡水,但生活在海洋中,每年要从海洋中逆流而上几千里,回到出生的地方去交配。途中困难险阻重重,大多数鲑鱼都会在洄游中死去,有的被天敌捕获,就算很幸运没有被捉,但对于它们来说,生命也已经走到尽头。成功交配的鲑鱼大多数都已经筋疲力尽。由于人类修筑道路、开辟农田,许多适宜它们溯游而上的河道已经消失,加之过度捕捞、河流污染、大坝的筑建,鲑鱼数量急剧减少。

③ David Klass, *California Blue*, p.120.

法律途径,通过向州政府和联邦政府及法庭提出保护蓝蝶这一濒危物种,进而制止木材公司在蓝蝶栖息地周围砍伐树木。二是允许专家进入森林进行为期三周的研究,着手寻找一条既可以保护蝴蝶,又不影响小镇木材经营的出路。爱格森说:

> 仅仅因为我们是地球上最聪明的物种,我不明白我们为什么就有权利来统治这个世界。我把大自然看作一个复杂和美丽的生命形式的网络,我们没有权利去损害它。每一个独特的物种都拥有独特的需要几百万年时间进化的基因。它们是宝贵的基因库的组成部分。当一个物种开始灭绝时,基因库在缩小……大自然的多样性在减少……我们都在蒙受损失。①

当爱格森遭到听众的反击,场面变得“剑拔弩张”时,他说:“我不怕你们,也不怕你们的小镇,我也不怕你们做任何事来伤害我。我作为一个美国公民站在这里,为自己的信念做斗争,我不会在人生的战场上逃离。”②

爱格森博士敢作敢当,为保护蓝蝶而奔忙。当木材公司通过增加班次加快伐木节奏的时候,他与其他专家和环保主义者组织了示威游行,同时也加快拯救蓝蝶的法律程序。不久,法庭签发了一个紧急限令,禁止在小镇砍伐古木,州渔猎委员会抓紧宣布蓝蝶为受保护品种。木材公司老板和他的律师们也在一步步地反击,整个事件最终将由内阁级的“濒危物种委员会”来裁定。爱格森预计政府会站在保护濒危物种一边,而且事情会进展得很快。虽然小说没有交代这场护蝶运动的最终结局,但小说传达的讯息是爱格森等专家及环保主义者必定是胜利者。

小说作者克拉斯在一次访谈中提到,为写不同的小说,他需要做不同的调查研究。为了完成《加利福尼亚蓝蝶》,“我阅读了大量关于环境问题的资料,甚至去参加一些激进环保组织的会议,以了解这些环保成员是些怎么样的

---

① David Klass, *California Blue*, p.115.
② David Klass, *California Blue*, p.117.

人"①。所以,小说借爱格森之口所述的环境状况以及小说中的环保行动都显得格外真实可信。和约翰一样,爱格森尊重生物的生命平等权利,他的言行在一定程度上符合大地伦理学的生态思想。然而,爱格森比约翰又前进了一大步。作为环保领军人物,他指引着约翰,带领其他环保主义者,为保护蓝蝶进行了一系列有序的斗争。虽然爱格森这一人物带有大地伦理学色彩,但他更多的是代表了西方生态伦理学中的另一大派别——现代人类中心主义。②现代人类中心主义主张"明智地利用"自然资源,指出人类保护自然生态环境,对自然讲道德,实际上是对以自然物为中介而联系起来的其他人和后代人讲道德。当代全球性生态危机的出现是人类利益的冲突在自然领域的反映。各种不同的利益主体(小至个人,大至国家)拼命追逐自己的特殊利益、眼前利益,只从经济效益考虑而不顾及生态效益,必然造成恶果。

值得注意的是,现代人类中心主义不同于传统的人类中心主义和人类专制主义,因为它主张人类从自己的整体利益和长远利益出发,按照有利于人类在自然界中健康生存,而且持续发展下去的要求来处理人与自然的关系,对自然采取科学和慎重的态度。应该说,这种现代人类中心主义更有利于指导人们的实践行为。在《加利福尼亚蓝蝶》中,爱格森和其他环保主义者一起积极活动,争取政府的支持,成功制止了小镇居民(代表传统人类中心主义)的伐木行为。爱格森偕同其他环保主义者履行了人作为价值和行动主体的能动性和

---

① Don Gallo, "'Just Trusting My Instincts' A Conversation with David Klass," *School Library Journal*, Nov/Dec 2003, p.23.

② 实际上,人与自然之间是否存在伦理关系是西方生态伦理学——现代人类中心主义和自然中心主义长期争论的一个焦点问题。有学者认为,自然中心主义主张所有生物都是价值主体,自然物具有不依赖于人的"内在价值",其理论基础存在漏洞,因为人类虽然具有生物本性,但人类与其他自然物不同。人类是社会历史的主体,生态伦理学的价值主体和伦理主体只能是人类自己,不可能是自然物。"内在价值"是一个反映、概括和表述人作为大自然进化的最高产物、作为万物之灵所固有的最高价值的一个概念,它为人类特有并包含在人的本性之中。此外,自然中心主义容易走入一个人类不能对自然采取任何行为的极端误区,因为按照它的逻辑,任何人类对自然物的改造和占有都是对自然物平等权的侵犯。而现代人类中心主义从人的社会性出发,认为伦理学的知识领域只能严格局限在人与人的社会关系领域,人类是自然价值的主体,人类关心自然生态环境,主要是由于它涉及人类生存、社会发展和子孙后代的利益。

主动性,有效地协调了人与自然的关系。正是在这个意义上,爱格森的行为体现了现代人类中心主义的思想。人类作为行动和价值主体,不仅是"自然价值的开发者和利用者,而且是自然整体价值的保护者"①。随着人类生态意识的提高以及严格的制度保障,人类能够按照自己的理想和价值观,"努力营造一种适合人类生存和发展的生态平衡,从而更好地成就人,成就人的美好理想"②。

二、人与自然和谐关系的拟人化写作

除了通过典型人物的塑造体现生态伦理之外,《加利福尼亚蓝蝶》对白芥蝶和蓝蝶采用拟人化描写,呈现人蝶互动的情景,昭示了人与自然物和谐共存的生态理念。

小说作者从一开始就把读者带进了蝴蝶翩飞的森林,描绘了人蝶之间生动的游戏和较量。约翰在林中看到了一只白芥蝶,"它游戏似的在傍晚的清风中忽前忽后、忽高忽低地蜿蜒飞行"③。他两次跳起来,朝蝴蝶挥动网兜,蝴蝶两次逃离。"它在上面飞,我在下面追。我们在进行一个小小的比赛,白芥蝶获胜。"④最后它往下飞,似乎在引诱约翰。当约翰全神贯注地再次飞扑过去时,白芥蝶就在他够不着的地方盘旋,继而他就掉下了陡坡,并邂逅了蓝蝶的虫卵。

作者对蓝蝶的拟人化描写有三处。第一处是当玻璃罐里的蝶蛹蜕变成蝴蝶时,约翰透过玻璃罐观察刚刚孵出的蝴蝶,"它站在玻璃容器的底部,用复眼询问似的看着我"⑤。约翰试图鉴别蝴蝶,"当我把玻璃器皿从一边转向另一边时,它的触角抖动了一下……我想知道它是否正试图鉴别我,就像我正试图鉴别它一样"⑥。第二处是当约翰站在听证会讲台上,拿起塑料器皿朝里看蝴蝶时,"蝴蝶站在一根小树枝上,用复眼好奇地看着我。'你好!'我轻声说。或者我只是自己这么想,根本就没有说出来。蝴蝶的其中一个翅膀轻轻地颤动,

---

① 傅华:《生态伦理学探究》,第27页。
② 傅华:《生态伦理学探究》,第275页。
③ David Klass, *California Blue*, p.10.
④ David Klass, *California Blue*, p.11.
⑤ David Klass, *California Blue*, p.44.
⑥ David Klass, *California Blue*, p.47.

仿佛它在振动翅膀做出反应"①。第三处拟人化描写出现在小说最后一章。父亲生平第一次观看了约翰的跑步比赛,在他们回家前,约翰带父亲来到森林。在这片宁静的蓝蝶栖息处,约翰和父亲冰释前嫌(小说一开始就讲述了约翰与父亲关系不和,年轻时酷爱足球的父亲一直不理解儿子对田径运动的执着,父子俩之间的交流非常有限而且还不愉快)。当父亲第一次对约翰说,他们父子之间一直不亲密,大多是自己的错时,父子之间多年的隔阂就此消除。父亲打量着阳光照耀的小峡谷和成千上万只蓝蝶。其中一只蓝蝶滑翔下来,停落在他的额头。父亲试图把蝴蝶赶跑,但蝴蝶用六条腿依附着他。父亲说:"把它弄走,否则我把它的头掐下来。"②约翰把手放在父亲的额头上,蝴蝶爬上了他的手指。父亲看着蝴蝶,坐在那里,蝴蝶的翅膀在微风中颤抖。"这些玩意儿有名字吗?""罗杰斯加利福尼亚蓝蝶。"此时父亲更仔细地看着蝴蝶,嘟哝道:"这么说,它拥有我的姓?"这时蝴蝶"抬起头,回看着他"③。父亲非常幽默地说:"我一直希望你会为我生出长相有趣的孙辈,但这……这也太多了吧。"至此,我们可以看到,弥漫在约翰和父亲之间的是一种和解后的温馨。小说这样结尾:

> 他(父亲)坐在一棵倒下的树根上,凝视着黑压压的蓝蝶。父亲是一个强壮的小个子男人,他一生艰辛,生命只有几个月了。当听到我的脚步声时,他回过头来。我把父亲带出这片小峡谷,扶他爬过岩石,我们一起穿过树林,朝远处传来瀑布声的方向走去。④

小说以蓝蝶为主线,始终没有孤立地描写蝴蝶。人蝶或在森林中游戏共现,或有着近乎人与人之间的交流。作品中蝴蝶的拟人化描写构筑了人蝶之间相互凝视、游戏和对话的关系。作者赋予蝴蝶类似于人的灵性,呈现了人与代表自然物的蝴蝶之间和谐相处的画面。

---

① David Klass *California Blue*, p.124
② David Klass *California Blue*, p.198.
③ David Klass *California Blue*, p.199.
④ David Klass *California Blue*, p.199.

《加利福尼亚蓝蝶》以环境保护为主题,通过典型人物的塑造和将蓝蝶拟人化的写作手法,凸显了生态伦理的意识形态。凯西·皮耶评价说:"这是一本用静静的声音述说的精彩之作,微妙地使你拷问自己对动物、环境、工业、人际关系和自然的态度。"①美国著名环境科学家诺曼·迈尔斯曾说过:"我们在挽救其他物种生命的同时,实质上是在挽救我们自己。"②人类要想"诗意地栖居",就应该与自然和谐共处。当前生态问题的症结"不在于动物和植物有没有权利,而在于人类滥用自然资源、竭泽而渔的方式损害了文明持续发展的自然基础"③。虽然《加利福尼亚蓝蝶》是一部青少年文学作品,但它承载着唤起人类生态保护意识的社会责任,唤醒人类要对自己的长远利益负责,对子孙后代负责,反对盲目地、极端自私地对自然进行掠夺,反对任何破坏生态平衡的行为,呼唤全人类共同努力保护我们赖以生存的自然。

第三节 《走出沙尘暴》:新历史主义视野下的历史小说创作

20 世纪 80 年代,以斯蒂芬·格林布拉特、路易斯·蒙特罗斯、斯蒂芬·奥格尔、罗伯特·威曼为代表的新历史主义者,纷纷向传统历史学发起挑战。他们认为,传统历史学用一种主导声音压制了不同声音,历史被缩减成为独白,历史仿佛可以被客观地、毫无疑问地描述。传统历史学者将自己的研究看作历史事实,而不是历史学者经过主观选择,重新组织后的文本书写。这样的书写必然带有主观想象色彩,而非真实的历史。在新历史主义看来,历史显然不是独白,它包含了众多不同的声音,过去每一时刻都有不同声音之间的论争。历史学者的任务是让不同的声音得到倾听。④新历史主义者认为,历史

①　Kathy Piehl, "Reviews the book 'California Blue' by David Klass", *School Library Journal*, (Aug) 2003, p.119.
②　鲁枢元:《自然与人文》,学林出版社 2006 年版,第 951 页。
③　傅华:《生态伦理学探究》,第 4 页。
④　Jürgen Pieters, "New Historicism: Postmodern Historiography Between Narrativism and Heterology," *History and Theory*, Volume 39 (1), February 2000, p.25.

书写总是带有主观性,书写者的个人局限不可避免地会影响他对历史的观察、理解和阐释。因此,他们否认史学家能够真正做到客观书写某个时代的历史和揭示其真实面貌。他们还认为,历史只是诸多话语的一种,只是看待世界和理解世界的一种方式。[①]

可以说,新历史主义打破了传统史学家头上的权威光环。既然任何阐释都是人们的主观理解,没有谁能够拥有通观全局的历史眼光,历史学者书写的文本也是一种受写作者本人视野影响的、带有主观色彩的文本,而非历史本身。已经过去的历史是谁都无法复原其面貌的,人们只能通过阅读多种历史书写来了解历史。阅读量越大的读者,可能比其他人能够更加接近历史的真实面貌。受到这种理论的鼓励,小说作家们也找到了充足的理由和自信来书写历史小说。

1994 年,美国国家图书奖小说类奖评审委员会主席弗特(Timothy Foote)指出,当年参评的小说反映出一个问题,即参评的 240 部小说很多都是根据新闻报道编写的,而不是来自亲身经历。[②]这句话既带有批评,即离真实又多了一层距离,同时也反映出一种流行的写作现象。有一位学者这样解释新历史主义视野下的文学书写:他们大量利用官方档案馆的正规资料和新闻媒体上的轶事资料,目的是探索将过去的事件转换成新"事实"的新途径,探究能够更好地解释这些"事实"的路径。[③]他们通过史料揭示普通人的生活经历,普通人的观点和他们经历的社会变革。[④]也就是说,在新历史主义观的影响下,作家们把眼光转向普通民众,挖掘被历史文献宏大叙事忽略的小人物命运。毕竟,仅凭历史文献和报道难以激发人们的移情,也不能让读者产生身临其境的感觉,而这些却正是文学最擅长的。在赋予历史故事文学的真实感、启

---

① Charles E.Bressler, *Literary Criticism: An Introduction to Theory and Practice* (2ⁿᵈ Edition), Upper Saddle River: Prentice Hall, 1999, pp.237 – 239.

② Michael Cart, *From Romance to Realism: 50 Years of Growth and Change in Young Adult Literature*, New York: HarperCollins Publishers, 1996, p.172.

③ Sonja Laden, "Recuperating the Archive: Anecdotal Evidence and Questions of 'Historical Realism'," *Poetics Today*, Vol. 25 (1), Spring 2004, p.7.

④ Sonja Laden, "Recuperating the Archive: Anecdotal Evidence and Questions of 'Historical Realism'," *Poetics Today*, Vol. 25 (1), Spring 2004, p.11.

发当今的读者这一点上,小说比历史文献有更大的优势。"在新历史主义视域里,文学永远是在历史语境中塑造人性的文化力量。"①

《走出沙尘暴》(*Out of the Dust*,1997)的作者凯伦·赫斯(Karen Hesse)在讲述这部小说的创作经历时说,她查阅了关于经济大萧条时期俄克拉荷马地域的历史资料,尤其是旧报纸和旧期刊,加上自己的实地调查和想象力,创作了这部小说。小说出版后获得了1998年纽百瑞儿童文学奖、司各特·奥德尔奖(Scott O'Dell Award,该奖项专门奖励优秀青少年历史小说),入围ALA青少年最佳图书。由于国内对青少年文学和儿童文学研究都不够重视,对于这样一部获奖作品的研究几乎是空白。在中国知网数据库里,只查到毛新耕发表在《云梦学刊》上的论文《实现身份认同 重燃生活希望——〈走出尘土风沙〉成长主题模式解读》和东北师范大学吴闯的硕士学位论文《论〈风儿不再来〉的叙事特色》。而国外期刊数据库里,也只找到一篇称得上学术论文的研究成果,其余都是短小的作品介绍,或混合着其他青少年小说的综述类文章。

这部小说的历史背景是1934—1935年美国南部俄克拉荷马州的沙尘暴地区。作者赫斯1952年出生在美国东北部马里兰州的巴尔的摩,她既没有亲身经历过她所描写的那一历史时期,也没有在南方的生活体验。《走出沙尘暴》的灵感来自她1993年驱车去科罗拉多的一次旅行。在途经堪萨斯时,一行人遇到了龙卷风。第二天他们来到一个小得连名字都没有的镇子。这个地方与她曾经生活过和去过的地方差异极大。这里风沙很大,一直不停地刮,满目黄沙与东部满眼的翠绿形成强烈反差。这次旅行给她留下了深刻印象。在接下来的三年里,她都在消化这次旅行感受,酝酿着如何书写自己的所见所闻。她给俄克拉荷马历史协会打电话,搜寻关于沙尘暴地区的历史资料和过去的报纸,希望从中寻找灵感,增加对这一区域的感性认识。最后,她将美国经济大萧条时期南部沙尘暴区人们的生活状况浓缩到一个白人家庭、一个小女孩身上。由于作者有过南方旅行的经历,也通过文献资料获得了关于沙尘暴的感性认识,因此对沙尘暴的描写十分生动。例如,小说中比利·乔一家饭前摆放餐具的方式十分独特,是将碗碟倒扣过来。待母亲准备好一切之后,

---

① 胡作友:《在史实与文学之间穿行——解读新历史主义的文学批评》,《中国社会科学院研究生院学报》2009年第1期,第39页。

一声令下，比利·乔便把碗碟翻过来，此时碗碟倒扣的地方已经留下了一个个的圆形痕迹，其他地方都已布上了一层黄沙。就着黄沙吃饭是常有的事情。一次，比利·乔的父亲甚至对妻子抱怨说土豆上面撒了太多的胡椒粉，而且还有牛奶巧克力喝，"我们是不是生活不差呀！"①其实，这些都是黄沙所赐，既非胡椒粉，也没有巧克力。

赫斯选取了自己擅长的诗歌形式，将《走出沙尘暴》写成了一部诗体小说。这部小说容量不大，作者自己还解释说，因为沙尘暴区域的人们一贫如洗，他们没有任何多余的东西。因此，她也不想浪费笔墨，想到了用散文诗这种简洁的文体来讲述沙尘暴肆虐时期人们节衣缩食的生活。②在塑造小说主要人物时，她综合了自己的音乐爱好、旧报纸中读到的人物和故事，构建出比利·乔这一女孩形象。

1934—1935年是美国南方沙尘暴区最艰难的年份。由于雨水过于稀少，庄稼在干旱和沙尘暴的双重袭击下几乎颗粒无收。忍饥挨饿现象十分普遍，很多人不得不离开家园，到别处寻找生路。据历史文献记载，20世纪30年代美国一共发生了4次十分严重的沙尘暴，庄稼受损进一步延长了经济大萧条，引发了美国历史上最大规模的人口迁徙。根据美国国家航空航天局（NASA）的最新研究，1934年的那场沙尘暴比发生在1580年那场历史上排位第二的沙尘暴严重30倍，影响了北美西部71.6%的人口。③另外，根据美国国会图书馆的历史资料，30年代发生在俄克拉荷马的沙尘暴有时会使能见度降低为零，无论人们怎么密封家里的门窗，沙尘都能进入他们的居所。沙尘暴第一次暴发是在1930年。到1934年，整个大平原变成了沙漠，之后这里被称为"the Dust Bowl"（即沙尘暴区）。

《走出沙尘暴》所描绘的俄克拉荷马锅柄区是干旱最严重的地区。赫斯在查阅资料过程中，从当地的一份报纸中获得了很多启发。因此，她选择了这个地区。以前这里是草原，由于过度饲养和耕作，表层土壤受到破坏。在小说中，人们还在这一地区发现了恐龙化石。也就是说，在更早的时候，这里曾经

① Karen Hesse, *Out of Dust*, New York: Scholastic, 1997, p.21.
② Judy Hendershot, Jackie Pec, "Newbery Medal Winner Karen Hesse Brings Billie Jo's Voice *Out of the Dust*," The Reading Teacher Vol. 52, (8), May 1999.
③ http://www.redorbit.com/news/science/1113257972/dust-bowl-drought-nasa-study-101614/

是原始森林。比利·乔的老师这样给孩子们解释这一地区环境恶化的原因：

> 在世界大战期间，我们生产的粮食供应给全世界，再多的粮食都供不应求。粮食价格飞涨，我们的头脑也跟着膨胀起来。我们买下更大的拖拉机，更多的土地，直到我们的抵押贷款、租金、账单也攀升到了疯狂的程度，但我们却没有警惕。战争结束后不久，欧洲不再需要我们的小麦，他们自己能够生产了。但我们却需要欧洲的钱来偿还贷款、租金和账单。因此，我们在有限的土地上饲养了更多的牛羊，它们把草根都吃掉了。小麦的价格不停下降，我们只好扩大产量，这样收入才能跟以往持平，才能支付所有的设备和新购置的土地。被我们开垦掉的草地越多，土地越干旱……没有了草地，水也随之消失了。土地变成了沙地，风再扬起沙尘，将它们刮走。[①]

也就是说，由于人们贪得无厌地追求财富，毫无节制地开发土地，才将原本是野牛、野马驰骋的绿洲变成了黄沙漫漫的干旱地区。1945 年美国政府开始在这一地区实施生态保护计划，以改变这一地区基本的农牧业生产方式。在保护计划实施后，沙尘暴仍然持续了近 10 年。[②]不过美国国家航空航天局专家的最新研究认为，20 世纪 30 年代那场持续时间长、规模空前的沙尘暴，除了土地过度开发这一原因之外，另外一个原因是冬季的高气压系统一直盘踞西海岸，赶走了湿润的空气，1934 年春的沙尘暴又抑制了雨水的生成。[③]

在《走出沙尘暴》里，比利·乔生活的锅柄区（因这一地带狭长像锅柄而得名）从 1931 年的大丰收后一直干旱。沙尘暴袭来，玻璃窗被吹破，地里的麦子被连根拔起，行人和车辆看不见道路和方向。有人和牲畜因为吸入太多的沙尘而死亡，也有人将出生不久的婴儿遗弃在教堂。不少人不得不离开家园，另寻出路。比利·乔的好友丽薇一家被迫迁居到了西海岸的加利福尼亚。但

---

① Karen Hesse, *Out of Dust*, New York: Scholastic, 1997, p.84.

② http://www.americaslibrary.gov/es/ok/es_ok_dustbowl_1.html.

③ http://www.redorbit.com/news/science/1113257972/dust-bowl-drought-nasa-study-101614.

是,在经济萧条时期,即便去了大城市,也不一定能够找到工作。丽薇一家就是这样,他们离开了土地,又找不到工作,连买食物的钱都成了问题,丽薇的哥哥不得不离家出走了。甚至有一家逃荒的人在沙尘暴的袭击下,慌不择路,躲进了教室。那是一家三代人,有奶奶、父母、两个小孩和一个即将出生的孩子。看到他们的处境,弗利兰老师说他们可以留下来,愿意在教室里住多久都行。孩子们很有同情心,每天把自己带来的午餐跟这一家人分享,还故意留下一点给他们做晚餐。那家人心存感激,每天负责打扫教室和学校,父亲还主动修理学校的门窗、台阶。没事的时候,一家人跟着学生们一起听课学习。直到孩子出生之后,一家人才重新上路。即便作为逃荒者,读者也在他们身上看到了尊严。这是美国社会一直倡导的一种接受救济的方式,即不能白拿别人的钱和食物,应该做些力所能及的事情作为回报。赫斯曾说,她在翻阅《博伊斯市日报》时,她很惊讶,"生活在那里继续!人们去参加音乐会,观看戏剧演出,孩子们在上学……所以我将比利·乔与艺术联系起来。因为我想让读者知道,即便在如此恶劣的环境下,人们一边与沙尘暴抗争,一边设法保持生活的快乐"①。学校和同学们救济逃难人家的故事,反映出作者希望给青少年读者传递一种信息——人与人之间的互助是十分温馨的,能让逃难的人们获得信心、勇气和尊严。

在旷日持久的风沙中,比利·乔一家除了天灾带来的庄稼歉收,还遭遇了人祸。一天,比利·乔的父亲将煤油放在灶台旁,而她的母亲误以为是水,把它倒进壶里准备给丈夫煮咖啡,结果引起大火。比利·乔想帮忙,她拎起剩下的煤油,准备拿到屋外去,一转身却撞上了母亲,煤油倒在了母亲身上,母亲被严重烧伤,喜欢弹钢琴的比利·乔双手也被烧伤。赫斯后来说,一些读者曾写信给她,说将煤油当作水难以置信。赫斯回答说,她在当时的新闻报道中确实读到了这样的事故。由此可见,赫斯确实从史料阅读中获得了灵感和启发,这部历史小说是她阅读史料、旅行见闻和想象力的结晶。

干旱天气里发生火灾的概率确实很大,人们用火时稍有不慎,就可能引发火灾。也许是为了强化大萧条时期人们生活的艰难,作者让火灾降临到比利·乔一家。在天灾人祸面前,父亲不堪打击,独自逃到外面去喝酒。而就在父亲离

---

① "Behind the Scenes: Writing *Out of the Dust*," in *Out of the Dust*, Appendixes.

开的这段时间,母亲呻吟着要喝水,双手被烧伤的比利·乔却怎么也不能将水喂进母亲的嘴里,她十分难过,也对父亲此时此刻离家出走心生怨恨。母亲产下一男婴后去世,那孩子也在几小时后跟随母亲而去。祸不单行,蝗虫来袭,吃掉了地里的秸秆,吃掉了两棵苹果树上即将成熟的果子,甚至连树叶、晾晒的衣服蝗虫都不放过。天灾和人祸一度让父女俩失和,父女之间很少说话。比利·乔看见父亲开始执着地在家门口挖一个大坑,她以为那是父亲在自掘坟墓,以为父亲要离她而去,她还想到了父亲皮肤上长出来的几个肉瘤。比利·乔越想越害怕,她感到如果继续待在这里,他们两人都会化为尘土。一天夜里趁父亲熟睡时,她离家出走了。比利·乔爬上通向西部的火车。她遇到了另外一位偷爬火车的成年男子,他衣衫褴褛、饥饿不堪。比利·乔将自己的饼干拿了两块给他吃,男子眼里充满泪水。他说:"我又一次接受了孩子的施舍。"比利·乔为了安慰他,把自己剩余的饼干给他看。两人交流起各自的家庭情况。男子因养活不了一家人而离家出走。第二天比利·乔醒来,发现男子不见了,还偷走了她的饼干。男子将他身上唯一携带的珍贵物品留给了她——一张照片,上面有他的妻子和三个儿子,照片背后还有他的家庭地址。一路上的经历和景象并没有让比利·乔看到希望。她说:"逃离也不比呆在家好,只是有点不同,而且孤独,比风还孤独,比天空更空荡,比阻隔我和父亲的堆堆尘土还更寂寥。"[1]

离开了家,在时间和空间上拉开了与父亲的距离,比利·乔对父亲的看法悄然发生了变化。此时,她感觉父亲"就像一块草皮,坚定地、静静地、深深地扎根在那里,顽强地活着,以他的坚忍维持着他和我,还有靠近他的人。我父亲扎根在那里,即使我考验他、冲他发脾气,他承受着我们两人的双重痛苦,维持着这个家,直到我破坏了这个家。"[2]下了火车后,她立刻打电话,托人转告父亲,她马上回家。比利·乔的父亲去车站迎接女儿归来。在母亲去世后,比利·乔还是第一次跟父亲行走在一起。她告诉父亲,这次离家出走让她感到即便走出了沙尘暴区,她内心总有一些东西走不出去。她还告诉父亲,她像麦子,不是什么地方都能生长,而父亲像草皮,生命力顽强。比利·乔告诉父

---

① Karen Hesse，*Out of Dust*，p.204.

② Karen Hesse，*Out of Dust*，p.202.

亲,她害怕他皮肤上的瘤子会要了他的命。父亲答应去看医生。这次事件后,父女俩化解了误会和隔阂。当地夜校的一位女老师也给这个破损的家庭带来新的希望,她跟比利·乔的父亲从相识发展到相爱。比利·乔回来之后,父亲也意识到重新组建一个完整家庭的紧迫性。

当雨水终于降临时,父亲挖的大坑蓄满了水,他们看到了希望,看到未来草会生长,秧苗会生长,麦子会生长,妈妈生前精心养护的两棵苹果树也会生长。根据小说附录中的作者介绍,赫斯小时候,喜欢爬到苹果树上去读书,因此她把自己对苹果树的感情写进了这部小说。在小说里,苹果树对比利·乔来说,代表了未来和希望。在她母亲和弟弟去世后,蝗虫袭来,吃光了尚未成熟的苹果,啃光了树叶和庄稼,此时的比利·乔也正处在绝望之中。在经历了离家出走又顿悟返乡之后,比利·乔跟父亲的心靠拢了,决心共同面对困难。希望再次回到她的心中,苹果树也再次开花。

在小说最后,比利·乔的父亲也开始新一轮的播种。拖拉机坏了,他没钱修理,女友露易丝出钱给他买了一头骡子作为订婚礼物。比利·乔的父亲赶着骡子犁地,但他显然已经不习惯这种原始的耕作方式了。比利·乔说:"也许是拖拉机让他离开了土地,也许是这片土地不认识他了,不记得他的脚步,也不熟悉他的手法,不熟悉他膝盖上的骨头。小麦为什么要为一个陌生人生长呢?"[①]这一情景呼应了 20 世纪 30 年代初赛珍珠获得诺贝尔文学奖的小说《大地》中的大地情结。《大地》中有大量的篇幅讲述中国农民在干旱年代颗粒无收时的场景。主人公王龙被迫带着妻儿老小扒火车,到南方去讨生活。在南方发财后返乡的王龙一度过上地主老财一样奢靡的生活,精神空虚。最后还是回到庄稼地里,跟大家一起与蝗虫搏斗的过程中,他才找到了精神归属。《大地》在美国 30 年代经济大萧条时期十分受欢迎,还被拍成电影,给生活在艰难时期的人们带来了希望和鼓励。也许,赫斯在查阅 30 年代的史料时,也读到过这部小说吧。毕竟,赛珍珠是美国第一位获得诺贝尔文学奖的女作家。

为了呼应时任政府针对南方持久的沙尘暴发出的多元化种植、改变传统耕种方式的号召,比利·乔的父亲说他要种一些高粱,也许还种一些棉花,在休耕的地方种一些草。看着地里劳动的父亲,比利·乔心想,"你可以一直呆

---

① Karen Hesse, *Out of Dust*, p.226.

在一个地方,而且还是能够活下去的"。①这句话呼应了作者写这部小说的初衷:哪怕是在一个人烟稀少、黄沙漫漫、村子小得连名字都没有的地方,还是有顽强的人们扎根在这里,顽强地生活着。

《走出沙尘暴》继承了 20 世纪后半叶美国青少年文学现实主义小说的传统,反映了青少年成长面临的挫折和挑战,但又以乐观的基调解决了问题。这种既让读者从故事中了解历史,又给读者提供行为示范的写作范式是教育工作者、家长和学生都乐意接受的。我国儿童文学专家王泉根教授曾就成人文学与儿童文学的区别发表过这样的观点:

> 与成人文学大致倾向于'以真为美'的美学取向不同,儿童文学作为一种寄予着成人社会(创作主体是成年人)对未来一代(接受主体是未成年人)文化期待与殷殷期望的专门性文学,其美学取向自然有其不同于成人文学之处。我认为,这就是"以善为美"——以善为美是儿童文学的基本美学特征。②

在对这部小说的为数不多的评论中,几乎都对它给予了积极的评价。但是也有一位名叫西蒙的学者批评它沿袭了白人写作传统,将南方人数众多的黑人、印第安人、墨西哥移民和亚洲移民等群体统统排除在外,仿佛他们都不存在。西蒙还查阅了史料,发现俄克拉荷马的历史是和印第安人被驱逐的历史分不开的,也是和黑人企图在俄克拉荷马建立黑人居住区的运动分不开的。③虽然要求一部小说要面面俱到地反映历史景观并不现实,但忽视美国南方经济大萧条时期的种族问题确实也不太应该,毕竟美国南方是黑人的主要居住地,而该小说中几乎不见他们的身影。但即便这样,这部小说还是获得了儿童文学重要奖项纽百瑞奖。笔者认为有三个特点为它获奖奠定了基础:首先,这部小说给读者展示了美国沙尘暴地区的真实生活细节,让读者获得了对

---

① Karen Hesse, *Out of Dust*, p.226.
② 王泉根:《王泉根论儿童文学》,接力出版社 2008 年版,第 5 页。
③ Lisa Simon, "Weaving Colors into a White Landscape: Unpacking the Silences in Karen Hesse's Children's Novel *Out of the Dust*," *Multicultural Education*, 2008.

沙尘暴的感性认识。换句话说,"陌生化"吸引了大多数对沙尘暴缺乏感知的读者。荒漠化问题也是当今世界日益关注的生态问题的一部分。其次,它反映了20世纪经济大萧条时期人们的困境和家庭破损后人们的心理创伤,让当代优越环境下成长的青少年通过故事了解过去艰难的生活,珍惜当下。最后,它给破碎的家庭示范了较为理想的解决途径,展示了人们面对困难的勇气。比利·乔经过短暂的逃离之后,返回父亲身边,决定跟父亲一起好好生活。她说:"艰难时期不仅仅是缺钱,或者干旱和沙尘;艰难时期还包括失去信心和希望,当梦想枯竭时还会有什么呢?"[①]这句话显然是作者受到著名诗人兰斯顿·休斯的一首诗歌的启发。休斯在诗歌《梦想》中写道:

> 紧紧抓住梦想
> 如果梦想死亡
> 生命就是一只折断翅膀的鸟
> 再也不能飞翔。

> 紧紧抓住梦想
> 当梦想离去
> 生活就是一片贫瘠的土地
> 与冰雪冻结在一起。

比利·乔和父亲虽然失去了家人,虽然不断面对沙尘暴的袭击,但他们没有放弃希望和努力。在当地不少居民都选择移居他乡的情况下,他们还是选择留在这里。当然迁居并非是错误的选择,也不存在道德的瑕疵。比利·乔一家留下来坚守在这里,完全是作者的安排。毕竟,即便是在最艰难的岁月里,还是有人留守故乡。作者要表现的正是留守在这片干旱地区的人们。

书写缺乏亲身经历的历史小说,历史文献是作家主要的信息来源。与其他文学文本互文、与当代社会生态环境意识互文,也是《走出沙尘暴》写作的源泉。既然文学与历史都需要以文本的形式记载和流传,文本的书写者必然

---

① Karen Hesse, *Out of Dust*, p.225.

会在书写中加入当代意识形态,以及在当代意识形态关照下作者对历史事件的理解,加入他们希望读者能够领会的信息。新历史主义认为,历史和文学应该相提并论,每一种文本都应该放置于它们所生成的历史环境中去理解。当我们在理解文本产生的社会历史背景时,我们同时也是在理解我们自己,理解我们的习惯和观念。①

赫斯从浩如烟海的历史事件中,选取了经济大萧条时期俄克拉荷马锅柄区的快速沙漠化,反映了当代人日益提高的生态意识和对人类行为的反思。她不仅在小说中通过一位教师告诉了学生们草原变为荒原的原因,也通过生动的细节让读者感受到沙尘暴的危害和恐怖场面,警示人们要爱惜自己的家园和环境,理性生产,保持可持续发展,不要因为无休止的物质追求而损害我们子孙后代的生活和发展空间。这些抽象的意识形态问题和关于沙尘暴的概括性的历史文献在转化为小说文本时,呈现在读者面前的是活生生的人物,是他们的日常生活和切身感受。历史在小说文本中得以复活。其实,人类的一切经验都来源于历史,历史是人类智慧的源泉,也是人类构建未来必不可少的资源。把文学创作的虚构性建立在对人类历史的挖掘和反思上,是对文学创作灵感和创作资源的极大丰富,它也更符合现代人的思维理性和对自我历史的尊重。以前,为我们提供历史景观的主要是历史学家。现在,历史小说为我们提供了历史的另一个版本和阅读理解历史的新视角。这个视角更加感性、更加直观、更加具有人文性。它丰富了我们对人类历史的认识和想象,也为我们认识现实和展望未来提供了新的自信。

---

① Charles E.Bressler, *Literary Criticism: An Introduction to Theory and Practice* (2nd Edition), Upper Saddle River: Prentice Hall, 1999, p.241.

第四章　青少年成长与当代社会文化

　　文化指人类创造的一切物质产品、制度产品和精神产品。文化存在于各种内隐和外显的社会模式、制度模式、生活方式之中。青少年成长必然受到成长环境的影响，受到所在国家社会文化的影响。美国文化崇尚独立自主、张扬个性，家庭和学校对青少年的管教和约束与中国有很大区别。《巧克力战争》中鲜有家长干预过问孩子在学校的情况。《祝福动物与孩子》中，父母或是只顾自己的生活，或是对子女的问题束手无策。把问题孩子送到暑期夏令营去培养男子汉精神，让孩子们在摸爬滚打中增长经验和教训，已经是比较积极的干预了。孩子们物以类聚，形成自己的圈子或团队，在服从与独立、自我与团队中寻找平衡。每一个群体都具有一定的亚文化特征，在组织管理、集体活动、个人自由、团体精神等方面表现出某些独特性。少数族裔青少年则不像白人青少年那样积极参加竞技体育和团队活动。他们的兴趣爱好以及所关心的问题也跟白人青少年有较大区别。例如在《猫头鹰的孩子》中，凯西面对的是生存和身份危机，是认同主流文化还是认同华人文化，是拒绝还是接受华人身份的问题，这些困扰少数族裔青少年的重大问题，在白人青少年中比较少见。凯西的困惑反映了少数族裔青少年在白人主导的美国社会里感受到的排斥和歧视，进而滋生对社会公平、公正的思考。《巴德，不是巴迪》同样也是反映少数族裔青少年成长的小说，它通过对黑人美学传统的继承，塑造了一个坚忍、勇敢的黑人男孩对黑人文化身份的认知和认同过程，表现了一个黑人青少年坚忍顽强又不失幽默的文化品质。

第一节 《巧克力战争》中的青少年亚文化

小说《巧克力战争》自 1974 年出版以来,长销不衰,迄今仍居于亚马逊图书畅销榜前列。作者罗伯特·科米尔为此获得了玛格丽特·爱德华兹奖。该小说犀利冷峻的语言风格和悲剧式的故事情节引起了很大的争议,一度被列为禁书。许多家长甚至写信给科米尔,指责作者没有准确地反映现实生活,认为小说残酷的结局会使青少年读者对现实社会产生悲观绝望情绪。文学评论界对科米尔的创作风格也是毁誉参半。评论家安妮·斯科特赞扬科米尔在"自己的领域内独树一帜",因为他"不但脱离了青少年文学的常规模式,还打破了其最基本的禁忌",即"无论故事本身多么冷酷和现实,其结尾总会留下一线希望,至少传递一些积极的启示"[①]。还有人称赞他的写作具有敢于挑战传统模式的新现实主义风格。[②]与此同时,也有人指责科米尔让本应充满希望的青少年文学成为沉重的话题。[③]对于备受诟病的悲剧性结局,科米尔回应称,自己的作品是"电视剧化的伪现实主义的一帖解药。只要我的文字真实可信,何必一定要一个欢乐结局呢?"[④]

对于《巧克力战争》的语言风格和故事结局,评论界各执一词,但关于美国青少年小说与青少年亚文化的互动关系,评论界则鲜有论及。理查德·利汉在分析文学与价值观念时曾说:"我认为美国的文化价值与文学之间有着不可分割的联系,从认识的最深层看,两者之间是相互加强和相互循环的关系。我们的民族形象在文学作品中得到反映。因此,在这个意义上,它与我们对目的

---

① Anne Scott MacLeod, "Robert Cormier and the Adolescent Novel," *Children's Literature in Education*, Vol. 12 (2), 1981, p.76.

② Geraldine DeLuc, "Taking True Risks: Controversial Issues in New Young Adult Novels," *The Lion and the Unicorn*, Vol. 3 (2), 1979, pp.125 – 148.

③ Fred Inglis, *The Promise of Happiness: Value and Meaning in Children's Fiction*, Cambridge: Cambridge UP, 1981, pp.280 – 281.

④ Tony Schwartz, "Teenager's Laureate," *Children's Literature Review*, No. 12, 1987, p.115.

和命运的看法是不可分割的。"①青少年文学与主流意识形态的互动一直是20世纪60年代美国文学的一个十分突出的现象。从文化研究角度看,《巧克力战争》的故事结局暗合了20世纪70年代的英国伯明翰当代文化研究中心对"青年亚文化"表征的理论分析。因此,本节试图从文化研究角度出发,结合小说的创作背景,为《巧克力战争》提供一种青少年亚文化的解读尝试。

一、《巧克力战争》与青少年亚文化

《巧克力战争》取材于真实的生活故事:作者科米尔的儿子彼得拒绝参加学校组织的学生义卖巧克力的真实经历。小说的故事情节围绕14岁的少年杰里展开。刚刚经历丧母之痛的杰里进入一所名为"三一高中"的天主教学校学习。尽管深陷痛苦和孤独,杰里仍然努力适应新的校园生活。无意间他被校园里势力庞大的学生黑帮组织"守夜会"选中,要他去执行特殊的"使命",即连续十天拒绝参加学校组织的巧克力义卖活动。然而十天期满后,杰里没有听从指挥,依然拒绝参加义卖。于是在转瞬之间,他成为校方和"守夜会"的公敌。利昂修士代表的校方与阿奇代表的学生黑帮"守夜会"同时对他施加压力。小说的最后,杰里在阿奇策划的一场毫无公平可言的拳击比赛中输给了对手詹扎,当伤痕累累的杰里被人抬到赛场外时,他告诉好友"千万不要去撼动宇宙"②。这样的结局对于读者来说可能有些始料未及。在这场名为巧克力战争的故事中,杰里先是扮演了传统神话中敢于挑战霸权的孤胆英雄,然而他并未像神话中的英雄一样迎来命运的反转,而是最终以失败的结局遗憾谢幕。

《巧克力战争》的开篇即是迷茫,结局也未见希望。我们认为,解读小说的结局要从青少年小说的特点说起。青少年小说面向的读者是介于儿童与成人之间的特定人群,因此大多数青少年小说是成长小说,以描述青少年心理成长为主线。通常这类小说描述的是主角经历了少年至成年、天真至成熟的历练过程,主人公经由友人的帮助、师长的智慧以及自己的努力,最终克服重重困难,获得心灵上的成长。因此,有人认为以青少年为阅读主体的成长小说应该

---

① 卢瑟·利德基主编:《美国特性探索》,龙治芳等译,中国社会科学出版社1991年版,第168页。

② 罗伯特·科米尔:《巧克力战争》,刘雪成译,译林出版社2012年版,第230页。

有一个光明,至少是正面的结局。其实,这是对成长小说的一种误解。芮渝萍在研究了大量美国成长小说文本后,肯定了成长小说的多样性。她说:"每一部成长小说都有自己的个性特征……因人物的不同,成长的体验也千差万别;成长的过程有缓慢的,有突变的;人物有早熟的,有晚熟的;有人因新的认识而幻灭,有人则接受了新的认识,获得了成长。"①

青少年小说是一种特殊文化语境下催生的青年文化的一种表达形式,而《巧克力战争》的结局恰恰表达了美国 20 世纪 60 年代的特殊文化表征。20世纪 60 年代是美国历史上一个动荡的时期。一群以中产阶级青年为主体的嬉皮士承袭了 50 年代"垮掉的一代"的意识形态,掀起了一场范围更为广泛的反正统、反传统的文化运动,并与其他社会运动,如民权运动、女权运动、反战运动、新左派运动等相互交织,对美国的社会制度和价值体系提出了质疑和挑战。这场青年人发起的文化运动对美国的政治、文化和价值观念产生了深远的影响。《巧克力战争》成书于这样一个复杂的时代背景下,它与同时代的青少年文学作品《麦田里的守望者》《在路上》《局外人》等一起,成为表征这一时期文化运动的一面镜子。

伯明翰学派亚文化研究的代表人物迪克·赫伯迪格在其经典作品《亚文化:风格的意义》一书中指出,青年亚文化孕育出了诸多的形式,这些形式都指向一个方向,那就是抵抗。②他们的抵抗源于社会结构矛盾、阶级问题以及与之相应的文化矛盾。他们抵抗的不是整个社会,不是不理解他们的有代沟的父辈文化。他们抵抗的是社会结构中的矛盾和集体经历的问题,包括贫穷、失业、不公正等等。他们在抵抗中形成了特别的风格(音乐、服装、艺术、特殊的交流方式等),这些风格成为他们手中最有力的表现手段和抵抗武器。

主流文化与亚文化在社会文化构成中呈现出相生相克的存在状态。亚文化是辅助的、次生的、边缘化的文化类型,不同阶级、种族和性别的人群构成种种独特的亚文化群体。青少年亚文化对主流文化的颠覆、解构与抵制,表现为对话语权的重视与争夺,而自创话语体系则是争夺话语权的重要手段。从

---

① 芮渝萍:《美国成长小说研究》,中国社会科学出版社 2004 年版,第 8 页。

② 迪克·赫伯迪格:《亚文化:风格的意义》,陆道夫、胡疆锋译,北京大学出版社 2009年版。

意识形态的角度来看,在转型期社会矛盾比较突出的时代,青少年亚文化会表现出更加强烈的离经叛道色彩和消极异化的功能。因此,青少年亚文化是解构和适应主流文化的双刃剑,它在社会生活中同时发挥消极和积极的作用。

表达自我和身份认同一直是青少年亚文化的重要母题。青少年在成长中需要不断寻找新的方式来表达青春亚文化的边缘性和抗争性。《巧克力战争》的主人公杰里正是处于这一特殊文化情境下的年轻人。他就读的是保守僵化的教会学校,每天面对的是伪善的教育制度、校园黑帮与校方高层的胁迫,加之身不由己地卷入了一连串灾难性事件,这种规约和限制在某种程度上更是激发起了他强烈的身份认同需要,从而进一步采取各种可能的方式表达自己,并为自己的社会存在寻求或创造一种文化上和价值上的合法性。

二、在对抗中寻求身份认同

《巧克力战争》的主人公杰里常常被解读为反抗恶势力的孤胆英雄,小说的主题也常常被阐释为杰里代表的"善"与阿奇代表的"恶"的对抗。从文化的角度看,这种对抗是一种个人与群体的对抗,或者两者兼而有之,是青少年亚文化表征在文学中的艺术体现。

早在 2002 年就有美国评论家质疑杰里拒绝参加巧克力义卖的动机。对于杰里来说,拒绝参加义卖并非是一种道德选择。[①]那么,杰里为什么要拒绝一场全体学生都参加的义卖活动呢?这要从杰里的家庭背景谈起。母亲过早离世,父亲软弱无能,加之初入一所新的中学,这一切使得杰里迫切希望获得身份认同。杰里在自己的储物柜里贴了一张海报,上面写着"我敢不敢撼动这宇宙?"这一诗句出自诗人艾略特(T. S. Eliot)的名诗"J. 阿尔弗瑞德·普鲁弗洛克的情歌"(*The Love Song of J. Alfred Prufrock*),这一诗句正好呼应了杰里在学校的困境。颇具讽刺意味的是诗歌中的角色恰恰是一个软弱颓废的老男人,似乎预示了撼动宇宙的代价是身心俱损。懵懵懂懂中,撼动宇宙成了杰里定义自我的目标,但是敢于撼动宇宙是否就能带来改变?想要只做自己,是否真的能够如愿以偿?小说中有如下一段来自杰里的内心独白:

---

① C. Anita Tarr, "The Absence of Moral Agency in Robert Cormier's The Chocolate War," *Children's Literature*, Vol. 30, 2002, pp.96 – 124.

为什么你要这样做?(指拒绝义卖)

我不知道。

你疯了吗?

也许吧。

这么做确实是疯了。

我也知道。

当"不"从你嘴里说出来的时候,为什么?

我不知道。[1]

在这段自问自答当中,杰里在反复追问自己拒绝参加义卖的目的,显然他已经意识到了这是一场残酷的对抗,很可能以惨败收场。"守夜会"派给他的"任务"是拒绝参加义卖,接受这样的安排让他感觉自己像一个被人支配的玩偶。因此,他在"任务"结束后继续坚持自己的立场,是为了证明自己有独立意志,不像其他同学那样受控于阿奇。虽然小说中利欲熏心的里昂修士和"守夜会"的首领阿奇在整个事件中扮演着阴谋者的角色,但是对于一年级新生杰里来说,他并不知道巧克力义卖的腐败黑幕。因此,拒绝巧克力义卖对于杰里来说更像一种仪式性的反抗,甚至不问动因不计后果。这种反抗就其本质而言,是青少年内在身份认同需要的一种外部表现,源于一种身份认同内在需求的驱动。身份认同指的是文化或者意识的归属,是青少年成长过程中的突出社会—心理现象。处于成长困境中的青少年会不断发问,"我是谁""我属于哪里?""我走向何方?"特定的身心特点和社会地位促使青少年寻求或创造一种文化上的合法性,因此他们需要某种途径表达和认识自我。对于杰里来说,拒绝义卖成了他的最佳契机。然而,公然与校方和阿奇领导的黑帮对抗的结果是一败涂地,杰里"撼动宇宙"的理想幻灭了。

小说另一个值得关注的是反面人物阿奇,他是学生黑帮组织"守夜会"的领导者。作者并没有花费大量笔墨交代阿奇的家庭背景或者童年经历,因此我们无从知晓是什么样的经历造就了阿奇冷漠暴力的性格。在整个故事中,阿奇用尽全力去破坏秩序,拥抱罪恶,争夺权力。阿奇领导的秘密组织"守夜

---

① 罗伯特·科米尔:《巧克力战争》,第102页。

会"也属于当时的年轻人群体的一种亚文化生活方式。他们有自己的团体,成员有等级之分,首领阿奇酷爱暴力,喜欢用"漂亮"等字眼来描述自己的暴力行为,并以此标榜自己获得的满足感。阿奇这种夸张的暴力手段是以他为代表的因精神空虚而备受责难的男孩群体向生活本身发动的报复。因为在主流人群看来,近乎是青少年犯罪的残忍暴虐却成为以阿奇为代表的男孩们确立自我认同感的契机。阿奇代表了构成美国20世纪60年代青少年亚文化的另一个群体,他们感受到了工业化社会中人的异化,对于传统价值观产生了迷茫和猜疑,但他们的反叛方式是破坏性的,为了反叛而反叛,甚至乱中取乐。他们否定理性、强调本能,痴迷于某些异常行为,享受成为"另类"的感觉,用极具攻击性和侵略性的行为对抗认同危机,寻找自我表达。他们是一些走极端的年轻人。

因此,阿奇与杰里一样,都是在抵抗中寻找身份。杰里对抗的目的是挑战霸权,建构与正义为伍的身份感;而阿奇对抗的目的只是为了发泄生命的冲动,是一种颓废和放纵的反抗。作为亚文化群体,阿奇的心理症候是拒绝成长,他选择了一条回避现实的路,通过破坏引起成人的关注,获得对抗秩序的快感。

《巧克力战争》在出版后的多年间,始终是美国保守团体抵制的对象。如今,《巧克力战争》《麦田里的守望者》和《杀死一只知更鸟》[①]并列成为美国青少年文学史上里程碑式的作品,被奉为作家灵感之源泉。一部小说在不同时代竟然有如此不同的待遇,这与青少年文化的变迁密切相关。小说反映了美国50年代末到60年代繁荣的青少年亚文化,小说中折射出的60年代青年文化的反抗独断专行、反对暴力、张扬个性、追求独立思想等元素已被今天的主流文化所接受,青少年文化完成了与主流文化的流动与重组。在这样的互动中,主流文化一方面压抑了青少年文化,另一方面也从中汲取了积极健康的养分。

小说主人公杰里通过拒绝参加义卖来进行成长过程中一次仪式性的抵抗,而这种抵抗也是青少年对成长历程中的种种问题进行象征性解决的尝试,尽管这样的尝试可能以失败告终。《巧克力战争》出版10年之后,科米尔为小说写了续集《超越巧克力战争》。表面上看,这部续集的结局似乎更加合情合理,杰里终于在拳击赛中战胜了残暴的詹扎,而代表腐败恶势力的阿奇和里昂修士也得到了应有的惩罚。但是小说中的一句话让人难以忘怀,在杰里打败

---

① 该小说有多种中译名:除以上译名外,还有《杀死一只百舌鸟》《杀死一只仿声鸟》等。

詹扎的一刻,他痛苦地意识到反抗的胜利就是使自己变成了另一个阿奇或者詹扎,或者这个世界上另一个热衷暴力的人。他发觉自己真正的对手不是阿奇或詹扎,而是台下围观的人群和他们代表的暴力充斥的世界。两部小说的结局似乎都在说明,成长的挫折在所难免,如何进入成人世界是一个问题,这场不计代价的抵抗如同一场残酷的成人礼。杰里最终完成了与青春期的告别。这样的"告别"缘于在绝望之下对命运的抗争。

第二节　《祝福动物与孩子》中的青少年成长之旅

美国作家格兰顿·斯沃斯奥特(Glendon Swarthout,1918—1992)对许多中国读者来说比较陌生,但他的作品在美国读者,尤其是青少年读者中占有重要的一席之地。斯沃斯奥特一生创作了近 20 部小说,其中 5 部被拍成电影。[1]1991 年美国西部作家协会在俄克拉荷马洲召开的夏季会议中,给斯沃斯奥特颁发了"欧文·维斯特奖",以表彰他在西部历史小说创作上的终身成就。斯沃斯奥特的小说充满幽默与机智,弥漫着一种勇气和英雄主义。他利用儿子麦尔斯十几岁时在北亚利桑那夏令营中的经历,以当初一些真实的人物、场景和事件为基础,于 1970 年写成《祝福动物与孩子》。小说在 1972 年被拍成同名电影,由美国著名歌手卡伦·卡朋特演唱主题曲,并获得奥斯卡奖提名。《纽约时报书评》指出,《祝福动物与孩子》是一个"整洁精巧的故事"。[2]评论家高菲尔德在 1970 年曾预言,这部小说具有现代经典的地位,"斯沃斯奥特为我们这个时代的文学增添了精美和意义重大的内容"[3]。该小说更是被许多美国中学教师指定为学生必读作品,因为他们认为这部小说中大量的象征、宗教色彩和隐喻可以为学生阅读和理解英国著名作家戈尔丁的

---

① 斯沃斯奥特小说中的《第七兵团》(1956)、《他们来到科多拉》(1958)、《孩子们在哪里》(1960)、《祝福动物与孩子》(1970)和《神枪手》(1975)都被拍成电影,并获得好评。
② Glendon Swarthout, *Bless the Beasts and Children*, New York: Pocket Books, 2004, p.187.
③ Ibid.

《蝇王》奠定基础。[①]

《祝福动物与孩子》主要讲述了一个青少年团队深夜从夏令营营地偷偷溜出，前往亚利桑那州狩猎区解救野牛的冒险经历。这是一部典型的成长小说，具备青少年成长小说中的大多数要素：如诱惑、出走、考验、顿悟、认识人生和自我，以及"领路人"等。[②]莫迪凯·马科斯曾指出，成长小说的定义有两类：一类把成长描绘成年轻人对外部世界的认识过程；另一类把成长解释为认识自我身份与价值，并调整自我与社会关系的过程。[③]可见，成长小说中主人公的认知发展是青少年成长的基本内涵。《祝福动物与孩子》中的青少年受保护野牛的欲望驱使，出走营地，经受考验，并在完成拯救野牛这一伟大使命的过程中，实现了他们的认知发展和意志磨炼，特别是获得了独立人格、自主意识和道德成长。拯救野牛是促使他们成长的关键事件。但是，他们的成长过程是受多种因素共同影响的。本节试以心理学，特别是青少年发展心理学为理论依据，揭示小说中影响青少年成长的三个主要因素，即家庭关系、同伴关系以及社会文化。这三个因素分别对青少年的性格形成、心智发展、道德行为和价值取向产生深刻的影响。值得一提的是，小说中的野牛和孩子都处于弱势地位。作家通过描写一群被人鄙视的孩子自发拯救野牛的壮举，唤起了人们对弱势青少年和生存困境中的野牛的重视，实现了文学作品对社会进步的促进作用。

一、家庭关系与青少年的性格形成

《祝福动物与孩子》中的这群主人公来自于美国东部和中西部的富裕家庭，因参加北亚利桑那州的一个名为"盒谷男孩营"的夏令营而聚到了一起。该夏令营的口号是："送来一个男孩，还你一个牛仔！"夏令营招收的 36 个青少年被分成六队，每队有各自的营房和一个顾问。营地活动引入美国人恪守的"竞争"机制，骑马、棒球赛、拉练等所有营地活动都采取计分制，每周六晚

---

① Glendon Swarthout, *Bless the Beasts and Children*, p.189.

② 芮渝萍：《美国成长小说研究》，中国社会科学出版社 2004 年版，第 84、124 页。

③ Mordecai Marcus, "What is an Initiation Story?" in William Coyle (ed), *The Young Man in American Literature: The Initiation Theme*, New York: The Odyssey, 1969, p.32.

上按照一周内各项比赛的得分高低进行排名,第一至第五名将分别获取一个印第安名称作为殊荣,而最后一名则被残酷地叫作"尿床者"(Bedwetter)。

小说中的一群"尿床者"是夏令营中最不受人欢迎、表现最令人失望的6个孩子。在夏令营主管和其他成员眼中,他们是一群性格怪异的笨蛋,是垫底者。作者在重点叙述拯救野牛的冒险历程时,插叙了这些孩子的性格特点和他们的家庭背景。显然,作者在向读者明示:孩子的性格形成与家庭有着密不可分的关系。

家庭是社会的细胞,是个体成长和社会化的主要场所之一。家庭的结构类型和各种消极的生活经历都会影响青少年的个性形成。比如,大量研究表明,"离婚家庭中的儿童在整个青少年时期以至于成人早期都会表现出学业困难和心理抑郁"[①]。家庭的情感介入程度,即家庭成员之间的情感距离,家庭对各成员个性、兴趣、爱好的尊重和对个体需要的满足程度也与青少年的性格密切相关。此外,家庭的教养方式会直接影响孩子的性格特征。纵容型家庭的孩子通常会表现出冲动和攻击性。而在父母缺乏参与的家庭中,儿童因父母不关心,也会表现出较高的攻击性,容易成为较有敌意、较为自私的青少年。[②]在《祝福动物与孩子》中,这些"尿床者"的家庭都存在这样或那样的问题,或父母离婚,或丧父,或父母对孩子纵容、放任不管等。"尿床者"中最年幼的是12岁的比尔·拉里(即小拉里)。他与哥哥斯蒂芬·拉里(即大拉里)从小就为争夺父母的宠爱而竞争。小拉里学会退化装小,因此渐渐地就患上了心理学上所说的"退缩症"(regression)。他习惯性地退缩到一个与外界隔离的世界中,喜欢抱着泡沫橡胶枕头,躲到家里一间被遗忘的桑拿浴室去睡觉。他的父母曾两次把他送入特殊学校,看过四个心理医生,但效果甚微。大拉里缺乏对弟弟应有的爱护和忍让,性格乖戾。为了达到自己的目的,他会使出各种伎俩,如大发脾气、尖叫、打滚,以头撞墙等。在夏令营期间,因为组长考腾撕了他的家信,他就伺机破坏其他成员的物品,摧残他们所养的小宠物。拉里的父母继承了祖上的大笔遗产,属于"富三代"。但是,"夫妻俩每年都要离婚又复

---

① 大卫·谢弗:《发展心理学—儿童与青少年》,邹泓等译,中国轻工业出版社2005年版,第459页。

② 大卫·谢弗:《发展心理学—儿童与青少年》,第565—566页。

婚,往往是开始办理离婚手续后两人又和好了"①。他们复婚后的第一件事就是到世界各地去旅行。这次他们要去肯尼亚,于是兄弟俩就被送进了夏令营。可以看出,拉里的父母关系极不稳定,对两个孩子基本上属于放任不管,对孩子的情感介入微乎其微。"尿床者"中另一个被认为有明显精神问题的是戈得诺。他4岁丧父,12岁时妈妈嫁给一个已有成年子女的工程师。戈得诺对上学患有恐惧症,一进教室就呼吸急促,处于极度恐惧状态。他对母亲过于依赖,被诊断患有恋母情结。他曾进入一所特殊学校就读,这所学校专门招收有精神障碍的学生。在夏令营初期,他就两次试图自杀,都被组长考腾救起。考腾15岁,是"尿床者"小组中年龄最大的,也是组里最坚强和最有领导能力的男孩。考腾独立且早熟的性格也与家庭有关。他的妈妈爱慕虚荣且自我沉迷,曾三度结婚、离婚。她对考腾有时候颇为宠爱,有时又严加管束。考腾的妈妈最喜欢的男人是第二任丈夫,因为他富有而慷慨。考腾也最喜欢这个继父。他记忆中最美好的一次经历是继父带着他和母亲乘水上飞机抵达加拿大安大略湖畔,然后他们在湖中划船抓捕鳟鱼。"那天早晨宁静而令人激动。这是考腾到过的最好的地方,也是他拥有的最美好的时光,他希望能永远这样。"②但即使在这样的时刻,考腾还在担心继父会与他妈妈离婚。次日,他妈妈就嚷着要回美国。为了能在加拿大魁北克多待一段时间,时年10岁的考腾在深夜带着锤子和锥子,裸身潜入冰冷的海水,把水上飞机其中一个浮舟的底部凿了个洞。可以看出,考腾胆大而富有主见的性格与家庭不稳定、父亲缺失有一定的相关性。"尿床者"另外两个成员是泰福特和谢克。泰福特个子高,睡觉时发出很响的磨牙声,做噩梦时会不时地大声喊叫。他曾被指控偷窃、无证驾驶、超速行驶等。谢克很贪吃,大块头,有咬指头的习惯,经常认为别人不喜欢他是因为自己是犹太人。在"尿床者"中,最具男子汉个性的是组长考腾,其他几个按常人的眼光来看都存在比较严重的性格缺陷。

《祝福动物与孩子》反映的是美国20世纪60—70年代的社会和家庭状况:人们不仅在物质上极度富裕,而且也享受着空前的自由,争取民权的呼声伴随着反叛的浪潮一浪高过一浪。从那时起,美国的离婚率开始不断上升。

---

① Glendon Swarthout, *Bless the Beasts and Children*, p.14.
② Glendon Swarthout, *Bless the Beasts and Children*, p.80.

孩子们成了父母自私行为的牺牲品。小说中的这群孩子在家里或被忽视或被溺爱，他们怪异的性格招来营地主管、顾问和其他营员的鄙视。但是，这群孩子在夏令营小组活动中逐渐培养了正常的人际交往能力。在夏令营临近结束的一个深夜，他们依靠集体力量，做出了解救野牛的惊人之举。在解救野牛的冒险之旅中，"他们的灵魂得到了解放"①，实现了独立人格和精神上的成长。

二、同伴关系与青少年的心智发展

《祝福动物与孩子》还反映了影响青少年成长的另一个主要因素——同伴关系。青少年处于儿童向成人的过渡时期，"同伴关系对其发展具有无以取代的独特作用和重大的适应价值"②。《祝福动物与孩子》中的同伴团体属于友伴群（clique），是在共同的活动基础上建构而成的，成员彼此信念一致，在情感上相互依恋。"同伴关系在青少年行为、认知、情感以及人格的健康发展和社会适应中起着重要作用……是满足社交需要，获得社会支持、安全感、亲密感的重要源泉。"③

《祝福动物与孩子》中的男孩们因参加夏令营而相聚相识。他们一起为小组的名誉而奋斗。他们睡在同一个营帐里，同呼吸，共命运。在考腾的领导下，"尿床者"表现出为小组争光的荣誉感和责任感。同伴力量的积极作用在孩子们深夜去拯救野牛的途中和成功释放野牛的共同努力中更是得到了淋漓尽致的体现。

"尿床者们"在途经亚利桑那州狩猎基地时，目睹人们用枪支射杀野牛的血腥场面。在他们回到营地之后，各自在心里萌发了要去拯救次日待杀的野牛的念头。当晚 11 点多，考腾从噩梦中惊醒，发现小拉里不见了。平时胆小如鼠的小拉里居然单独行动了！考腾悄悄地推醒其他同伴，带领大家溜出营地，追上了正准备独自去野牛基地的小拉里，并决定一起行动。他们在郊外偷了一辆皮卡车，由泰福特开车，前往狩猎基地解救野牛。在途中，他们遇到种种困难，好几次都差点儿打退堂鼓。他们最终能够到达目的地的原因，可以归

---

①　Glendon Swarthout, *Bless the Beasts and Children*, p.126.
②　张文新：《青少年发展心理学》，山东人民出版社 2002 年版，第 164 页。
③　张文新：《青少年发展心理学》，第 168—169 页。

结为考腾的权威和富有技巧的领导能力、同伴的患难与共精神以及具有精神安慰作用的碰触仪式(bumping)。比如,当离目的地还有一英里时,皮卡车燃油耗尽,大家开始垂头丧气、不知所措。是前进还是回去,这是一个严峻的考验。考腾率先举手表示同意回去。小拉里提出抗议,提议投票决定。在没有其他人表示支持时,小拉里再次抱着泡沫橡胶枕头独自出发,还生气地说:"你们离开考腾什么也做不了。当你们回家后,他不在你们身边,你们怎么办?" 此话一出,别的四个孩子也都跟了上去。这时候考腾内心一阵疼痛,因为他有一种失落的感觉,但旋即他感到内心的巨大喜悦,因为他刚才是故意表态放弃的,目的是要看看伙伴们能否有所作为。现在他明白了,他们已经有了这样的勇气。于是,考腾赶上队伍。戈得诺所提议的触碰仪式是他在特殊学校学来的。当大家快要崩溃和需要帮助时,特殊学校的老师会让学生们围在一起,闭上眼睛,相互拥抱,触摸对方,时间持续一分钟。这样的做法看似简单,但对产生积极的心理作用效果显著。在途中,每当大家快要崩溃或人心涣散时,"尿床者"就进行这种仪式。碰触仪式总会给他们注入一股团结的力量,使他们有了继续前进的动力。

由于路途偏僻遥远,男孩们还得躲过成人的盘查,摆脱两个居心叵测的汉子,偷来的皮卡车途中又熄火,到达目的地之后,他们还得设法在天亮之前将野牛从牲畜栏里赶出去。在考腾的指挥下,孩子们冒着被野牛攻击的危险,时而分头行动,时而合力而为。为了驱赶野牛冲出围栏,他们朝野牛投掷了随身携带的所有物品。这里,作者的寓意非常明确:扔掉所有随身携带的象征自己个性和身份的物品,意味着孩子们彻底告别了过去的自己,在个性上有了新的突破。后来,他们在一辆从基地偷来的卡车中装满干草,由泰福特驾驶引路,其他同伴不断扔干草吸引野牛。野牛最终来到了旷野。此时,天已放亮。基地的人们发现情况后,开着卡车,拿着枪支向孩子们冲了过来。为了让野牛冲出最外围的铁丝网,回归本该属于它们的旷野,不会开车的考腾居然驾驶起卡车,驱赶野牛往前冲,最后和卡车一起翻下了山崖,付出了生命的代价。伙伴们最后一眼看到考腾时,"他的一缕红头发像火炬一样燃烧,卡车似乎突然跃起,俯冲,然后就消失了"[①]。紧接着他们听到的是金属与山崖撞击的声音。小

---

① Glendon Swarthout, *Bless the Beasts and Children*, p.85.

说以考腾的死亡为结局,颇具宗教象征意义。他就像耶稣,为那些犹如门徒的同伴们献身。当基地的人们追上他们的时候,五个伙伴眼睛血红,全身污泥,泪流满面。他们聚在一起,悲伤地号哭,同时又为他们的胜利而嘲弄那些参加射杀野牛的人们,"耶!耶!耶!"①

拯救野牛这一伟大壮举使这些青少年在一夜之间成长了。他们的成长与同伴关系分不开。同伴之间的互相帮助、协作、鼓励,使他们变得意志坚定。考腾最后的死,也许象征了同伴们可以彻底摆脱他的领导,获得个人的自由和独立人格。在开动卡车前,"他看着他的团队。他们也许会走得很远,他们至少不会再吮吸手指、咬指甲或磨牙了。……我为你们骄傲。我们说过我们会完成的,现在我们完成了。那群野牛跑散了,我们也自由了。现在。永远"②。牺牲自己,让野牛和同伴们获得彻底的自由,考腾的选择似乎残酷了一点。经历如此刻骨铭心的事件之后,这些孩子们在心智发展上获得了极大的提升。

三、社会文化与青少年的道德发展和价值取向

青少年时期是道德发展和价值取向形成的关键期。道德是指"帮助个体明辨是非并由此表现相应行为的一系列原则或观念,个体会对表现出呵护道德的行为感到自豪,而对违反标准的行为感到内疚或有其他不愉快的情绪体验"③。亲社会行为是受道德意识支配的道德行为,"旨在帮助他人或群体并使其受益,而行为者却不期待获得外部奖酬的行为,这类行为经常需要行为者一方付出一些代价、做出自我牺牲或冒一些风险"④。价值取向则是强调价值观作为一个多水平、多维度观念体系所具有的选择、取舍功能。青少年时期正是个体人生观、价值观开始形成并逐步稳定的时期。虽然家庭是青少年社会化的首要动因,但心理学家维果斯基的社会文化理论认为,"认知发展发生于社会环境,社会文化影响着认知发展的形式"⑤。在《祝福动物与孩子》中,这群青少年的道德行为和价值取向显然受到了美国社会文化的影响。比如,考腾

---

① Glendon Swarthout, *Bless the Beasts and Children*, p.172.
② Glendon Swarthout, *Bless the Beasts and Children*, pp.170−171.
③ 大卫·谢弗:《发展心理学——儿童与青少年》,第529页。
④ 张文新:《青少年发展心理学》,第408页。
⑤ 大卫·谢弗:《发展心理学——儿童与青少年》,第263页。

从小酷爱电视中播放的越南战争节目,渴望自己成为越南战争中的一名英雄。他们人人都爱看美国热门广播、电视节目以及西部电影,尤其是那些反映英雄主义和男子汉气概的电影。在生活中,他们模仿影片主人公们的穿着打扮,使用影片偶像的语言表达,各自佩戴标志性的配饰,如考腾喜欢戴一顶陆军头盔,泰福特戴的是非洲特种兵军帽。夏令营期间他们看了影片《职业大贼》(*The Professionals*)①。"这是一部十分重要的影片,他们从灵魂深处知道这一点,……这部影片中具有所有美国冒险影片中的精髓:几个带枪的男人,去某个地方,做某件冒险的事情。"②这帮孩子拯救野牛的行为是典型的亲社会行为。他们都很善良,对代表大自然的野牛充满了同情和敬畏。他们冒险拯救野牛,不图谋任何外部奖酬,目的只有一个:让野牛回归本该属于它们的大自然。他们的英雄壮举正好反映了他们所欣赏的英雄主义和男子汉精神。

然而,起初他们并不符合"英雄"和"男子汉"的社会定义,他们被定义为"尿床者"。除了组长考腾以外,其他人根本不具有竞争性,是一群放在哪里都不合适的人。然而,在考腾的带领和激励下,这群孩子没有被别人的鄙视和讥笑打垮,他们开始挑战自我,对自己认为重要的事情不遗余力地去实现完成。在拯救野牛的过程中,小组成员的自我意识和道德意识得到了极大的提高,并开始相信自己的潜力。小说结尾,"尿床者"被塑造成了英雄和道德楷模。作者的儿子曾经这样评论:"《祝福动物与孩子》是一本关于青少年如何为一个比任何个体目标都要伟大的事业而把握自己的书。威廉姆·戈尔丁(William Golding)和约翰·诺拉斯(John Knowles)向我们展示了人性的黑暗一面,斯沃斯奥特则向我们展示了人性中的善良之光。"③

《祝福动物与孩子》表面上是一部描写一群美国青少年深夜拯救野牛的冒险故事,实际上是一部具有深刻社会意义的小说。它向我们展示了与美国青少年成长密不可分的三个主要因素:家庭关系、同伴关系以及社会文化。小说向人们明示了"问题少年"在很大程度上是家庭矛盾的牺牲品。他们的成长需

---

① 美国影片 *The Professionals*,发行于1966年,由伯特·兰卡斯特(Burt Lancaster)和李·马文(Lee Marvin)主演,主要讲述四个被雇佣的职业枪手如何解救一位被墨西哥革命军绑架的妇女。

② Glendon Swarthout, *Bless the Beasts and Children*, p.33.

③ Glendon Swarthout, *Bless the Beasts and Children*, p.191.

要家庭的呵护和关爱。人们眼中的"问题少年"自有他们闪光的一面。在《祝福动物与孩子》中，我们看到了一群被鄙视的弱势美国青少年从孤独、自闭、叛逆走向独立、勇敢、合作的成长之旅。除了反映与青少年成长密切相关的以上三个因素之外，小说还反映了20世纪70年代丰富的美国大众文化以及耐人寻味的宗教象征。孩子们与作为大自然恩赐的野牛之间的默契也令人印象至深。小说唤起了人们对弱势青少年的再思考，增强了人们对大自然及野生动物的保护意识，甚至还促使亚利桑那州政府改进了射杀野牛的规章。①欧洲移民初到美洲时，北美大约有6000万头野牛。北美居民很快把野牛作为优质的肉蛋白来源，并大量出口到欧洲换取外汇。到20世纪初，北美野牛数量骤减，濒临灭绝。到60年代，美国野牛只剩下数千头，它们生存在各州或联邦政府建立的野牛保护区。《祝福动物与孩子》中提到美国亚利桑那州有两处野牛保护基地。射杀野牛是基地的年度活动，目的是保持野牛自然增长与栖息地有限空间的科学平衡。"在这部突破性的小说发表后，保护濒临危险的物种已然成为全球的首要任务。"②《祝福动物与孩子》不仅表现了青少年的成长之旅，也体现了作家强烈的社会责任感和文学作品对人类社会的建设作用。

第三节　《猫头鹰的孩子》与美籍华裔的杂糅身份

美国华裔作家叶祥添是一位多产的青少年文学作家，《猫头鹰的孩子》是他的第三部小说，也是他"金山系列"小说中的一部。该小说获《纽约时报》1977年度杰出作品称号，获"波士顿环球号角图书"小说类奖、简·亚当斯儿童图书奖。"金山系列"中的《龙翼》(1975)和《龙门》(1993)都曾获得纽伯瑞儿童文学荣誉奖。《龙翼》一共获得过9个奖项，是叶祥添最著名的作品。

叶祥添的文学创作涉及不同的体裁：现实小说、科幻小说、奇幻小说、戏剧

---

①　由于射杀者往往把野牛作为练靶对象，野牛被射杀的过程十分残忍。小说发表后，许多学生和社会团体提出抗议。亚利桑那州政府因此修改了射杀野牛的规章，确保野牛一枪毙命。目前，美国各野牛保护区约有6万头野牛生息，而定期筛减野牛的活动在美国仍然合法。

②　Glendon Swarthout, *Bless the Beasts and Children*, p.xii.

等。其现实小说主要表现了美国华裔后代成长过程中所面临的身份问题,包括如何认识自己的族裔身份、如何在两种文化的双重影响下生活、如何在文化冲突中学会取舍和妥协。这些问题都是少数族裔青少年普遍面临的成长困惑。美国传统上是一个白人至上的社会,有色人种长期受到歧视和压迫,非洲裔曾经是奴隶,亚裔曾长期遭受隔离和排斥,印第安人则被驱赶到保留地生活。这种压迫和歧视在少数族裔的心理上留下了难以抹去的阴影和创伤。历史给他们打上了身份烙印,塑造了他们的个性,甚至影响了他们下一代的人生观。叶祥添借《猫头鹰的孩子》表达了华裔在不同历史背景下身份观的转变。

一、《猫头鹰的孩子》及其身份主题

《猫头鹰的孩子》1977 年首次出版。当时,华裔作家创作的作品十分少见。虽然以前也有华裔美国人创作的作品出版,但它们或是已经被人淡忘,或者已经绝版。叶祥添在 1990 年哈珀·特洛菲版的前言中写道:"在那些书页上,我努力记载下美籍华人对金山这块土地的热爱,或者说对美国的热爱——这种爱已经持续了一百五十余年。"[①]在简短的前言里,作者表达出一个明确的信息:居住在这里的华人,无论是否受到欢迎,都要坚决地在美国扎下根来,并称这块地方为"中国人的美国"(Chinese America),称这里的居民为"华裔美国人"(Chinese American)。作者以杨家为例,通过中国神话、民间故事与现实生活的杂糅,描绘了旧金山唐人街三代华人的文化冲突和身份定位。

华人对身份问题、文化认同问题的思考是叶祥添小说的重要主题。在一次接受采访中他说:"我意识到,在创作这些故事的时候,我其实是在努力获得一个更加清晰的、关于自我的认识,我是怎样一个华裔美国人?"[②]

身份是文化人类学的基本概念,也是社会学、文学的重要主题。对身份的认识有三种主要观点:一是将身份看作比较稳定的价值取向,我是谁? 我要成为一个什么样的人? 我的人生理想是什么? 不仅每个人有自己的身份特征,

---

① Laurence Yep, "Preface," in *Child of the Owl*, New York: Harper Trophy, 1990.

② Leonard S.Marcus, "Song of Myself," *School Library Journal*, Sep. 2000, p.53.

他所归属的社会群体也有比较稳定的特征(或为亚文化特征)。另一种观点则强调身份的变化性和多样性。例如,斯图尔特·霍尔就指出,讨论身份实际上是讨论利用历史资源、语言和文化资源建构身份的过程,而非身份形成之后的问题。与其说讨论"我们是谁?"或者"我们来自何方?"不如说我们可能成为什么样的人,我们被怎样呈现,这种呈现将对我们呈现自我产生什么影响? 身份是因呈现而得以构建,它不仅跟传统有关联,也跟构建传统(the invention of tradition)有关联。他认为,自我叙述过程中包含虚构性是必然的,而且这种虚构性不会削弱叙事话语的有效性。①第三种观点认为,身份包含了以上两个方面,既需要看到身份相对稳定的一面,又应该认识到身份具有变化发展的一面。

将身份看作一个变化、发展、构建的过程,其意义在于肯定了个人的主观能动性。从文学层面看,塑造什么样的人物形象就具有了什么样的示范效益和社会意义。读者可以把小说人物作为借鉴或榜样,建构理想的自我。从社会层面看,这种身份观也有助于克服将个人与族群等同看待的简单化倾向,有助于消解族群之间相互形成的刻板印象。用历史的、变化的眼光来看待一个族群及其个人,无疑更加符合客观现实,也更加具有社会建构性。

在这部小说之前,华裔作家刘裔昌的《虎父虎子》(1943)和黄玉雪的《华女阿五》(1945)曾经以反映主人公对主流文化的认同而取得成功,受到美国社会的欢迎和好评。民权运动使多元文化在美国受到肯定,少数族裔的族裔身份、文化身份和权利意识也得到极大提升。因此,塑造客观积极的族裔形象具有了现实紧迫感和政治意义。20世纪70年代,赵建秀、陈耀光、稻田、徐忠雄等文人组建设立"亚裔资源联合计划",极力推销亚裔作者创作的、有助于消解美国社会种族歧视和偏见的作品。一些作家力图塑造客观真实的自我形象;另一些受到后现代思潮影响的作家,则力图塑造具有多元文化特征和理想色彩的亚裔新形象。亚裔文学研究学者金惠经在总结这些作家的特点时说:"新一代的作者力图为亚裔美国人证生,用作品展示他们的根已经扎在了美国社

---

① Stuart Hall, "Who Needs 'Identity'?" in Stuart Hall and Paul de Gay (eds.), *Questions of Cultural Identity*, London, Thousand Oaks, New Delhi: SAGE Publications, 1996, p.4.

会和文化之中。有些作者甚至抛弃了族群主题,认为这种主题只会束缚他们,并且可能起到延续他们作为边缘人的消极作用。他们的关注点从对族群的刻画转向了亚裔美国人在社会大背景下,探索个体身份所遭遇的各种难题。"①

《猫头鹰的孩子》便是叶祥添根据自己青少年时期的身份困惑,结合时代背景创作的一部探索身份问题的小说。在这部小说中,年轻的主人公凯西首次意识到身份问题并深感困惑。小说讲述了她的身份转变过程:从一个与华裔社团没有联系的美国女孩,到移居唐人街;从感觉是唐人街的"他者",到为自己的华裔文化背景感到自豪。她在经历了一系列冲突事件后,初步形成了一种不同于前辈的身份观——既不像外婆那样只认同华人文化身份,也不像父亲那样完全排斥华人文化身份,而是一种兼具中美两种文化特质的杂糅身份。

她对新的身份观的表达方式是借助外婆给她讲述的猫头鹰故事来实现的。经叶祥添改造,这个猫头鹰神话既包含了中国神话和民间故事的孝道元素,又折射了美国社会正在兴起的多元文化思潮,还反映了作者身为社会边缘人感悟出的社会冲突的根源,以及边缘人对和谐社会的构想。虽然它是一个虚构的故事,却向读者呈现了美籍华人独特的身份意识,以及他们对美国社会的针砭。

猫头鹰的故事首先传达了作者关于世界秩序的看法,即上帝之下是天上的飞禽和地上的走兽。在小说中,走兽主要以人类为代表。飞禽和人类本可以相互协作——人类耕种引来兽虫,为飞禽提供捕食的机会;飞禽高高在上,可以帮助人类发现猎物,助其捕猎,以实现共赢。一旦这种自然协作被打破,则双方共输。但这个神话中的猫头鹰没有家的归属感,家庭内部争斗不断,子女甚至抢夺年迈母亲的地盘,只有两个小女儿茉莉和牡丹孝敬母亲。茉莉和牡丹十分欣赏地上的一户人家,因为这家人彼此忠诚、家庭和睦。可是正是这家人的小儿子在一次捕猎时,杀死了她们年迈的母亲。茉莉和牡丹十分悲愤,决定复仇。此时正值灾荒年,她们不仅不帮助那家人捕猎,还故意赶跑他们追逐的猎物。眼看一家人快要饿死,大儿子把自己当作奴隶卖掉,以拯救家人。再后来,二儿子割下自己身上的肉供养父母,最后甚至跳进汤锅,把自己熬成

---

① Elaine H. Kim, *Asian American Literature: An Introduction to the Writings and Their Social Context*, Philadelphia: Temple University Press, 1982, p.173.

汤,以缓解父母的饥饿。但从他肉体飞出的灵魂却被猫头鹰装进了葫芦,丧失了自由。弟弟听到哥哥的灵魂在呻吟,下决心要解救他。他跟踪猫头鹰,趁它们脱掉羽衣,加入戏弄哥哥灵魂的抛葫芦游戏时,偷了它们的羽衣。他本可以毁掉所有的羽衣,为家人复仇,但他心地善良,只提出了两个交换条件:一是打开葫芦,放走哥哥的灵魂;二是娶其中一只猫头鹰为妻。茉莉看见没有姐妹愿意降低为走兽,便同意下嫁人类。茉莉表现出了牺牲精神,而猎人表现出了宽宏大量,一些猫头鹰受到感动,开始感到羞愧,他们重新建立起飞禽和人类合作共赢的关系。

外婆拿着自己的猫头鹰玉佩,告诉凯西,他们一家是猫头鹰的后代,还说:"当我们背弃中国和传统习俗的那一刻,我们就有些像猫头鹰了。"①叶祥添让猫头鹰故事里包含的伦理成为串联整部小说的精髓——忠诚与背叛、孝道与不孝、无私与自私、关爱与冷酷、复仇与谅解;通过行为对照,让这些品质一目了然。与猫头鹰神话相呼应,在处理家庭问题上,深受中国文化影响的外婆向子孙们示范了关爱、无私和谅解。跟她一起生活,凯西也受到这些美德的影响。而凯西的父亲巴尼则认为外婆的故事只是迷信,自然也领悟不到故事的精髓,最后为了一己私利,不惜做出伤害岳母的事情。在得知父亲偷窃了外婆的猫头鹰玉佩后,凯西强烈地感到外婆讲述的猫头鹰故事像预言一样在家族中重演,更加认同了外婆的说法,即他们是猫头鹰的后代。经历了一年左右的生活动荡,外婆代替父亲成为她成长道路上的引路人。

一些学者在评论猫头鹰的象征意义时指出,这个意象存在理解上的困惑。Mo Weimin 和 Shen Wenju 在国际学术期刊《儿童文学与教学》上发表文章说:猫头鹰的故事结合了儒家伦理和《来自天堂的七仙女》《蜗牛女孩》等民间传说,但某些细节可能引起争议。②Marjorie Lewis 在介绍这部小说时认为,这是一个怪异的、不优美的、令人困惑的传说。③叶祥添在一次接受采访中

① Laurence Yep, *Child of the Owl*, p.131.

② Mo Weimin and Wenju Shen, "From Author to Protagonist: Stories of Self-Identity Development," *Children's Literature in Education*, Vol. 34 (4), December 2003, p.303.

③ Marjorie Lewis, "The Book Review," *School Library Journal*, April 1977, p.73.

回答了这个问题。他说,这个故事来源于两个中国民间传说:一个讲猫头鹰这种动物长大后会将父母踢出窝去,甚至会吃掉它们;另一个讲的是孝道故事,一个儿子孝敬父母牺牲自我,但他得到了回报,娶到了一位由鸟儿幻化的妻子。[①]这两个故事的价值取向是一致的,都是指向孝道。神话的意义在于它为读者提供了一面反观人类行为和思想观念的镜子,以故事化的类比启发读者的内在良知,影响读者的行为方式和价值判断。小说中的外婆如同猫头鹰母亲,凯西如同茉莉和牡丹,巴尼如同猫头鹰哥哥们。正是巴尼对自己岳母的背叛和伤害,让凯西对外婆讲述的神话产生认同,即认为他们是猫头鹰的子孙,因为巴尼的行为方式和猫头鹰的不孝一模一样。

二、美籍华人对身份问题的反思

叶祥添试图在小说中塑造几类具有代表性的美籍华人形象,并通过凯西的观察和思考来表达对文化认同的反思。以外婆为代表的第一代移民,他们生活在唐人街,讲中文,保持了中国人的生活习俗和交往习俗。以凯西的爸爸和舅舅为代表的第二代移民,他们在美国长大,对中国缺乏感性认识,加之主流社会对华人及华人文化的排斥,趋利避害的本能促使他们中很大一批人积极认同美国文化,学习美国人的思维和行为方式,希望以此融入主流社会。遗憾的是,他们的努力并没有帮助他们改变命运,巴尼就是他们中自暴自弃的代表;而凯西的舅舅则代表了抛弃华人传统、归顺主流文化,最终成为具有猫头鹰性格的"成功者"。凯西则代表了生长在民权运动时代的华人后代,他们既认同美国文化,也不放弃自己的族裔文化。他们愿意了解自己的文化之根,努力把这两种文化身份集于一身,形成一种新的杂糅身份,并为这种杂糅身份感到骄傲。

美籍华裔身份认同上的差异其实是美国社会不同历史时期种族关系变化和发展的产物。第二次世界大战结束之前,绝大多数华人只能居住在唐人街,即便他们掌握了英语,受过良好的教育,愿意雇佣他们的白人企业也极少。凯西的舅舅菲尔能够成为律师,并搬出唐人街,实属不易。但他身上几乎完全丧

---

① Laurence Yep, Interview Transcirpt, http://www.scholastic.com/teachers/article/laurence-yep-interview-transcirpt. [2015-2-7].

失了华人的文化印记。凯西的父亲住进医院期间,将凯西托付给他,他把凯西当作难民看待,处处表现出高人一等的姿态。他称凯西喜欢的电视节目是垃圾,不许凯西跟他争辩。他对凯西说:"你吃的是我的,睡的是我的,你应该感恩才是,小姐。不是所有的人都跟你爸一样。"①当凯西提醒他不要用难听的词汇来称呼她父亲时,菲尔却表现出十足的傲慢和冷酷说:"我愿意怎么称呼他就怎么称呼他。"②事实上,菲尔既抛弃了华人的传统美德,也不具有美国绅士的气质;他的眼镜片上总是沾有头皮屑或灰尘,给人一种暴发户的扭曲形象。显然,这样的身份难以获得凯西的认同。

　　凯西的父亲巴尼则代表了被种族歧视毁掉的华裔后代。巴尼年轻时学习优秀,对未来期待很高,希望能够融入美国主流社会。可毕业之后,他却找不到一份体面的工作。白人宁愿聘用华裔女性,也不聘用华裔男性。他的同学们则接受现实,找一份餐馆服务生的低收入工作维持生计。华人深受歧视的社会地位促使巴尼一心想要摆脱华人身份,他把家安在唐人街外,希望以此摆脱与华人的联系。但是,他的主观愿望总是遭受社会的蔑视,被排斥在社会机构之外。美国社会学家弥尔顿·戈顿指出,机构同化是少数族裔进入主流社会圈子,参与机构活动和公民生活的重要形式。戈顿将同化过程区分为7个层次:文化移入、机构同化、通婚、身份认同、态度同化、行为同化、市民同化。他认为前两项是最重要的。如果移民能够实现机构同化,其文化身份就会得到认可,跨族通婚就成为一种可能。然而,在现实生活中,普遍的现象是白人和少数族裔相互抵触,互不认同。③第一代移民往往愿意待在自己熟悉的文化圈内,讲自己熟悉的语言。外在的排挤和内在的文化心理使得他们愿意保持华人文化和华人身份。第二代移民已经脱离了与中国的联系,生长在美国,自然习得了美国文化和语言,他们愿意融入主流社会,进入更广阔的社会空间。但不幸的是,白人社会为了保护自身利益排挤他们,忽视他们的存在,迫使他们不得不退回到自己的社团中去,从事收入低微的工作。巴尼的情况就是典

---

① Laurence Yep, *Child of the Owl*, p.25.

② Ibid, p.31.

③ Milton M Gordon, *Assimilation in American Life: The Role of Race, Religion and National Origins*, New York: Oxford University Press, 1964, pp.280 – 281.

型。他希望通过走出唐人街,闯出一条新路。妻子去世后,他带着凯西到处闯荡,但由于经济条件有限,他们只能居住在贫民区,这是巴尼不愿意认同的地方。因此,他始终找不到归属感。在穷困潦倒的时候,他甚至回到唐人街来偷窃岳母唯一值钱的东西——那只猫头鹰玉佩,并将它变卖。

凯西的外婆则主动认同华人文化,她跟华人交朋友,吃中餐,看中国电影,讲闽南话,信佛教,按儒家伦理坚守温良恭俭让,并以此教诲和对待家人。在跟外孙女的初次交流中,她以平等的口气很策略地向凯西传达了她的期待。她让凯西细看她两个眼角处的小窝,告诉她这表明她是一个脾气大的人,接着又说:"不用担心,我会跟你有个约定,我会控制自己的脾气,只要你也控制住你的冒险喜好和智慧。你知道,人们,包括我,并不总是能够理解冒险的爱好和智慧。有时候,我们会认为那是制造麻烦。"①凯西听后会心一笑。外婆表现出相互尊重、自我约束、和平共处的为人处事原则。舅舅指责她擅自出走,而外婆将擅自出走称为喜爱冒险;舅舅眼里的小孩顶嘴,外婆称之为喜爱智慧。外婆的处世之道是"尊重差异,珍视相同"②。外婆还表现出中国母亲勤劳、谦让、担当的价值观。她靠接受社会救济和去制衣厂上班维持生计,但每当子孙们来看望她时,她总是给每人准备一份小礼物或者一元钱。即使富裕的菲尔来看望她,也能得到一美元作为礼物。她宁肯自己省吃俭用,也努力让子孙们感到快乐。在巴尼来偷窃玉佩时,被外婆和凯西撞上。巴尼夺路逃跑,把拉扯他的外婆打伤。外婆知道这个盗贼就是巴尼,却不告诉任何人。显然,她更加看重的是亲情人伦、家庭和睦。

凯西先后跟父亲、舅舅和外婆一起生活,她讨厌舅舅一家人的势利、自私和自以为是,喜欢保持了华人文化的外婆。她同情跟外婆一样的老一辈移民,他们不会讲英语、只能居住在唐人街这样一个文化孤岛中。他们收入极少,还要交付高额的房租,却保持着平和乐观、与人为善的生活态度。虽然父亲不希望凯西受到华人文化影响,但她却从亲身体验中感受到华人文化的魅力。于是,她违背父亲的意愿,做出了自己的选择,迈出了认同族裔文化、构建华裔新身份的第一步。

---

① Laurence Yep, *Child of the Owl*, p.42.
② Ibid, p.158.

三、从"凯西"到"春味"——华裔新身份的建构

在父亲住院之前,凯西跟着父亲漂泊,从来没有意识到身份问题。来到唐人街后,她才意识到自己的肤色和外表跟这里的人一样,但自己却像一个异类,既不会讲中文,又不懂这里的规矩。凯西问父亲,怎样才算是一个华人?父亲回答说,我是把你当作一个美国人来培养的。凯西回答说,那么我就是一个华裔美国人。父亲告诉凯西,他不愿让她知道过去华裔在美国遭受的恶劣待遇,希望她能够保持一种良好的心理状态生活下去。凯西回答说:"原谅以往的不公和忘记过去的苦难是两回事。"①叶祥添将凯西塑造为新一代的华裔,他们不再回避历史,而是以积极的姿态认同自己具有的双重文化身份,挖掘双重文化的价值,形成一种新的杂糅身份。

《猫头鹰的孩子》从成长的角度揭示了凯西身份认知的变化。从认知发展的角度看,在身份认同初期,青少年往往认同某个具体的人,并以此人为借鉴来塑造自我。凯西起初希望能够模仿去世的母亲,照看好自己及父亲的生活。只要有人认识她母亲,并且能够告诉她一些关于母亲的印象,她都会认真打听,但这个愿望被现实推翻。她意识到,自己不可能成为跟母亲一模一样的人,只能"成为我自己"②。因此,她以积极的态度接受这个事实,即自己是美国人,是一个具有个性的、与众不同的人,是一个有着华裔文化背景的美国人。其中,最值得肯定的是凯西对独特自我的认识,即每一个人都是独特的,虽然他们生长在某个族群,某个特殊的社会环境里,但他们都有自身独特的生理和心理基因。这种对个人独特价值的肯定,意味着否定了用描述一个群体的笼统观念去看待其中任何个人的思维方式。正是这种错误的思维方式滋生了种族偏见和歧视,导致了无数个人的悲剧。

身份不仅包括自我认同,还包括别人的认同,也就是说不被别人认同的身份是难以确立的。按照詹金斯的说法,"我们是谁? 我们被看作是谁?"③他指出个人、集体和历史都是跟身份问题有关的重要因素。借助这种视野,我们看

---

① Laurence Yep, *Child of the Owl*, p.163.
② Ibid, p.180.
③ Richard Jenkins, *Social Identity*, London and New York: Routledge, 2004, p.3.

到就族群而言,美国华裔脱离了中国的社会文化环境,不可能成为中国人;但他们也不可能通过效仿白人而被看作白人。不管他们如何在思想行动上努力模仿白人,他们的肤色和长相仍然是亚裔的身份标记。在种族歧视盛行的年代,他们的肤色和面孔就成为人们判断他们的依据。一切关于华人的成见被强加在每一个黄皮肤华人身上。在很长一段历史时期里,身份是不能选择的。

叶祥添希望塑造一种兼具中西两种文化的新身份,既不是第一代移民那样的美籍华人,也不是那种黄皮白心的华裔美国人,而是拥有中美两种文化优势的新族群,如同凯西的名字一样。名字是一个人身份的象征,是"我是谁?"最直接的回答。凯西以前只知道自己的英文名字。来到唐人街后,她才产生了知晓自己中文名字的愿望。外婆告诉她,她叫"春味"(Cheun Meih),"意思是春天的味道"①。而 Cheun Meih 很容易让大陆读者误解为"春梅"。这种以闽南发音注音,并用于文字书写的做法在中国大陆是少见的,但在美国华裔文学作品中却很流行。早期的移民大多数是来自粤语区或潮汕区,粤语的发音和注音方式跟普通话和汉语拼音大有区别,因此出现在英语小说中的一些粤语拼音,不仅会让美国读者困惑,绝大多数大陆读者也会感到生疏。华裔作家们也知道读者不知其意,所以他们往往会在小说中加以解释。因此,人物姓名的粤语拼音在他们的作品中往往是象征中国文化的符号。比如,徐忠雄的小说《家园》中的主人公英文名叫 Rainsford Chan,作者专门解释 Rainsford 是加州的一个地名,是他曾祖父来美国时定居的地方,Chan 是加利福尼亚的缩写。②这种命名方式表明,华裔后代已经扎根美国,把加利福尼亚看成了自己的家园。但在中国学者撰写的论文中,这个名字被译为陈雨津。应该说这个翻译,既保留 Rainsford 的意义,又像一个典型的中文名字,是不错的翻译,但作者的意图却体现不出来。由此可见,中国文字乃至中国文化在跨越大洋的来回穿越中很难保持原样,甚至在翻译过程中很难找到能够对应的词。这种不可译、不可替代性正是华裔后代独特性的具体表征。

---

① Laurence Yep, *Child of the Owl*, p.182.

② "I was named after my great-grandfather's town, the town he first settled in when he came to California from China: Rainsford, California. Rainsford Chan (Chan is short for California)." See Shawn Wong, *Homebase*. Seattle: University of Washington Press, 2008,pp.3-4.

可以印证这种杂糅文化及其新结果的,还有漂洋过海的中国菜。跟许多华裔小说一样,这部小说中也有不少篇幅描写中国菜的做法,比如凯西外婆炒肉、烧鸡时虽然做法相同,但由于原材料不同,味道也就有了差异。外婆说,如果能够买到地道的中国作料,味道会更鲜美。由此可见,中国菜也会受到当地的地理环境和社会条件的影响,形成一种口感不同的食物。小小一道菜如此,在此地生长的人又何尝不是。

时代和地域特色给在此生长的华裔后代打上了烙印。凯西这一代生活在种族歧视有所收敛,华人基本能够解决温饱的社会环境中。她既受到父亲的关爱,又得到外婆的呵护,街坊邻居也各尽所能,提供了各式各样的帮助,因此凯西能够健康、理性地成长。相比之下,她的父亲在种族歧视盛行的年代长大,又不甘于被唐人街狭小的社会空间所局限,渴望得到一份体面的工作,却总是被拒之门外,于是走上了赌徒之路。对他的所作所为,外婆及叶先生等老一辈华人都表现出谅解。对菲尔舅舅那样虽然有钱,却不愿意为自己的母亲支付医疗费的华裔后代,外婆也表示理解。她说:这里是美国,每个人都想拥有自己的车、自己的房子,别人有什么,自己也要有。"不要太苛责他们。他们每个人的脑海里都有两幅家庭景象,一幅是美国式的,一幅是中国式的。两幅景象并非总能协调,也许这就是为什么他们是最痛苦的人。"①

四、龙的传人与猫头鹰的孩子

中国人常常自称龙的传人,龙作为中国人的文化图腾有悠久的历史。大量的资料表明,早期的华人移民往往把自己看作来美国打工的中国人,他们希望能够挣到足够的钱,返回家乡,跟家人团聚。即便不幸客死他乡,他们也希望自己的尸骨能够回归故里。这些人往往自称中国人,也就是龙的传人。叶祥添应该是知晓这一点的。他在2008年出版了一部讲述其父亲10岁时移民美国的故事,这本书就以龙的孩子来指代第一代移民。他将那部作品命名为《龙的孩子:一个关于天使岛的故事》。

在《猫头鹰的孩子》中,叶祥添却编造出一个猫头鹰后代的故事。猫头鹰的象征意义十分丰富。外婆第一次给凯西讲猫头鹰玉佩的来历时,曾说他们

① Lanrence Yep，*Child of the Owl*，p.254.

一家是猫头鹰的孩子。也就是说,移民被比喻成猫头鹰。第二次是凯西把美国人比喻成猫头鹰,把唐人街的华人比喻成一群被困在丛林中一小块开阔地里的走兽。猫头鹰每天在他们头上拉屎。一天,一头猫头鹰闯入走兽的世界,遭到报复。凯西在自己初来乍到,不会讲汉语,受到华人子弟嘲笑的语境中做出这一类比,这只闯入的猫头鹰显然就是指她自己。这次遭遇让她意识到自己的身份问题,尽管她有一张华人的面孔,却是生活在唐人街外面的人,父亲从来不向她讲解华人的习俗和文化。由于不会讲汉语,不懂中国文化,她在中国餐馆听到服务生在她背后嘀咕:"土生土长,没头没脑。"唐人街的人把她当作了抛弃华人文化和身份、认同美国文化的外来者进行攻击。凯西进一步明确自己是猫头鹰的传人,是在她得知偷窃外婆的玉佩,还使她受伤住院的人竟然就是自己的父亲。所以,按照外婆的说法,第一代移民背弃了中国,是猫头鹰的孩子;而凯西的父亲背弃了孝道,背弃了华人文化,也是猫头鹰的孩子。但是在外婆讲述的猫头鹰神话中,也有忠孝者,那就是茉莉和牡丹。茉莉还经历了从猫头鹰变为人,又从人变回猫头鹰的身份变化。与她类似,凯西也经历了从不了解华人和华人文化,到住进唐人街后了解并认同华人文化的过程。凯西对华人文化的认同,并不意味着抛弃了美国文化和美国人身份,而是在认同美国文化和美国人身份的同时,又接受了华人文化和华裔身份,使自己的文化身份增添了多元维度。

文学的一个主要魅力就在于揭示社会环境、文化环境和个人命运之间的微妙互动。其实,文化身份并不是一个人的主观选择,而是生存环境和生存状态决定的。外婆等第一代华人移民因为各种原因,远涉重洋来到美国,语言不通、习惯不同,饮食、服饰、礼仪、教育理念、处世之道都有很大区别,世界观、人生观、宗教观甚至思维方式都存在很大差异,他们只能生活在社会底层和华人聚集的唐人街,这就必然造成一种自我保护意识。他们对美国文化必然采取一种怀疑、抵制、排斥的态度。与此同时,美国文化和社会对这样一批来自异域的种族和文化,同样存在猜疑和排斥,将他们视为美国社会的他者。这就必然造成两种文化的冲突,进而形成身份歧视。这是一种文化的硬冲突和身份的显歧视,第一代华人移民一般对此都有心理准备,因此他们承受这种冲突和歧视的能力要比第二代移民大得多。

巴尼等第二代移民出生在美国,从小对美国本土文化的耳濡目染和浸润程度远远超过他们的父辈。他们的英语能力和美国人一样流畅,他们深谙美国人的饮食、服饰、礼仪、教育理念、处世之道,甚至他们中很多人已经完全认同了美国人的世界观、人生观、宗教观。他们在心理上自觉归顺和认同美国人的文化身份,在行为方式上尽量和美国人保持一致。然而,他们毕竟是在华人家庭长大,他们的父辈还或多或少地保留着,甚至坚守着华人的文化传统。这些文化印记有意无意地都会在第二代移民身上留下身份烙印。尤其是在种族歧视还占据美国社会主流意识形态的背景下,亚裔人的面孔和肤色本身就是被主流社会排斥和歧视的理由。这是一种文化的软冲突和身份的隐歧视,这让华人第二代移民的内心非常受伤。因此,在众多美国华裔文学作品中,描写华裔第二代青少年的身份困惑更加普遍,身份困惑造成的心理障碍和疾患也更加严重。巴尼就代表了被种族歧视毁掉的一代人。他不仅没有感激外婆在他最困难的时候收养凯西,还在走投无路的时候去偷窃外婆的猫头鹰玉佩。他狡辩说,漂亮的配件应该戴在漂亮的有钱人身上,外婆反正不配拥有这样珍贵的首饰。他对孝道的背叛可谓到了极致。他已经抛弃了中国文化之根,而新的土壤又拒绝他扎下根来,他成为失去文化之根和文化身份的人。因此,他的生活方式和行为方式既不能得到华人的认同,也不能得到美国人的接纳。

凯西生长的社会环境已经不是父亲巴尼年轻时代的社会背景,种族问题已经有了很大改善,不同文化之间的相互尊重已经成为敏感的政治问题。社会意识形态和文化环境的演变,为一种新的文化身份提供了可能。这种文化身份既不是坚守传统中国文化,排斥美国文化;也不是自觉归顺美国文化,蔑视华人文化。而是通过美国文化与华人文化相互交融,形成一种新的文化身份。如果说外婆等第一代华人移民代表了第一种文化身份,巴尼等第二代华人代表了第二种文化身份的话,凯西就代表了第三代华人对一种新的文化身份的探索和尝试。

作为美国第三代华裔,凯西是突破美国华人文化身份困境的探索者。她和第二代华裔一样,出生、成长在美国这片土地上,而且由于父亲为了使她免受华人文化的影响,刻意远离华人聚集的唐人街,在完全典型的美国文化社区接受教育、建立社交关系。她的语言能力、生活习惯、思维方式、社交礼仪、价值认同和美国儿童没有什么差异。因此,她从小就没有觉得自己和其他美国儿童在文化身份上有什么区别。特别是在多元文化主义的社会背景下,主流社会重新审视族裔文化,"大熔炉"的理念逐渐被"色拉碗"的理念所代替,不同文化之间相互尊重成为主流意识形态。许多人甚至认为,拥有两种文化身份比只有一种文化身份更有优势。因此,凯西回到外婆家很愿意主动吸收华人文化知识,主动了解华人思维方式,并且为自己可以兼有美国文化身份和华人文化身份感到高兴和自豪。通过凯西这一形象,叶祥添成功地塑造了一种不同于第一代华人移民,也不同于第二代华裔的文化身份。这种文化身份不追求对单一文化的认同或者归顺,而是力图在融合两种,甚至多种文化传统的基础上,杂糅产生一种新的文化身份。因此,凯西代表的是华裔后代成为在两种文化之间生长的美国人,他们既不代表西方文化,也不代表中国文化,而是兼具两种文化优势的华裔美国人。这样,原来由"飞禽"和"走兽"构成的二元对立的世界格局被打破了,一种居于两者之间,又兼具两者优势的文化身份出现了。叶祥添用猫头鹰的孩子来指代他们,以示区别于龙的传人。

费歇尔在评论华裔文学时指出:

> 华裔美国人和在美国的中国人是两回事。没有现成的模式给你示范怎样才是一个华裔美国人。人们所做的不过是找到一种表现自我的声音或一种样式。这种声音或样式,不会消解构成他身份特征的多种要素。从某种程度上看,这种构建身份的过程是对多元化、多方位、自我定义多样化的坚守——每个人的未来发展都有很多种可能。这样一种自我认识,对于构建一个更广泛的多元化的社会风气是十分关键的。①

他认为,在少数族裔的自传文学中,尝试各种不同的身份是获得多维度张力的一种技巧。他强调,种族记忆应该指向未来,而不是恪守过去。②这种思想在当代美国文坛具有一定的代表性。正因为如此,少数族裔作家才能够在祖籍文化和美国文化的杂糅地带抛开"真伪"标准的羁绊,对新时代的文化构建发出自己的声音。

---

① Michael M. J.Fischer, "Ethnicity and the Arts of Memory," in James Clifford and George E. Maucus (eds.), *Writing culture*: *The poetics and politics of ethnography*, Berkeley: University of California Press, 1986,p.196.

② Michael M. J.Fischer, "Ethnicity and the Arts of Memory," p.201.

第四节　《巴德,不是巴迪》:黑人美学与文化身份建构

克里斯托弗·保罗·柯蒂斯(Christopher Paul Curtis,1953—   )是当代美国杰出的黑人作家,曾获得过科丽塔·斯科特金奖与美国纽伯瑞儿童文学奖,其作品继承了黑人文学传统,且多为历史小说。1996 年,柯蒂斯的第一部小说《沃森一家去伯明翰—1963》(*The Watsons Go to Birmingham—1963*)问世后广受好评。随后出版的《巴德,不是巴迪》(*Bud, Not Buddy*,1999)成为柯蒂斯最为著名的作品。

黑人美学是美国黑人在反对种族歧视、争取种族平等的斗争中提出的一个响亮口号:"黑就是美!"这里黑不只是指黑人的肤色,而是指黑人的一切优秀文化品质,比如黑人的语言、音乐、叙事风格、文化习俗、口述传统等等。黑人美学对黑人文学创作产生了很大的激励和引导作用,一大批美国黑人文学在黑人美学的激励下喷涌而出,在美国文坛产生了很大反响,形成了一股美国文学史上的"黑旋风"。《巴德,不是巴迪》就在美国青少年文学中自觉实践黑人美学,并取得巨大成功的代表作之一。

《巴德,不是巴迪》的时代背景是 20 世纪 30 年代的美国大萧条时期,失业率增高,人民生活窘迫。小说三要讲述了一个 10 岁的黑人小男孩巴德克服种种困难寻找生父的故事。母亲去世后,巴德进入孤儿院,之后相继被几个家庭收养,但最终都因不堪忍受欺侮和虐待逃离了收养家庭。孤儿院总是不顾巴德自己的意愿,想方设法为他寻找收养家庭。大萧条时期,孤儿的数量越来越多,而有能力收养孤儿的家庭越来越少,一些收养家庭也并非出于善意真心收养孤儿,很多被收养的孩子得不到正常的家庭关爱和温暖。巴德决定去寻找父亲。最后,他凭借机智与勇敢,找到自己的外祖父,重新获得了家庭温暖,也实现了自己的文化身份认同。《出版人周刊》曾这样评价这部小说:"柯蒂斯将喜剧和感伤糅合得恰到好处,卸下了读者的心理防备……在小说情节方面,巴德的旅程带有浓厚的狄更斯式孤儿的色彩,同时小说中刻画了一个又一个特色鲜明、让读者过目难忘的人物形象,这些特点让小说读者从头到尾都沉醉其中。"

孤儿寻亲的故事是文学作品中一个常见的母题,但柯蒂斯利用黑人文学

独特的叙事策略赋予了这种故事新的生命。这在很大程度上得益于小说着力突出的"黑人性"（blackness）。程锡麟认为，自20世纪60年代的黑人文艺运动和黑人美学批评出现以来，许多黑人文艺批评家都十分注重黑人作品的黑人性，而黑人性的源泉就是黑人民俗文化和黑人的方言土语。①就小说《巴德，不是巴迪》而言，作者柯蒂斯通过运用根植于黑人文化的叙事策略，构建小说文本的黑人性，并由此建构出主人公巴德的黑人文化身份。文化身份认同是指人对于特定文化群体产生的同属意识或归属意识；又指在这种意识作用下，人对于自己所在群体（或其他群体）所表现出的态度、信仰和行为。②在文学和文化研究中，文化身份认同主要表现为文学作品中的民族特征和带有民族印记的文化特征。此外，《巴德，不是巴迪》还大量运用了明喻、暗喻、多重否定等语言现象构成了"讲述者文本"（speakerly text）。另外，"表意"（signifying），"社交面具化"（social mask）这类文化现象也对建构小说的黑人性起到了至关重要的作用。

一、文化表征建构黑人文化身份

美国黑人在其文化发展的历史过程中，形成了特殊的种族文化现象。这些文化现象是建构黑人文化、辨识黑人文化身份的重要因素。它们包括社交面具化和表意幽默等等。著名美国黑人作家杜波依斯提出，这些文化现象的产生跟美国黑人的双重意识（double consciousness）紧密相关。在研究美国种族问题时，他写道：

> 继埃及人和印度人、希腊人和罗马人、条顿人和蒙古人之后，从某种意义上说，黑人是美国的第七子，他们生来戴着面纱，拥有第二种视角。在美国社会，他们无法获得真正的自我意识，只能通过观察另一个世界来了解自我。这种双重意识是一种特殊的感知，这种意识总是通过别人的

---

① 程锡麟：《〈他们的眼睛望着上帝〉的叙事策略》，《外国文学评论》2001年第2期，第64页。

② Seth J. Schwartz, Marilyn J. Montgomery, Ervin Briones, "The Role of Identity in Acculturation among Immigrant People: Theoretical Propositions, Empirical Questions, and Applied Recommendations," *Human Development*, Vol. 49 (1) 2006, p.6.

眼睛来发现自我,通过另一个世界的尺度来衡量灵魂。这个袖手旁观的世界对黑人或嗤之以鼻,或哀其不幸,并从中取乐。黑人感到身份的两重性:一个是美国人,一个是黑人;两个灵魂,两种思想,两股不可调和的力量;两种敌对的理想共存在一个黝黑的身体里,身体仅仅凭借自身顽强的力量保全自己不被撕裂。①

很多学者认为,美国黑人的双重意识是黑人种族在美国社会长期处于边缘化地位的结果。他们遭受种族隔离、自我厌恶,形成了自我矛盾、自我分裂的文化身份。他们一方面认同主流社会,另一方面又拥有强烈的种族意识。双重意识作为自我分裂的缘由,无论将其解读为种族竞争还是种族歧视的产物,它都是美国黑人文化心理的核心部分。②无论是在黑奴制度废除之前,还是此后一直到 20 世纪 60 年代,这种意识都在很多黑人作家的文学作品中有所体现。美国黑人作家保罗·劳伦斯·邓巴的作品,对黑奴制度废除前后的典型黑人生活有精彩的描写,他的作品常被后人作为研究当时黑人生活的典型范例。邓巴的经典诗作《我们戴着面具》中,就有对黑人双重意识的描写:"我们戴着微笑和谎言的面具,用它隐藏脸颊,遮住双眼……我们微笑着,但伟大的主啊,我们痛苦的灵魂在向你呼喊……"③诗人突出表现了黑人在白人至上的美国所遭受到的屈辱,以及对自身尊严的捍卫。诗中的"我们"利用"面具",对内心痛苦进行刻意的隐藏,这也成为当时黑人群体在白人社会中谋求生存的一种社交方式。事实上,直到 20 世纪 60 年代之前,美国南部种族隔离者们有权控制并规范黑人的言语交际,尤其是黑人与白人之间的言语交际。这些不成文的交际规范意味着,如果黑人要和白人进行交流,最低程度上也必须遵守语言和交流规则,而这些规则都是以白人至上为原则制定的。这些规则包括:

　　1. 只有在得到允许后才能和白人说话;

---

①　Marcyliena Morgan, *Language*, *Discourse and Power in African American Culture*, New York: Cambridge University Press, 2002, p.42.

②　Ibid, p.42.

③　Ibid, pp.16 – 17.

2. 不能与白人有直接的眼神交流；

3. 在未经要求的情况下，不能使用有教养的话语，只能使用黑人土语；

4. 说话前先思考，然后说听者想听的内容；

5. 不能询问白人的意图；

6. 不能反驳白人的讲话；

7 和 8. 俯首并回答："好的，先生/女士"；

9. 不能接受对方回敬的尊称。①

处在白人的奴役和压迫下的黑人，学会了戴上面具以求生存。他们在白人面前敢怒而不敢言；而在内心深处，他们对于自己所受到的种族歧视和压迫十分不甘，十分憎恨。

黑人的交际准则以及"戴着面具说话"的特点在小说《巴德，不是巴迪》中反复出现。这些面具化现象的目的可以分为两大类：维护自尊和出于礼貌。以维护自尊为目的的面具化现象有：当别人问起巴德对第二天要扒火车会不会感到害怕时，巴德不想被人看扁，就假装说自己只是稍微有点紧张。图书管理员以为巴德喜爱阅读，就送给巴德一本厚厚的历史书。巴德感谢对方的礼物，并表现出饶有兴趣的样子，其实内心对历史毫无兴趣，只是喜欢看书上的图片罢了。巴德掩饰了自己内心的真实想法，以一种面具式的姿态与人交际，以此维护自己作为弱势群体的自尊。出于礼貌的面具化现象主要表现在以下叙述中：当小女孩德萨对着巴德深情地唱完一首歌时，尽管巴德并没觉得这首歌有任何优美之处，但他还是用肯定的态度对德萨的演唱做出赞扬。

除此之外，巴德一方面严格遵守与白人交际的规则，另一方面又多次纠正别人对自己的称呼，说他的名字是"巴德，不是巴迪"。其实，这里面也体现了巴德的双重意识。一方面要维护自尊，另一方面以一种温和抗议的方式掩盖自己的强烈不满。姓名是一个人身份的象征，它不仅与人的出生地和祖先有关，更与一个人的文化和种族身份密切相关。

在黑人社会中，姓名对于黑人人格的确定至关重要。因此，黑人对于姓名的选择尤其重视。通常情况下，每个人的名字都拥有独特的含义，而

---

① Marcyliena Morgan, *Language, Discourse and Power in African American Culture*, p.24.

这种含义是黑人所不能丢弃的。[①]

在该小说中,"巴德,不是巴迪"这句话反复出现,就是这种黑人文化的表现。当有人称呼巴德为"巴迪"时,他总会不厌其烦地同人解释说:"我叫'巴德',不是'巴迪'。"这是因为巴德的妈妈生前告诉他:绝对不能让人叫他"巴迪",因为"巴迪(Buddy)"有"伙计""家伙"的意思。如果有人这样称呼他就是不尊重他,巴德(Bud)则指含苞欲放的花蕾,寓意着母亲对他的未来所寄予的美好希冀。所以,在最后一个寄养家庭里,当同龄男孩陶德称他为"街头流浪小子",养母生气时称他为"小杂种"时,巴德都非常气愤。巴德对名字的重视是对妈妈遗愿的遵守,也是对名字中黑人文化内涵的继承。

与此同时,巴德严格遵守交际规则,从不直呼别人姓名。在成年人面前,一口一个"先生""女士""夫人"或者"小姐"。无论是对孤儿院里的人、施粥站里帮助他的好心夫妇,抑或是给予他最多帮助的里维斯先生,还是他外公所在的乐队成员,不论是白人还是黑人,他都严格按照规则称呼别人,以至于引起里维斯的调侃:"唉,我跟你说,自打我从戈登堡退役回来,就没听到过这么多的'先生'。"[②]

其实,巴德对自己名字的坚持与他对别人称谓的坚持是自相矛盾的。前者体现了他的自尊以及渴望他人的尊重;后者一方面包含了对别人的尊重,另一方面则体现了他作为黑人,骨子里的自卑与胆怯。黑人在交际过程中不得不戴着面具说话的特点,充分体现了巴德黑人身份中的双重意识。只有当他真正获得他人的尊重,他才会有真正的尊严。小说的末尾,巴德在乐队成员的指导下,学会了演奏乐器,拥有了一项生存的技能。与失散多年的外公相认,学会了与乐队成员平等相处,他终于能够同他人一样称呼别人的名字。自此,他才有了自己的身份认同,开始了真正的生活,而非仅仅是活着。

除了遵守白人制定的交际规则外,巴德还善于总结教训,努力寻求生存之

---

① John Mbiti, *Introduction to African Religion*, Portsmouth: Heinemann Educational Books Inc., 1991, p.92.

② Christopher Paul Curtis, *Bud, Not Buddy*, New York: Yearling Inc., 1999, p.11.

道。他总结出许多生存法则，并声称这些法则能让他"过上更有趣的生活，变成一个更好的说谎者"。这些法则以一种故作轻松的语气道来，看似幽默，实则让人心酸。例如，他总结说作为一个小孩，在与成人相处时，不能将自己真正在乎的东西透露给别人，因为这样会落人把柄，受人牵制；当别人告诉你不要担心时，你就必须开始担心了，因为这说明你已经担心晚了；当一个人跟你讲一件事时使用这种开头："你知道吗？"那么他所说的绝对是一件糟糕透顶的坏事；当你在一个陌生的地方醒来发现周围一群陌生人，那么在弄清楚怎么回事之前你要一直装睡，不要让人发现你已经醒了；当别人以一种极其冷静的口吻要跟你说些什么的时候，要赶快逃跑，因为肯定没好事，尤其是在警察追你的时候；不要在一堆陌生人中对另一个陌生人评头论足，因为你根本不知道他们是不是一伙的；你的年龄越大，能使你哭泣的事情就会越糟糕；等等。这一系列生存法则，是巴德对过去不幸的遭遇加以观察、分析、提炼得出的经验教训，其表达方式还带着一丝"含泪的"幽默。巴德一方面遵守白人社会对黑人交际准则的约束，始终戴着面具生活；另一方面通过观察和摸索，总结出自己作为弱势群体的生存技巧。这些行为是黑人长期遭受种族歧视和社会压迫的产物，是黑人族群面对屈辱生存的自我保护，在更深层面上体现了美国黑人的双重意识。

幽默一直是美国黑人最重要的表达形式之一。在美国奴隶制时期及其后几十年的吉姆·克劳种族隔离时期，美国黑人式幽默演变出两面性特点：一方面，这种幽默迎合了白人至上的思想，相对来说不具有威胁性但通常暗含反击；另一方面，黑人幽默指一种更强硬、更尖刻，通常仅限于种族内部交流，用以讨伐种族歧视的诙谐表达方式。[①]美国黑人幽默历来被解读成黑色幽默，是发泄压力的安全阀、是黑人社区的交流方式，具有应对攻击和缓解紧张情绪的作用。对于美国黑人而言，幽默还是一种肯定自身人权的方式。随着黑人在美国社会生活和政治斗争中不断取得成功，黑人作家对幽默的使用也更加自由。这一点在当代黑人作家以实玛利·里德、查尔斯·约翰逊、苏珊·洛里·帕克斯、寇尔森·怀特黑德和保罗·比蒂等人的作品中都有较多体现。

---

① Gene Andrew Jarrett, *A Companion to African American Literature*, Oxford: Blackwell Publishing Ltd., 2010, p.315.

美国黑人幽默形式多样，主要包括：讽刺、戏仿、滑稽、灾祸笑话等形式。

美国黑人学者，哈佛大学教授亨利·路易斯·盖茨在《表意的猴子》一书中指出：标准英语用法中的表意可看作从能指到所指的过程。这里的所指是一种或几种概念，而在黑人英语表意过程中，这种语义学层面的关系被一种修辞的关系所取代。其中，能指的表意过程与代表黑人方言中修辞结构的概念联系起来。①因此，"表意"是隐喻的隐喻（the figure of figures），是"转义母体"（master tropes；the trope of tropes），体现了黑人在语言使用中表意的间接性、言外之意和重构语言的技巧。②很多学者认为，表意起初是黑人用于发泄种族压迫的形式，但它所具有的反对种族主义的功能对于必须学会语言和社会规则的美国黑人青少年来说，更像是一种额外的有力武器。③在《巴德，不是巴迪》中，作者就对表意这种话语行为进行了刻意描写。例如，巴德准备扒火车去找生父，但他不知道乘火车的地方"Hooperville"（实为 Hooverville），于是他向当地人打听，得到的结果却是：

> 对，胡佛先生拼命工作，以确保每个城市都有胡佛村，所以如果改叫其他名字仿佛就像犯罪一样"……那个人微笑着说，"唉，孩子，任何地方，只要那里的人都想得到你想要的东西，那么你就找对地方了。(pp. 66－67)

美国大萧条时期，胡佛总统号召各地建立救济贫民的胡佛村，也就是小说中巴德寻找的"Hooverville"。这些村落聚集了成千上万无家可归的穷人。从字面上看，当地人对巴德的回答是指胡佛总统强制命令每个城市必须有个名叫胡佛村的地方，实则是对胡佛为政不当的讥讽。接着当地人又告诉巴德：任何地方，只要那里的人像你一样穷，那么你就找对地方了，那里就是胡佛村。这一回答又将讥讽的力度加强，即凡是有穷人的地方就是胡佛村。这个当地

---

① Henry Louis Gates, Jr., *The Signifying Monkey*: *A Theory of African-American Literary Criticism*, New York: Oxford University Press, 1988, p.48.

② 林元富：《非裔文学的戏仿与互文：小亨利·路易斯〈表意的猴子〉理论述评》，《福建师范大学学报（哲学社会科学版）》2008 年第 6 期，第 100 页。

③ Marcyliena Morgan, *Language, Discourse and Power in African American Culture*, p.56.

人并没有直接告诉巴德，他要找的地方究竟在哪儿，而是通过一种偏离主题的方式来传达更深层次的含义，即表意传统的具体形式不是升华或者玩笑，而是通过说"谎话"或讲故事，来实现表达内心真实意图的目的。①

二、语言表征建构黑人文化身份

霍洛维在讨论黑人女作家赫斯顿的作品时曾指出，语言的使用可以显示出"交流对文化的理解"。换言之，赫斯顿笔下的人物和语言的关系越是紧密，人物彼此之间的关系就越是协调。②在小说的叙事语言方面，为了建构巴德的文化身份，作者运用了一种极具黑人文学特色的叙事策略，即"讲述者文本"③。这种文本语言的运用不仅显示了主人公巴德作为美国黑人个体与其族群其他成员的联系，也显示了对其种族文化的认同。盖茨在《表意的猴子》中指出，讲述者文本的修辞策略在于再现某种口头文学传统，模仿真实话语的语音、语法、词汇模式，制造口头叙事的错觉。④这种文本的构成离不开多种具有黑人种族特色的英语表达方式。

第一，从词汇层面来看，作者不乏使用具有鲜明特色的黑人英语词汇。而黑人英语词汇的一大显著特征，就是它能清晰地区分黑人与白人的文化身份，并且能够将不同社会阶层的黑人紧密地联结在一起。⑤由此可见，美国黑人英语词汇对保持美国黑人文学的独特性以及美国黑人文化身份来说是不可或缺

---

① Gene Andrew Jarrett, *A Companion to African American Literature*, p.317.

② Lisa J. Green, *African American English*, New York: Cambridge University Press, 2002, p.164.

③ "讲述者文本"这一概念是美国黑人学者哈佛大学教授亨利·路易斯·盖茨从罗兰·巴特的"读者文本"与"作者文本"的二元对立以及"会说话的书"这一比喻中提炼出来的。这个比喻是美国黑人文学传统中最基本、最常用的比喻。同时，赫斯顿和伊什梅尔·里德也使用这一概念来定义自己的叙事策略。斯特林·A.布朗曾认为，黑人诗歌措辞中的黑人话语具有以下两方面的特点：一方面是强烈抒情性、高度隐喻性、半音乐性的黑人口述传统；另一方面是符合标准但尚未完全融入主流的英语文学传统。盖茨将此概念类比到小说中，认为讲述者文本也是基于这两方面的文学传统。此外，盖茨还认为，佐拉·赫斯顿的小说《他们眼望上苍》是第一个"讲述者文本"的典范。

④ Henry Louis Gates, Jr., *The Signifying Monkey: A Theory of African-American Literary Criticism*, p.181.

⑤ Lisa J. Green, *African American English*, p.13.

的。美国黑人英语,至少部分黑人英语,通常具有非正式的特点,黑人青少年使用的词汇就是非常典型的代表。通常情况下,这些词汇不为美国主流社会所接受。[①]丽萨·格林曾将黑人青少年俚语分为三类:(1)将人物标签化的俚语(2)或积极或消极地描述人物、活动和地点的俚语(3)关于打发闲暇时间的俚语。其中,指示人物的俚语是目前俚语表达中最大的组成部分。[②]这一特点在《巴德,不是巴迪》中也有所体现。当巴德与寄宿家庭中的男孩陶德发生矛盾时,陶德向母亲告状,巴德叙述说:

　　　他用手指着我说:"看看他,妈妈,这个人浑身上下都写着'尿床精'。"(p. 11)

　　这里的"尿床精"实际上是指有尿床习惯的孩子。作者这样模仿黑人青少年的言语方式,是为了再现黑人青少年将人物标签化的特点。除此之外,巴德在找到外祖父的乐队后,乐队成员给巴德取的艺名同样有标签化的特点。他们为巴德取名 Mr. Sleepy LaBone,认为巴德身材瘦弱仿佛只剩一副骨架,又总爱睡觉,将这两个特点集中到一起,便成了巴德的新艺名。

　　作者利用黑人俚语中的人物标签化特点,从细节入手建构巴德的黑人文化身份。其次,巴德在叙述过程中大量使用口语词汇及口语表达方式,增加了文本叙事口语化特征。如小说多次写道"Here we go again."(尤指讨厌的事情又发生了,可译为"我们又倒霉了""又来了"。)将日常生活中灵活多义的常见表达用在小说中,迅速拉近了读者与文本的距离,看似谈话式的叙事交流方式让读者更容易走进文本。又如,文中经常出现 shucks(表示不满或歉意时所发的声音)。这同样是一种非正式的表达,让读者感到仿佛是小说中的人物在你面前吐露遇到的不快。

　　第二,在句法层面,巴德多次使用美国黑人英语中多重否定的句法结构。在多重否定结构中,否定标记可以出现在助动词上,例如,don't,以及诸如

---

①　Lisa J. Green, *African American English*, p.12.
②　Lisa J. Green, *African American English*, p.27.

anybody(nobody)和 anything(nothing)等不定代词上。①例如,在得知自己将被送到一个新的收养家庭时,巴德发出这样的感慨:

> But the tears coming out doesn't happen to me anymore, I don't know when it first happened, but it seems like my eyes don't cry no more. (p. 3)(但是我的眼泪再也流不出来了,我不知道这是从什么时候开始的,但是我的眼仿佛再也不会哭了。)

这句话的末尾部分 but it seems like my eyes don't cry no more 中,作者同时对助动词和程度副词进行否定,使用了 don't 和 no more。由此可见,柯蒂斯这里使用的多重否定结构是有意而为之。这一结构的使用对文本意义起到强调作用,表现了巴德作为一个 10 岁男孩,小小年纪就拥有了成熟的心智,对生活中的不如意能坦然接受,同时也是对巴德的黑人身份进行建构的表现。文中另一处多重否定结构出现在巴德到里维斯先生家中做客时,巴德描述两个孩子说:

> These two kids had had a lot of practice being around their teas-ing old granddad because they didn't pay him no mind at all. (p. 122)(这两个孩子早已经习惯了爱开玩笑的外祖父,根本没在意他的话。)

本句末尾,作者对助动词 did 进行否定并使用 not at all 来强调程度。句法层面的多重否定结构是美国黑人英语特有的表达方式。柯蒂斯通过对这一语言特征的应用,实现巴德对黑人文化的认同。

第三,大量使用明喻和暗喻。佐拉·赫斯顿曾在"黑人表达方式的特征"一文中指出:黑人对英语的最大贡献包括隐喻和明喻的运用。②在这部小说

---

① Lisa J. Green, *African American English*, p.77.

② Angelyn Mitchell, ed., *Within the Circler: An Anthology of African American Literary Criticism from the Harlem Renaissance to the Present*, Durham: Duke University Press, 1994,pp.80−81.

中,巴德大量利用了明喻和暗喻,将所见所闻生动形象地展示在读者面前,与其孩童不成熟的思维方式十分贴切,再现了口头叙述的语法模式。例如:

I put my head down and started shooting apologies out like John Dillinger shoots out bullets. (p. 16)(我低下头,开始飞快地说出道歉的话,就像约翰·迪林格射出的子弹一样。)

巴德的比喻生动形象又颇具幽默,口语化色彩浓厚。又如:

In her eyes Todd's mouth was a prayer book. (p. 16)(在她眼里,陶德的嘴就是一本祷告书。)

这一暗喻的使用简单明了,表现了陶德母亲对儿子所说的一切都深信不疑,同时这一暗喻又具有讽刺意味。

除此之外,巴德还喜欢使用拟声手法,为还原口头话语的语音效果起到很大帮助。如:

We were all standing in line waiting for breakfast when one of the caseworkers came in and tap-tap-tapped down the line. (p. 1)(我们正在排队等着吃早饭,一个社会工作者进来,嗒—嗒—嗒地沿着队伍走过来。)

The engine was saying SHUHSHUHSHUHSHUHSHUHN ... and a million boys and men broke for the train. (p. 83)(发动机发出呼呼呼的响声,许许多多的男孩和男人冲向火车。)

I puffed my cheeks and blew as hard as I could. The saxophone only squeaked, squawked and groaned, then sounded like it was making up words like ahwronk and roozahga and baloopa. (p. 235)(我鼓起腮帮用尽力气吹。萨克斯管只是发出吱吱嘎嘎的呻吟声,听起来像在胡言乱语。)

巴德用拟声词 ahwronk and roozahga and baloopa 模仿学吹萨克斯管时乐器发出的声音。可见，大量运用拟声词来再现文本中的声音效果是讲述者文本的一个重要特征。

第四，用自由直接引语强化讲述者文本。自由直接引语具有直接性、生动性与可混合性。这是叙述干预最轻、叙述距离最短的一种表达形式。由于没有叙述语境的压力，作者能完全保留人物话语的内涵、风格和语气。[①]小说在描写巴德的心理活动时，常用自由直接引语让读者近距离接触主人公的所思所想，仿佛巴德在经历事件的同时，将内心感受直接告诉给读者，让读者产生小说里的人物正在面对面讲述故事的感觉。巴德在图书馆有这样一段描写：

> 我想是那种气味让许多人在图书馆里睡着了。你看有人在翻书，你可以想象一股书页上的粉末很容易慢慢往上飘，直到它堆积在睫毛上，越眨眼眼皮越重，最后眼皮太重，就合上睁不开了。(p. 54)

这段心理活动的描写上下文均为一般过去时，叙述巴德的见闻及人物对话。而在这段描写中，时态却突然变成一般现在时。这种口述似的心理描写实则是利用自由直接引语将主人公的心理活动直接展示给读者，缩短了读者与小说人物的距离。同时，自由直接引语的运用也模仿了早期黑奴口述故事的传统。所以，此类人物叙事策略无疑也是讲述者文本的重要构成要素。

另外，盖茨指出，讲述者文本淡化文本结构因素的重要性，转而更加重视叙事策略本身的重要性，即突出口头话语及其内在的语言学特征。[②]作者将这种带有文化烙印的叙事策略运用到整部小说，并将主人公巴德作为叙述主体，有助于形成小说的黑人性以及对巴德黑人文化身份的建构。

《巴德，不是巴迪》不仅是一部优秀的成长小说，反映了美国黑人青少年在白人主导的社会中求生存、求发展的历史缩影；更是一部具有代表性的黑人文学作品，体现了黑人美学的精髓和黑人青少年对黑人文化身份的追寻过程。

---

① 申丹：《西方叙事学：经典与后经典》，北京大学出版社 2010 年版，第 156 页。

② Henry Louis Gates, Jr., *The Signifying Monkey: A Theory of African-American Literary Criticism*, p.181.

作者柯蒂斯从美国黑人英语和黑人文化现象两方面入手,运用"讲述者文本"这一叙事策略,生动、清晰而且不失幽默地建构了主人公巴德的黑人文化身份。从小说语言看,柯蒂斯将美国黑人英语在词汇层面的口语词汇,语法层面的多重否定结构,修辞层面的拟声、明喻、暗喻,以及语篇层面的人物标签化、自由直接引语等策略结合起来,构成能够再现早期黑人口述文学传统的讲述者文本。从文化层面看,柯蒂斯运用了社交面具化和表意幽默来构建主人公的黑人文化身份。这两种文化现象在黑人群体中普遍存在,跟美国黑人的历史文化发展密切相关。主人公巴德对自我文化身份建构的过程,体现了美国黑人作为边缘群体在美国社会确立民族身份、捍卫民族尊严的艰难历程。美国黑人自强不息、乐观向上的精神,充分反映在巴德的话语中,反映在他独自寻亲的经历中。这种精神正是一代又一代美国黑人在艰难中求生存、求发展,争取文化自觉和文化尊严的写照。

第五章 当代青少年文学中的人物塑造

　　青少年处在儿童与成人之间的过渡阶段,生理上基本成熟,心理上开始反叛说教和约束,自我身份、自我形象意识不断增强。他们渴望了解、认知成人社会,希望得到成人的尊重和认可。他们的认知能力和认知范围都非儿童所能企及,对世界的兴趣已经开始从幻想王国回落到现实社会,有兴趣了解现实世界的人和事。同时,家庭和社会对青少年的期待和要求都比儿童要高,违反社会规范和家规的行为不再像儿童那样容易得到原谅,甚至还可能因违规受罚。这也令他们感到一种前所未有的成长压力。他们既希望能够独立行事,做出令家人自豪、社会满意的事情;另一方面,又常常事与愿违,做出招来苛责的事情。成长成为一种青少年既盼望又焦虑的心结。

　　文学作品对青少年人物的刻画集中反映在他们的成长过程、成长问题和成长环境上。社会文化环境对青少年成长的影响历来是文学创作一个热门主题。生活环境决定了青少年的社会认知、自我认知、道德认知。各个方面的认知发展是青少年成长的内涵,而文学作品则倾向于表现感悟成长的戏剧性事件、象征性经历、顿悟瞬间、带有共性的成长问题和个性化的应对方式,让人物的认知发展融入对事件的态度和行动中去。对青少年文学创作者来说,他们也希望读者,尤其是青少年读者能够以故事为鉴,获得启发,增长见识,提升移情能力和应对问题的能力。本章以《局外人》《无神论者》和《朋友》为例,论述美国青少年小说在人物塑造上的特点和个性化处理方式。

第一节　《局外人》中青少年主人公的认知发展

在当代美国青少年文学发展史上,1967 年是一个重要年份。这一年,当代美国著名青少年文学作家苏珊·辛顿出版了自己的处女作《局外人》,并因此一举成名。此后,该书不断再版,1983 年拍成电影,产生了很大的社会影响。道诺森和尼尔森在专著《当今的青少年文学》中指出:"1967 年是青少年文学一个具有里程碑意义的年份,作者和出版商的目光同时转向了一个新方向。"①此话的依据是,这一年有好几部以现实主义精神反映青少年问题的小说相继问世,一举扭转了美国青少年读物长期以来以乐观基调为主的文学传统。曾经以乐观向上、温情引导为创作取向的青少年文学,开始转向面对社会问题的现实主义取向,其目的是帮助青少年提高社会认知和自我认知,勇敢面对各种难题。类似作品除《局外人》以外,还有利普塞特的《对手》(1967)、任德尔的《猪人》(1968)和《我的恋人,我的汉堡包》(1969)等。

1988 年,美国图书馆协会和学校图书馆杂志创设了玛格丽特·爱德华兹奖。这个奖项每年只颁发给一位作家,其标准是对青少年文学做出了持久而深远的贡献,有助于青少年认识自我,探讨青少年在各种社会关系以及在这个世界中所承担的角色和价值问题。②辛顿是获得这个奖项的第一人。颁奖词这样写道:她的作品"为青少年观察世界打开了一扇窗户,它满足了年轻读者探索独立、忠诚、归属、关爱他人与接受关爱等问题的需求"③。2007 年维京出版社推出了《局外人》的精装版,纪念该小说出版 40 周年。

---

　　①　Kenneth L. Donelson and Alleen Pace. Nilson, *Literature for Today's Young Adults*, Glenview：Scott, Foresman and Company, 1989,p.12.

　　②　玛格丽特·爱德华兹奖网页:http://www.ala.org/yalsa/edwards. [2015－2－9].

　　③　玛格丽特·爱德华兹奖网页之辛顿页。http://www.ala.org/yalsa/booklistsawards/bookawards/margaretaedwards/maeprevious/1988awardwinner. [2015－2－9].

《局外人》成功的一个重要原因是它的现实主义精神。[①]它成功地塑造了一个不断探索自我、反思社会现象的青少年主人公——波尼。波尼父母双亡，三兄弟相依为命，生活在随时可能被送进福利院的担忧中；他所在的学校教育环境也同样存在问题，同学之间分为两大派别——来自贫困家庭的"油污帮"和来自富裕家庭的"上流帮"。而三兄弟居住在缺乏监管、无人过问的贫民窟。在这种环境中，主人公波尼的成长压力既来自家庭的贫困，又来自"上流帮"同学的骚扰。刚刚成年的大哥弃学从工，担负起挣钱养家的重担。他竭尽所能地照看两个弟弟，但由于缺乏经验，难免与弟弟发生误解和冲突。

小说突出了波尼对大哥的认知转变，表现了波尼认知发展的动态特征。流变的认知发展赋予了人物灵动性和可塑性，这种变化给读者带来了不可预知感和对新变化的期待。波尼的认知发展不仅包括认知深度的推进，还包括认知广度的扩展。主人公的认知发展是这部小说情节发展的内在叙事动力。

本节以青少年认知发展心理学为理论参照，从波尼对亲情的认知发展、对社会的认知发展和元认知发展三个方面，论述认知变化对人物塑造和情节推进的贡献。波尼是《局外人》的中心人物及叙述者，尽管他的第一人称叙事有其视野上的局限，读者不会偏听偏信，但第一人称叙事的优势也在这部小说中得到体现——波尼对自己行为的解释为我们深入其内心、理解他的认知变化提供了重要的途径。

一、情感认知及其艺术呈现

情感认知包括观察、理解、评价和预见自己的情感、他人的情感、自己与他人之间的情感互动、他人与他人之间的情感等方面。[②]儿童心理发展研究专家勒弗朗索瓦指出："儿童情感的社会化至少涉及三个方面：学习理解情感；获得对情感的控制能力以及了解掌握在什么时候、在什么地点和以什么方式表

---

① 对这部小说的评论集中在社会公平问题、青少年中的残忍和暴力行为等具有一定代表性的社会问题上。如 Morgan, Linda O., "Insight through Suffering: Cruelty in Adolescent," *The English Journal*, Vol. 69 (9), 1980. 以及 Inderbitzin, Michelle, "Outsiders and Justice Consciousness," *Contemporary Justice Review*, Vol. 6 (4), 2003.

② 陈宁：《青少年情感能力的发展》，《青年教育》2009 年第 1 期，第 19 页。

达它们是合适的,是符合人们预期的。"①如果一个作家善于观察生活和记录生活,他笔下的人物行为方式往往符合广大读者的观察和体验,具有可信性。这种源自生活的观察是人物真实感的基础。

像许多青少年一样,波尼对亲情的认知经历了从感性到理性,从直观感受到发现爱的多种表达形式。二哥苏达的爱是温暖而袒护性的爱;大哥达瑞的爱是冷静而理性的爱。青少年往往愿意接受第一种爱,而对第二种爱产生误解,甚至抵触情绪。因为第一种爱只需要直观感受就能够感知,第二种爱则需要冷静反思才能被认知和接受,它需要主体有较高的认知能力。自从父母遭遇车祸去世后,波尼对大哥达瑞一直怀有误解,尽管他知道大哥不得不辍学,干了两份蓝领工作养家糊口,非常辛苦。波尼认为大哥不喜欢他,因为每次他回家晚了,或者独自在外闲荡,或者稍有考虑不周或行为不当,就会遭到大哥的指责。他从自己的直观体验中觉得达瑞讨厌他,也许是因为自己不能挣钱,还要靠哥哥养活。要不是苏达袒护他,说不定自己已经被大哥送到某个收养院去了。听到他这样评说达瑞,他的好友"两片嘴"和乔尼都十分诧异。年龄稍大的"两片嘴"说他误解了达瑞,乔尼说他一直觉得他们三兄弟亲密无间呢。

波尼对达瑞的误解源自先期印象。心理学研究证明,人们在生活中对各种事物逐渐积累起相关经验和信息,在某一时刻或某种条件下,外部的刺激会激活前期积累的相关经验和信息。"如果一个观念在大脑中被激活,那些与其有关的观念和经验都会被激活。"②在父母去世前,达瑞无须承担一家之主的责任和压力,所以波尼眼中的达瑞是活泼开朗、性格随和的好兄长,对他不像现在这样严厉苛刻。他把达瑞的态度变化,看作对自己的厌烦,因此内心非常纠结。也就是说,波尼对达瑞的角色认知和角色期待还停留在父母去世前的认知水平上,还没有接受达瑞的角色转换——既是兄长,也是家长。因此,在他看来,达瑞不像原来那样可亲可爱了。

小说中促使波尼断定自己判断正确的事件也是小说主线的开端。一天,

---

① 居伊·勒弗朗索瓦:《孩子们——儿童心理发展》(第九版),王全志等译,北京大学出版社 2004 年版,第 359 页。

② Hana Shepherd, "The Cultural Context of Cognition：What the Implicit Association Test Tells Us About How Culture Works," *Sociological Forum*, Vol. 26 (1), 2011,p.124.

波尼和乔尼躺在草地上聊天,两人都睡着了。他们醒来时,已是深夜。波尼知道达瑞一定很生气,希望能够偷偷溜进屋去。他从窗外看见两个哥哥都在客厅等他,二哥已经躺在沙发上睡着了,大哥还在看报。看见他回来,大哥十分生气,告诉他再过一个小时,他就要报警了。他怒气冲冲地说:"你都不想想,我们头都要急掉了,又不敢报警。一旦警察知道我们家的境况,不由分说,立马就会把你们两个未成年人送到收养院去。你居然还会在外面睡着了。你不用头思考吗? 你连外衣都没有穿!"①气头上的大哥还给了波尼一巴掌,这一巴掌打出了波尼离家出走的念头。对波尼来说,这一巴掌更加让他确信大哥真的讨厌他。

波尼离家出走后,找到乔尼,向他倾诉委屈。乔尼说,他倒希望他的爸爸能够这样对他呢,起码表明他还知道他是谁。可是,在他家里,他进进出出都没有人理会,整夜不归,也没有人过问。当乔尼说道:"至少还有苏达爱你。我呢,没有人爱。"②波尼打断乔尼的话,提醒他说"油污帮"的人都爱他。此时,虽然波尼没有体会到乔尼话里的真谛,即达瑞打他,起码表明他在为波尼的人身安全担心。但乔尼的话已经在他的脑海里留下了最初印象,为他以后的顿悟积累了先期信息。

当波尼和乔尼遭到"上流帮"一伙人的袭击,在自卫时杀死一个富家子弟后,他们找到"油污帮"里最强悍的成员达利。达利毫不迟疑地答应帮助他们逃亡,他还注意到波尼只穿了一件单薄的、湿漉漉的 T 恤衫。达利对他说:"你不用头思考吗?"③听到他说出跟大哥一模一样的话,波尼有些触动,不由得注视起他来。虽然小说没有像心理学著作一样去分析波尼为什么受到触动,但却为波尼后来的顿悟埋下了伏笔——关爱他人的话并不一定都是以温情动听的方式表达出来。必要的先期信息累积为提升波尼对亲情的认知,消除对大哥的误解打下了基础。

激活这些先期储备的信息需要特定的事件,这就是波尼和乔尼火海救人。他们两人奋不顾身,冲进着火的老教堂,去营救里面的几位小学生。前来

---

① S. E. Hinton, *The Outsiders*, New York: Puffin Books, 1997, p.50.

② S. E. Hinton, *The Outsiders*, p.51.

③ S. E. Hinton, *The Outsiders*, p.60.

探望他们的达利也跟着冲了进去,营救他的两位朋友。结果,几位小学生得救了,三个小青年均不同程度地受伤入院。他们的事迹被媒体报道后,波尼的两位哥哥得知弟弟的下落,立刻赶到医院。二哥欣喜若狂地直奔波尼,紧紧地拥抱弟弟;大哥达瑞站在病房门口,满脸愧疚,不敢像苏达一样上前。当波尼听到大哥沙哑的声音叫出他的名字时,他愣了片刻,脑海里飞闪过达瑞冲他吼叫、打他耳光的情景,但是,当他看见达瑞一声不出、眼泪涟涟时,他的心震撼了。他只见过大哥在父母去世时掉过眼泪。这一情景激活了波尼先前积累的关于亲情的认知信息,他突然顿悟到大哥是因为爱他才会那么在意他的人身安全;他突然意识到,当大哥说:"波尼,你跑到哪里去了? 都几点了?"其实他心里想的是:"波尼,你吓死我了,请你小心点,我生怕你会出事。"看见大哥伤心地转过身去,波尼冲了过去,拥抱着大哥,向他道歉。至此,波尼对亲情的认知深度和广度都有了很大的提升,兄弟之间冰释前嫌,读者也被充满亲情的场面所感动,为波尼情感认知能力的提升感到欣慰。

"青少年时期,人们的情绪反应尚不稳定。这一时期也是人们探索不同的情感表达方式和风格的时期。"[1]经过这次事件,波尼明确注意到两位哥哥表达爱的不同方式。这表明波尼在理解情感表达的多样性上有了长进。表现主人公认知发展过程是青少年小说情节发展的一种叙事策略。情节发展的内在动力,巧妙地隐藏在人物的认知发展过程之中。[2]

二、社会认知及其艺术呈现

根据心理学家尼尔森·古德的研究,在交际行为中,人们对初次相遇的人往往会在自己的认知系统中贴上标签,快速地根据某些显而易见的表面特征将其归入某种预先设定的类别,如同档案管理员根据某些必要信息就将某份文件归入 A、B、C 等档案类别。古德介绍,首先提出"贴标签"这个概念的是心理学家亚伯拉罕·马斯洛。马斯洛认为,理解任何经验只需要两种方式:第一种是观察其特有的本质,发现其个体特征;第二种是贴标签(rubricizing),即

---

[1]　Deborah Yurgelun-Todd, "Emotional and cognitive changes during adolescence," *Current Opinion in Neurobiology*, Vol. 17（2）, Apr 2007, p.251.

[2]　芮渝萍、范谊:《认知发展:成长小说的叙事动力》,《外国文学研究》2007年第6期。

将某种经验作为某一类别的代表。古德说，贴标签通常是我们的第一知觉反应；对陌生人物、事物，人们往往不自觉地滑入贴标签的认知模式。这种模式的积极意义在于，它可以帮助人们快速识别被标记的事物，并做出反应。其负面效果是低估了被评估的人物或事物的复杂性，只看到局部，忽略了整体；也可能只看到整体，而忽略了个体的差异和变化。①

《局外人》表现了来自不同社会阶层的青少年校内校外的社会生活和冲突。由于阶层差异和偏见，来自富裕家庭和贫穷家庭的孩子被天然地分为两个群体，并根据外在形象被简单地标记为"油污帮"和"上流帮"。虽然他们在同一个学校，但是两个群体互不往来、互不信任，相遇时冲突多于正常交流。他们总是以"贴标签"的方式看待对方，因此缺乏对彼此深入的认识。波尼作为《局外人》的叙述者，被赋予了述说权，他以穷孩子局内人的身份讲述身边穷孩子的故事，为"上流帮"等局外人认知"油污帮"的孩子们提供了一个内视角度。

在外人看来，他们是一帮街头混混，惹是生非、不求上进、衣着随意，留着油亮的长发。而"上流帮"的青少年哪怕出来打群架也外表讲究，他们的衣服"好像都是从一块面料上剪裁下来似的"②。他们胡须刮得干干净净，留着半长的披头士发型，里面穿着条纹衬衫或格子衬衫，外套是浅红色或者棕色的夹克衫，要么穿着马德拉斯滑雪衫。波尼自惭形秽地说："我们看上去像小混混，他们却个个光鲜体面。"③由于以貌取人的社会习俗，贫民窟的青少年常常被社会先入为主地贴上标签，所有的过错都先怪罪到他们身上。例如，有人在学校餐厅里用餐具打闹，人们想当然地认为是穷人家的孩子不守规矩。其实，"油污帮"的孩子很少去学校餐厅就餐，因为在餐厅就餐过于昂贵，他们总是自带食物或者在小超市买一些简单食物充饥。

作为局内人，波尼讲述了他眼中的"油污帮"成员。他的好友乔尼有一年成绩下滑，就被贴上了差生的标签，从此再也没有取得过好成绩。当他们一起阅读《飘》的时候，他发现乔尼对历史知识确实没有掌握好，既不了解美国内

---

① 尼尔森·古德：《贴标签》，尼尔森·古德、亚伯·阿可夫主编：《心理学与成长》，田文慧译，世界图书出版公司 2009 年版，第 16 页。
② S. E. Hinton, *The Outsiders*, p.141.
③ S. E. Hinton, *The Outsiders*, p.141.

战史,也搞不清种植园的状况。因此,波尼自视甚高,认为自己是"油污帮"里的才子。但是,乔尼在有些事情的理解上却让他自愧不如。他认识到,乔尼只不过对老师所讲的知识理解慢一些,就被贴上笨蛋的标签。[1]但他发现一旦乔尼理解了那些知识,他往往能够抓住问题的本质,还喜欢刨根问底。他们一起阅读了《飘》之后,乔尼开始对南方的绅士风度和举止着迷起来。他告诉波尼,他们的朋友达利就很有南方绅士气质。而在波尼眼里,达利一直是"油污帮"里最不守规矩的人。乔尼论证说,达利能够为朋友承担责任,甚至甘愿代人受过,那就是骑士风度。这让波尼意识到,乔尼对南方绅士气质的认知比自己更加深刻,能够从外在表象深入到精神气质;自己心目中的英雄是书本宣扬的模式,而乔尼能够在身边的人身上,哪怕是有明显缺点的人身上发现值得崇拜的英雄品质。这个发现让他感到非常意外。他重新审视了达利的为人:性格倔强的达利曾听从乔尼的劝说,放过两位当面辱骂他的女孩,说明他有自我克制能力,宁肯自己受辱,也不让朋友难堪;达利信守承诺,帮助他俩逃难,还给他们送来食物;最后为了营救他们,不顾大火和生命危险,冲进摇摇欲坠的建筑,自己身负重伤。从这个角度看,达利确实具有英雄气质。但从社会角度看,达利蔑视法律,蔑视警察,帮助杀人嫌疑犯逃跑,是个十足的问题青年。在乔尼因伤势过重去世后,达利极度伤心,故意用假手枪对准警察,被警察击毙。在大众眼里,他绝对不是英雄。

小说通过达利劝告乔尼不要去自首一节,揭示了达利性格强硬的客观原因。达利对乔尼说:"你不知道在监狱里呆几个月是什么滋味……你会变得麻木不仁。我不希望你那样,不要像我……"[2]因为缺乏家人关爱,达利从小自己养活自己,生活的艰辛让他变得冷漠而坚忍。因为犯有前科,社区里一旦有犯罪事件,达利都会被警察带去审问,平日里还经常受到以"上流帮"为代表的主流社会的歧视。因此,他不像普通人那样珍爱自己的生命,他甚至想用自己的生命去挽救乔尼,因为在乔尼身上,他看到了自己小时候的遭遇,他将保护

---

① Morgan 论述了给人起贬损的绰号这种特殊的贴标签方式对青少年自信心的毁灭性打击。Linda O Morgan, "Insight through Suffering: Cruelty in Adolescent," *The English Journal*, Vol. 69 (9), 1980, p.57.

② S. E. Hinton, *The Outsiders*, p.89.

乔尼视为自己的责任。

皮亚杰的认知发展理论中有两个重要概念——同化和顺应。同化指主体将其所遇到的外界信息直接纳入现有的认知结构中。在一定程度上,它类似于"贴标签"式的认知方式。顺应则是指主体通过改变和调节已有的认知结构,使其与外界信息相适应。①通常,人们对新信息的第一反应是同化。当发现新信息与现有的认知结构不匹配时,便尝试调节已有的认知结构,以接纳新信息。波尼、乔尼和达利舍身救人之后,当地媒体把他们作为英雄报道,这件事既让三位当事人惊讶,又让局外人吃惊。当人们拿已有的关于英雄的认知标准来看待他们时,才发现他们对英雄的认知标准需要调整,才能接纳眼前的三位小青年。

在许多人的意识里,英雄都是具有特殊禀赋和素质的人,和常人不同。小学生们的带队老师对三位勇敢的小青年感激不尽,称他们是上帝派来的救星,还问他们是不是职业英雄。波尼听后,简直不敢相信自己的耳朵。他告诉两位老师,他们是"油污帮"的成员,乔尼因为自卫失手杀死了人,正被通缉,达利有过前科。这下,轮到两位老师不敢相信自己的耳朵。不只他们难以把眼前的三位"英雄"和他们的社会身份联系起来,"上流帮"里的成员也难以理解此事。"上流帮"的兰迪在街上遇见波尼,当着同伴们的面叫他上了自己的轿车。他告诉波尼,在看到对他们的报道后他一直很困惑,做出这样英雄壮举的人怎么会是他们?他们怎么会舍身救人呢?兰迪坦诚地说,如果他在现场,他肯定不会如此奋不顾身。波尼对他说,那可说不准,很有可能他也会冲进火海。兰迪沉思着说:"我不知道,我现在什么都不知道。我无法想象,一个'油污帮'的人会做出那样的事来。"②

波尼说,不是每个"油污帮"的人都会舍身救人,也不是每个"上流帮"的人都会做这样的事。这跟社会身份没有关系,完全是每个人自己的行为。这件事情彻底转变了兰迪的成见,是他认知发展中的一个里程碑。这件事使他懂得,不能够用"贴标签"的方式去看待"油污帮"的同学们,更不能把所有贫民窟的孩子都看作社会垃圾。小说只描写了"上流帮"里的兰迪、齐丽和玛西亚

---

① 陈英和:《认知发展心理学》,浙江人民出版社1996年版,第58—59页。
② S. E. Hinton, *The Outsiders*, p.115.

改变了对"油污帮"的成见,其他人要么不屑于去了解他们,要么缺少接近和了解这些人的机会。小说由此象征性地表明,成见和贴标签式的认知方式仍然十分流行,要改变这种社会认知模式还任重道远。

辛顿从青少年的认知角度讲述了"油污帮"和"上流帮"中的一些人为何惹是生非,致使两派打斗不休。"上流帮"的兰迪以死去的鲍勃为例,指出是父母的溺爱害了他们。他告诉波尼,鲍勃内心期待有人告诉他什么事情能做、什么事情不能做,但他的父母从来没有对他说过"不"。有一次他喝得酩酊大醉,满以为这一次父母会生气了,可他们不仅没有管教他,反而从自己身上找原因,把责任都揽在自己身上。鲍勃的女友齐丽认为,是酒精害了他。男孩们喝酒后,就会失去理智,做出过分的事情。因此,她责备那些卖酒给青少年的商家。鲍勃和齐丽都从外在的影响寻找原因,仿佛错误都是别人造成的,不是青年人自己的。

听了"上流帮"对打斗的解释后,波尼想要了解自己这边的人如何看待这个问题。他问"两片嘴",他为什么喜欢打架? 得到的答复是:"人人都在打呀。"①波尼通过平日的观察和问询得出结论:"两片嘴"打架是随大流;苏达打架是找乐子;斯蒂夫打架是发泄仇恨;达瑞是为了捍卫尊严;蒂姆是喜欢当痞子;而自己则是为了自卫。每个人参与打架的理由都是不同的,并没有一个统一的原因。由于身处贫民窟,他是暴力行为的受害者,他希望人们能够从个人、群体和社会等多个方面看问题,而不是简单地根据贫富或外表把人划分为某个类别,并给他们贴上固定的标签。波尼深深体会到,人际交往中贴标签式的认知方式对人、对己都可能造成极大的伤害。这使他的社会认知能力产生了一次飞跃。

三、元认知发展及呈现方式

所谓元认知,是"个体对思维活动的自我体验、自我观察、自我监控和自我调节"②,是更高一级的认知活动,也是保证主体学会如何学习、如何思维、如

---

① S. E. Hinton, *The Outsiders*, p.137.
② 董奇:《论元认知》,《北京师范大学学报》1989 年第 1 期,第 68 页。

何更主动地发展自己的重要能力。①本节所指的元认知是指小说主人公对自己的意识、感觉和认识的理解和转变过程。在认知习惯上,人们往往对身边的现象习以为常、熟视无睹,忽视了其中包含的社会、文化、心理和个人认知信息;相反,局外人和旁观者常常能够对这些信息一目了然。除此之外,当局内人的身份或环境发生改变,或者有新的契机能够让他以"他者"的眼光反观过去习以为常的现象时,过去那些被忽视的社会、文化、心理和个人认知信息就变得显而易见了。

《局外人》在刻画波尼的认知发展时,较好地把握了这类促发青少年顿悟的瞬间。在小说的开头,波尼曾自鸣得意地把他油亮的长发视为自我身份的象征。当他和乔尼逃到乡村一座荒废的教堂,成为在逃嫌疑犯后,他以陌生人的眼光审视乔尼,立刻获得了全新的认识:油亮的长发并不体面。他说:

> 他依旧让我想到一个被人踢来踢去的可怜儿。不过,我生平第一次用陌生人的眼光来看他,黑色的 T 恤衫、蓝色的牛仔裤,还有油腻的长发让他看上去很粗野。我注意到他的耳根后卷曲的头发,我觉得我们俩都应该把头发剪短,穿上得体的衣服。我低头看看自己身上那件破旧褪色的牛仔裤和达利送给我的那件又大又旧的夹克衫,心想,人们一眼就会把我们当作街头混混。②

与此同时,乔尼也注意到波尼不雅的外表,提醒他出去问路前,把头发梳理一下,不要一副邋遢样,让人觉得他们不是什么好人。在危急时刻,两个孩子都自然而然地使用了换位思考的认知策略,从外人的角度观察同伴和自己。

第一人称叙事的优势在这里进一步体现出来。波尼可以很自然地讲述自己的观察和内心微妙的感受,让人感觉真实可信。作者辛顿虽然没有经历过自卫伤人的暴力行为,也没有逃亡的经历,但却把握了逃亡者惶恐不安的感受和自省。波尼和乔尼发现鲍勃死后,惊魂不定。在达利的指导下,两人连夜扒

---

① 陈英和、韩璁璁:《儿童青少年元认知的发展特点及作用的心理机制》,《心理科学》2012 年第 3 期,第 537 页。

② S. E. Hinton: *The Outsiders*, p.63.

上火车,逃到偏远的乡村,躲到山顶上一座废弃的教堂里。波尼一觉醒来,发现乔尼不见了,十分紧张,也不知道自己睡了多久,因为不知道乔尼的去向,他猜度着各种可能性——乔尼自首去了? 唯一知道他们藏身之处的达利出车祸了? 自己是否要独自一人这样躲藏下去? 他被自己的胡思乱想吓得大汗淋漓、虚弱不堪。好一阵子才意识到自己正在经历延迟性惊慌。波尼能够把自己在不同场合的微妙感受讲述出来,表明他对自我意识的监控和修正,表明他是一个敏感、聪明的人。这使他的另外一面,即优秀学生的身份,得到细节的支撑。

青少年对事物的关注是有选择的,关注程度往往取决于该事物对当下的影响。他们不时会把成人认为十分重要的提醒当作耳边风。波尼用刻骨铭心的经历讲述了青少年与成人的感知差异。虽然大哥达瑞无数次提醒他不要惹是生非,以免引起政府部门的关注,被送到收养院去,但他对这件事情缺乏真切体会,因此一直没有特别在意。也就是说,波尼的预见能力或前瞻能力不及大哥达瑞。有学者指出:"就其最基本的形式讲,思考是立足于特定情形之上的,有社会维度,有特定的时空,有特定的目标和任务。"[1]这一描述尤其适用于青少年的行为方式。波尼通常只专注于被大哥训斥时当下的情景;而大哥却可以在头脑中预设一个特定的前瞻环境,能够从波尼可能卷入的危险中预见到未来三兄弟分离的情形。根据美国法律,如果未成年人得不到良好的监护,就会被送到孤儿院或其他愿意领养孩子的家庭。因此,大哥不希望两个弟弟引起警察或社会工作者的注意,也就是说他们不能惹是生非。波尼成为英雄后,媒体从正面大肆渲染。有一篇报道专门讲述了波尼三兄弟的故事:大哥成绩优秀,不得不放弃学业,干了双份工作;为了确保三兄弟能够在一起生活,二哥也在打零工挣钱;年龄尚小的弟弟成绩优秀,而且还是长跑健将。报纸呼吁看在三兄弟如此努力的份上,不要将他们分开。波尼看了这份报道后,第一次清醒意识到他们的生活被曝光了,他和二哥尚未成年,可能被送走,三兄弟可能会天各一方。这种清醒的意识让他惶恐起来。这个细节与青少年的

---

① David Herman, "Storytelling and the Sciences of Mind: Cognitive Narratology, Discursive Psychology, and Narratives in Face-to-Face Interaction, *Narrative*," Vol. 15 (3), 2007,pp.306-334.

感知方式极为吻合,它不仅是波尼从误解大哥转为理解大哥的关键,也有塑造人物真实感的心理学基础。

虽然从主流社会看,贫民窟的青少年身处主流之外,是局外人,但作为他们中的一员,波尼则是局内人。从表面上看,他时常在叙述自己的认知变化和发展,实际上也在引导局外人进入贫民窟青少年的生活和精神世界。他通过讲述自己对达利认识的转变告诉局外人,要深入认识一个人需要对他进行多方面的观察,不能仅凭一两次印象和一两个侧面就贴上某个标签。波尼以前跟达利的交往不多,因为达利有被关押的前科,加上他外表粗鲁强悍,波尼对他敬而远之。他还认为,达利好斗是因为他不爱这个世上的任何东西,什么也不在乎,什么也不珍惜,因此什么都不怕丧失。可他后来发现,达利爱乔尼,在乎乔尼的感受和意见。身负重伤的乔尼离开人世后,他才真的绝望了。"两片嘴"说出了大家的共同看法:"他终于爆发了……达利也有自己的极限点。"[1]对不了解他的局外人来说,达利是潜在的社会危害;对乔尼和波尼来说,达利就是英雄。他保护弱小的朋友,不惜牺牲自己,以挽救他们的生命。因此,当法官问波尼的大哥和二哥,达利是不是他们的朋友时,他们冒着兄弟分离的危险,斩钉截铁地承认达利是他们的朋友;波尼为哥哥们的回答感到自豪。尽管他也知道,法官可能因此让大哥失去对两位弟弟的监护权。

波尼的叙事,既讲述了自己对某些事情从无知到认知的转变过程,也表现了自己在某些场合展示出的洞察力,表明了他对自己认知过程的关注和监控,即元认知的发展。在贫民窟青年和"上流帮"青年决斗一场,"上流帮"一位代表先出来声明,这场决斗的规则是徒手决斗,不准使用器械。波尼的大哥达瑞领先站出来接受挑战;从"上流帮"中站出来的是他高中时代的好友保罗。高中时代达瑞是球队队长,保罗是中卫;而今,保罗已经是大学三年级学生。虽然达瑞面不改色,冷静地跟保罗打了招呼,两位弟弟却能够体会到保罗和哥哥此时的心情。波尼说,他感觉到保罗的目光中有蔑视、怜悯和仇恨,因为达瑞代表了他们讨厌的"油污帮"。而达瑞复杂的心情中一定还有嫉妒,他不得已放弃学业,成为蓝领,沦落为"油污帮"的一员,不得不与布罗姆利一帮地痞和谢泼德一帮臭名昭著的青年为伍。波尼说:"没有人意识到这一点,只有我和

---

① S. E. Hinton, *The Outsiders*, p.152.

苏达。谁也不在意这一点,除了我和苏达。"①心理学研究表明,人们的认知受到自己生活经历的影响,受到头脑中已有图式的制约。头脑中缺乏某种图式或相关认知结构的人,往往难以体察到某些现象。波尼和苏达能够产生这样的感受和认知,是因为只有他们最了解达瑞和保罗以前的关系,所以他们比其他人更能体会达瑞和保罗此时的心情。

　　人的认知发展是永无止境的,随着年龄的增长和经历的扩展而不断发展。即便是对身边的人,也有认知的欠缺,由此引发人们对头脑中已有图式的进一步修正和完善。波尼的叙事充分展示了这一点。他和达瑞一直以为苏达天性开朗,是人见人爱的乐天派,一直充当哥哥和弟弟之间的和事佬。直到有一次,苏达终于忍受不住了,哭诉他作为中间人的痛苦,达瑞和波尼才突然意识到他们对苏达的忽视,因为他们从来没有设身处地体会过苏达的难处。之前,达瑞嫉妒二弟跟波尼亲密无间;波尼嫉妒二哥跟大哥平起平坐。苏达告诉他们,他不担心他们之间有分歧,只害怕他们要他在两人之间做出取舍。他既不愿意让哥哥失望,又不愿意惹弟弟不满。他知道哥哥太认真,为了两个弟弟,牺牲了自己的远大前程,把上大学的梦想寄托在波尼身上,因此对波尼要求很高。然而,波尼却没有理解大哥的心思,常常让他失望。大哥听后很震撼;波尼也受到强烈震动,不仅因为他没有理解二哥的感受,还因为此时大哥的表情让他突然意识到,达瑞刚刚20岁,却肩负了成人的重担,他为自己没能体谅、理解大哥的关爱深感愧疚。达瑞和波尼对苏达产生的误解,归根结底还是"贴标签"式的认知模式所致。他们把苏达最优秀的品质看作是他的天性(personality),反而忽略了他的次级人格(subpersonalities),因而让苏达感到中间人的角色成为约束他的桎梏。正如心理学者古德指出:"对一个人总是以最突出的品质作为个性的参考,就会成为一种桎梏,会限制这个人的生存空间。"②从人物塑造的角度看,苏达的反应不仅让两个兄弟吃惊,也超出了读者的预料,给这个原本比较扁平的人物增加了许多丰满。福斯特认为:考察一个人物是否扁平,就看他能否以让人信服的方式让读者吃惊。如果他从头到尾

---

①　S. E. Hinton, *The Outsiders*, p.142.

②　尼尔森·古德:《贴标签》,尼尔森·古德、亚伯·阿可夫主编:《心理学与成长》,田文慧译,世界图书出版公司2009年版,第18页。

都没有让人惊讶,他就是个扁平人物;如果他让人惊讶的方式不能服人,那就只是貌似丰满。①

　　这次顿悟彻底把波尼从失去两位朋友的创伤中唤醒。在此之前,他因为两位朋友相继去世,深受打击。他不愿意承认乔尼已经死去,甚至把过失杀人的罪责包揽在自己身上,以为这样就能够挽留住乔尼,减轻丧友的痛苦。这种病态心理让他无法专心学习,成绩一路下滑。三兄弟开诚布公地谈心之后,波尼的责任感大幅提升,意识到自己必须提高学习成绩,毕业之后进大学,为自己、为大哥实现梦想。波尼通过叙述他的转变,让读者看到希望。这部主题沉重的小说,因此有了心灵的亮色和理想主义的光芒。

　　心理学认为:"具有元认知能力,就意味着儿童在认知活动中,不仅要关注认知活动所指向的客体,同时也要关注自身及正在从事的认知活动的过程。这就需要儿童能够既把自己视为认知活动的主体,又把自己视为认知活动的客体。"②《局外人》通过让波尼讲述自己的变化和不断获得的新发现,让人物的成长和认知发展有了合乎情理的依据。

　　从青少年认知心理的发展过程来审视文学经典的结构元素和人物塑造策略,有助于丰富和深化我们对青少年文学创作规律的认识。对于青少年文学来说,反映青少年的认知发展是必不可少的叙事要素。《局外人》中波尼在讲述自己及其同伴们的故事时,以生动的实例展现了自己从认知缺失、误差,到顿悟、反思,再到认知发展的整个过程。他的认知内涵深入到人的道德具有多面性、人的亲情具有不同的表现方式、贫富差距对一个人命运的影响、社会偏见产生的原因及其泛滥的后果等诸多方面。人物形象因为认知能力的变化和发展变得丰满、生动,而且也与心理学对认知的研究发现相符合,因而富有浓厚的真实感。美国经典青少年文学作品绝大多数出自成人作家,而辛顿的《局外人》出版时,她却还是大学一年级的学生。虽然她此后一直从事文学创作,但《局外人》仍然是她的作品中最负盛名的一部。青少年读者、社会工作者、文学界人士、教育界人士都高度评价这部作品的价值。尽管如大多数评论者

---

　　①　E.M Forster, *Aspects of the Novel*, Harmondsworth: Penguin, 1987, (Orig. published 1927), p.81.

　　②　陈英和:《认知发展心理学》,浙江人民出版社1996年版,第317页。

所指出的那样,无论从社会学角度还是青少年成长角度看,这部小说都具有明显的现实意义,但作为文学作品,它对人物认知发展过程的艺术呈现,以及认知发展对这部小说情节的贡献同样是值得称赞的。

第二节　《无神论者》中美国青少年的独立人格

皮特·霍特曼(Pete Hautman)的《无神论者》(Godless)荣获 2004 年度美国国家图书奖青少年文学奖。这部作品以第一人称视角和诙谐幽默、充满机智的语言,讲述了主人公杰森挑战父母笃信的传统宗教,带领伙伴们自创新的宗教,最后却以失败告终的故事。杰森自创宗教的经历,实际上反映了拥有创新思想的美国青少年渴望实现自己的独立人格而进行的探索。同时,小说也通过几个青少年自创宗教的失败过程,映射了当今世界上一些新兴的、存在类似问题的宗教组织,它们也极有可能像杰森创建的"十腿神教"一样,最终走向灭亡。

"独立人格"的概念在学界被广泛运用,但到目前为止尚无确切定义。大体上,它指人的独立性、自主性和创造性,要求人们既不依赖任何外在的精神权威,也不依附于任何现实的政治力量,在追求真理与参与政治活动中具有独立的判断能力和自主精神。它也可以被理解为"一种在生活中自立,精神上坚定自我理想,不为外界所左右,始终保持自我的独特性与意识的判断性(反思性),并不断将理想付诸实践的人格"①。

青少年时期是一个人独立人格形成的重要阶段。一方面,这个时期是个体认知发展的一个重要转折期,逐渐形成对自然世界、对自我、对人际关系和社会文化的认识。另一方面,青少年阶段也是个体社会角色和社会地位的转折期。青少年向成人角色的过渡导致个体责任心增强,表现出越来越多的独立性,并开始追求自由和创新。作为反映青少年群体生活和思想状况的载体之一,美国青少年文学担负着塑造和指导青少年独立人格成长的社会使命。

---

① 祝粲:《独立与自由独立——我国青年人'独立人格'影响因素初探》,《学理论》2011 年第 31 期,第 89—91 页。

《无神论者》生动地刻画了包括杰森、他的好友辛以及亨利等若干个14至16岁的青少年。杰森的朋友辛对自己感兴趣的事物容易痴迷。小说开头提到辛痴迷于蜗牛,他四处捕捉蜗牛,并在自家院子里建造蜗牛馆。后来他听信了杰森创建新宗教的主张,担任第一圣文维护者,每天十分认真地为新宗教编写圣文,他越来越相信水塔就是上帝,因为水是生命之源。亨利则代表了有暴力倾向,喜欢惹是生非和制造混乱的麻烦制造者。而主人公杰森是独立人格的正面代表,尽管他心智尚不健全,有时会率性而为,但他还是表现出独立人格所具有的自主性、独立性和创造性。

一、反对盲从,挑战权威

在美国,宗教教育是家庭和社区的重要活动。许多人从小就开始参与家庭和社区的宗教活动。杰森的父亲是位律师,也是一名极其虔诚的天主教徒。他要求全家人每个周末必须去社区教堂做弥撒。他想当然地认为儿子会承袭他的宗教信仰。然而,杰森是一个善于思考、比较理性的少年。他的内心充满了好奇,不喜欢受成规的限制与束缚,不愿意盲目服从父亲的宗教信仰。他对社区教堂的那套祈祷词和说教早已厌倦,对人们每次做完弥撒后必须排队等候免费圣饼也很不以为然。父亲强迫他参加在小镇教堂地下室举行的"青少年拓展培训"(Teen Power Outreach,TPO)。TPO是给社区青少年在宗教问题上进行"洗脑"的一个组织活动,每周四晚上举行,孩子们可以在此公开坦诚地讨论上帝和宗教问题。

在杰森看来,不管他们在TPO上讨论什么,平日从事二手车销售的Just AL总是把话题扯回到教堂如何伟大,或者干脆回避问题。因此,没多久杰森就对TPO以及天主教失去了兴趣。对于倾向理性的杰森来说,现有的宗教存在许多问题,譬如刻板、僵化、缺少说服力等等。既然现行的天主教无法激发他的兴趣,成人又不能就他的问题给予满意的回答,无法解开自己对宗教的种种困惑,杰森便产生了一个大胆的念头——寻找自己的上帝。

杰森把家乡圣·安德鲁山谷镇的水塔看作上帝,纯属一时的灵感。暑假的一天,他和辛在水塔周围寻找蜗牛,被蛮横无理的亨利打倒在地。在他的目光越过亨利时,他看到那座闪着银光、滴着水滴的水塔。此时,杰森突然灵光一闪,意识到这个水塔对小镇来说是多么重要。"这座水塔是镇上体积最大的东西了。水塔里的水通过水管连接到各家各户。水把所有人都连接在一起。它为我们的生命提供了保障。"[①]此时,杰森灵光乍现:水塔就是上帝! 于是,杰森决定以水塔为上帝,自创宗教。

显然,杰森对宗教信仰的疑问,实际上代表了许多年轻人曾经有过的困惑。然而,人们要么顺从,像他们的父母一样墨守成规,在从众心理的驱使下信奉了现有宗教;要么叛逆,放弃宗教信仰。然而,杰森既不愿意做循规蹈矩的顺从者,又不甘心彻底放弃宗教信仰。他选择了一条和别人不同的信仰之路——尝试建立自己的宗教。其实,与其说他真心希望建立一个新的宗教,不如说他希望以此彰显一种对现存秩序的反抗。他需要向自己,也要向身边的人们证明,他不愿意接受一种说服不了自己的宗教信仰。这是从独立战争以来美国社会一直倡导的独立人格的体现。

爱默生在《论自立》中写道:

> 我曾听说,一位牧师把自己教会的一项规章制度选作布道题目,但他绝不可能讲出什么新鲜自然的词儿来。尽管他可以对这项制度的存在依据夸夸其谈,他也决不会去照章办事,对此我还能不清楚吗?他肯定只会从一个方面,即教会允许的方面去看问题。他不会作为一个独立的个人去看问题,而是只会从教区的牧师角度去看问题。[②]

他还指出,"个性最能体现人的意志。墨守成规什么也说明不了","人必须自立"[③]。爱默生历来被看作塑造美国文化的思想先驱。他的思想因进入学校教材,影响了一代又一代的美国人。在《无神论者》中,杰森不满足于父亲和社区为他做出的宗教选择,意欲自创宗教,这一大胆举动和叛逆思想无疑契合了爱默生倡导的独立人格和个人主义核心价值观。当年,爱默生也是不满意"教

---

① Pete Hautman, *Godless*, New York:Simon Pulse, 2005,p.8.
② 爱默生:《爱默生随笔选》,黄立波编译,陕西人民出版社2005年版,第15页。
③ 爱默生:《爱默生随笔选》,第19—21页。

条神学"（dogmatic theology）①，才创建了超验主义哲学。

在现实生活中，美国青少年的独立人格通常体现在不依赖父母和兄弟姐妹，按照自己的思想行事，对事物有自己的独立思考，不盲目屈从于权威，包括父母、老师或社会机构等。而美国所提倡的"个人主义"是一种强调个人尊严，反对特权和盲从，推崇个人独立判断，不迷恋于教义教条，依靠自己的力量去实现个人福祉和理想的哲学思想。美国青少年受到这种强调个人自由发展、提倡个性的主流价值观的影响，喜欢用一种与众不同的、不受拘束的思维来观察和思考自己所处的环境，做出自己的判断和选择。杰森要摆脱在他看来是僵化、呆板而且难以自圆其说的宗教束缚，体现了他的独立人格和敢于挑战权威的个人主义价值观。美国国家图书奖从 2004 年众多青少年文学作品中选中这部小说，表明评审委员会肯定了杰森这一人物形象的正面价值，认为青少年读者可以从杰森身上，从这部小说中，获得一些关于独立人格的启发和思考。

二、独立思考，敢于创新

杰森是一个具有独立思考能力和创新精神的青少年。他尊奉水塔为上帝有他自己的逻辑推理："什么是生命的起源？——水。水来自哪里？——水塔。崇拜水塔和崇拜一个自从摩西以后就一直看不见、摸不着、无影无形的上帝，哪一个更有道理？"②他用一个自创的单词来命名自己的宗教"Chutengodianism"，又称"十腿神教"。十腿，就是指十根支撑水塔的巨型柱子。他还自封为"十腿神教"创立者和主教（Head Kahuna）。他邀请做事一丝不苟、持之以恒的辛为第一圣文维护者，温厚老实的丹为第一侍僧。虽然他知道亨利鲁莽粗暴，但为了壮大队伍，也为了利用亨利的特长，他登门拜访亨利，让亨利教他如何攀爬水塔，并许诺封他为第一牧师。他还动员自己一直暗恋的女生麦格达入教。就这样，小镇上的几个青少年怀着或探索或痴迷或好奇或从众或游戏的心态加入了这个新的自创宗教。杰森仿照其他宗教的清规戒律，和辛共同起

---

① Jean Ferguson Carr, "Ralph Waldo Emerson," in Paul Lauter et al. (eds.), *The Heath Anthology of American Literature*, Vol. 1, Lexington: D. C. Heath and Company, 1990, p.1468.

② Pete Hautman, *Godless*, P.19.

草了十诫,提议把周二定为安息日。眼看宗教队伍已经基本稳定,杰森提议下一个安息日半夜时分,所有成员爬上水塔做弥撒。结果,午夜弥撒最终演变成了一场不可收拾的"灾难"。这帮"教徒"除胆小的辛没有爬上水塔之外,竟然在亨利的诱惑下全部跳进储水舱里,神圣的弥撒变成了狂欢!结果亨利摔断了一条腿;杰森被关进监狱,后经父亲保释才免受牢狱之苦。他不仅因污染镇上的饮用水源而缴纳了一笔不菲的罚款,而且被处罚做社区服务 210 个小时;丹也被罚做社区义工;麦格达被罚在流浪者救护站洗碗盘。而辛则因为对水塔神的痴迷走火入魔,最后精神失常。

美国教育重视青少年独立意识的培养,父母亲往往给孩子表达自己想法的自由,很少干预他们在生活中的个人喜好。小说中,杰森的母亲极度关心杰森的身体状况,而对于他在想什么、干什么基本上听之任之。他的父亲则把他当作一个平等的个体看待,从不干涉他的选择。但是在宗教事件之后,杰森的父亲要求他阅读一些相关书籍,并要求他上交读书报告。以下是杰森上交读书报告时与父亲进行的对话:

　　父亲:你认为自己是无神论者吗?

　　杰森:我不确定。

　　父亲长时间地看着杰森,一言不发。然后,

　　父亲:我很抱歉听你这么说。

　　杰森:为什么?

　　父亲:因为那意味着你的前方有一条漫长的、孤独的路。

　　杰森:这是我的路。

　　父亲:你 15 岁了,你可以自己做出决定。我不会把任何东西强加给你。如果你不想去做礼拜,由你自己决定。TPO 聚会也由你自己选择。你可以崇拜水塔、树木、青蛙,任何东西。

　　杰森:你想说的要点是什么?

　　父亲:世界上有许多很好的宗教。你是个聪明的孩子,杰森。我知道你会最终发现你要寻找的东西的。①

---

① Pete Hautman, *Godless*, p.194.

从以上对话中,我们丝毫看不到多数中国家庭对子女犯错误之后的责骂和粗暴态度。相反,我们看到的是父亲的克制以及父子之间的平等交流。也许中国读者会想:这样的父亲是不是太没有权威了? 他是不是对杰森的成长没有提供应有的帮助? 而我们需要明白的是,在美国社会文化中,每个人都被看作拥有独立人格和意志的个体。多数美国父母在管教子女方面都会采取放手的态度,鼓励孩子们自己去探索,学会承担责任。小说作者霍特曼在一次访谈中提到:"父母的第一本能总是要保护孩子。这一点在儿童的早期是很重要的。但当青少年时期到来时,一切都变了。孩子必须学会承担更多成年人的责任。我认为杰森父亲在最后走了一大步,他鼓励杰森自己去寻找答案。在这一点上,他至少尽可能当好一个父亲。"①显然,杰森喜欢独立思考和敢于创新的精神,是与美国家庭教育的民主氛围分不开的。

三、勇于担当,树立责任心

作为"十腿神"宗教的创始人,杰森以一个 15 岁小青年少有的冷静和责任心承担此职。他的责任心首先体现在对成员负责。他对走火入魔的辛尤为关心。半夜弥撒时,亨利用手锯敲碎了水塔上的红色警示灯,锯开了水舱盖的挂锁,率先跳下水舱游泳。杰森向他大喊:"亨利,我们是来做午夜弥撒,不是来游泳的!"但亨利回答:"这是洗礼时间。"听到亨利这么说,麦格达和丹也跟着跳了下去。一秒钟前杰森还在想这是不是"太疯狂、太不成熟、太不负责任的危险行为",一秒钟后竟然也跟着跳了下去。杰森曾坦白说:"有时候我自己也对自己的行为大吃一惊。"②杰森的话反映出青少年时期人们常有的冲动性和不确定性。杰森本是有责任心的人,但在诱惑面前他还是投降了。也许,杰森认同了亨利的想法,把游泳看作"洗礼"仪式。只不过这次"洗礼"在亨利的影响下,变成了一场危险的游戏。

出事之后,杰森意识到自己的责任。父亲禁止他外出,但他还是趁母亲外出的机会,溜出去看望了在家养伤的亨利,还去了辛家。当看到辛为了克服恐

---

① James Blasingame, "Interview with Pete Hautman," *Journal of Adolescent & Adult Literacy*, Vol. 48(5), 2005, p.439.

② Pete Hautman, *Godless*, p.115.

高症，在自家屋顶练习爬高时，他很担心辛的生命安全和精神状况。他对辛说："亨利受伤了，麦格达和我被囚禁在家，丹可能在哪个地牢遭受折磨。这一切都不值得你再去尝试。"①

杰森反思自己的行为，彻夜难眠。凌晨时分，他想到辛，希望他没有问题。他责怪自己理应想到以辛的个性，他会对宗教一事太过痴迷。"这全是我的错。让辛加入CTG，就好比把一箱汽油交给一个纵火狂。"②在电光闪烁中，杰森看到塔顶上有个人影，于是他溜出家门，爬上水塔，发现此人果然是辛。杰森极力劝说辛下去，因为暴风雨已经来临，他们随时有遭受雷击的可能。然而此时，辛已经完全丧失理智，竟认为跳进水里即可避免雷击。在劝说无果后，杰森为了挽救一直浸泡在水里的辛，果断选择了报警。

午夜弥撒事件后，杰森、丹和麦格达都受到社区警局的惩罚。他们必须完成规定的社区服务时间，以此反思自己的错误，弥补他们污染水源、破坏公共财产的过错。这种惩罚体现了美国法律对未成年人的惩戒方式是以教育为主。美国著名哲学家、教育家约翰·杜威反对报应式的惩罚，指出一个民主国家理应自然地选择对社会有好处、具有道德教化作用的惩罚方式。"惩罚必须在增进违规者在今后对社会更加负责的道德教育方面发挥重要作用。"③所以，小说中的青少年被罚参加社区义务劳动，这种看似"从轻发落"的社会惩戒制度，其实蕴含着让青少年接受教育、吸取教训、培养责任心的深刻内涵。

小说突出了杰森敢作敢当的性格，这也是独立人格的体现。一个人享受了选择的自由，就必须承担选择的后果。杰森在关键时刻能够保持清醒，在遭受误解和责难的时候能够保持隐忍。他甘愿为自己的过错接受处罚，冒着酷暑在17号公路长满杂草的路肩上捡拾垃圾。虽然才劳动了一个小时他就感到很无聊，但他会坚持下去，因为他知道，"欠债总是要还的。我在还欠社会的债，210个小时的社区服务"④。

---

① Pete Hautman, *Godless*, p.152.

② Pete Hautman, *Godless*, p.172.

③ John Shook, "Dewey's Rejection of Retributivism and His Moral-Education Theory of Punishment," *Journal of Social Philosophy*, 2004（1），p.66.

④ Pete Hautman, *Godless*, p.185.

四、在失败中反思成长

杰森作为宗教事件的始作俑者,是不是也像大多数成长小说里的主人公那样,在经历了重大事件之后会产生人生的"顿悟"呢?小说作者没有走这个套路。杰森在半夜弥撒事件之后,并没有立刻认识到自己的过失与责任,对宗教的理解也没有因此而变得深刻。对于一个青少年来说,这似乎也符合他们对宗教这种深奥问题的认知水平。出事之后,他和父亲有一次长谈:

> 父亲:"你不会真的把水塔当作上帝,是不是?"
>
> "不会。"
>
> "那你为什么要这样做?你到底在想什么?你为什么劝说你的朋友们去崇拜一个没有生命的东西?"
>
> "为什么不呢?"杰森说,"这有什么不同吗?反正都不是真的。"
>
> "我不开玩笑,杰森。"
>
> "我也不开玩笑。怎么,这个国家没有宗教自由了吗?是什么让您如此确信您的上帝就是真实的呢?"
>
> 父亲用十分慎重的语气说:"杰森,我不想与你展开关于水塔崇拜的争论——"
>
> "忘掉水塔吧。是什么使天主教如此特别?佛教、印度教或者别的任何什么教。瞧,我承认爬水塔是个馊主意。我很抱歉。但这不会使CTG比您的宗教更愚蠢。"
>
> 父亲沉下下巴。"你在把崇拜水塔与一个有两千年历史的宗教相提并论。"
>
> "有什么不同呢?反正都是人编出来的。"[①]

这段对话表明,杰森并非真正相信自创的新宗教。他自创宗教的主因是成年人不能在宗教问题上给他令人信服的引导,所以他不愿意盲从父亲笃信的天主教。不过,从事件的结果看,创建宗教远非杰森这样的青年能够胜任。

---

① Pete Hautman, *Godless*, pp.144 – 145.

有评论者认为,杰森创建宗教是"满足他青少年时期心理需求的好方法——满足他能够被他人认可和接受、追求独立和浪漫的心理需求。他不过是把它(指宗教)看作一种社交俱乐部。他这样做,可以从行动鲁莽的、谜一般的少年亨利那里赢得尊重,能够引起他喜欢的女孩麦格达的注意"[①]。就杰森表现出的理性和责任心来看,说他把宗教纯粹看作一种社交俱乐部,不一定十分准确。但作为一个青少年,杰森尚不具有创建宗教的素质和管理才能。为了表达创建宗教绝非一件容易的事情,作者设计的后果是严重的,也就是说用生命为代价来警示读者,可能会有像辛一样的人对宗教走火入魔;也可能会有像亨利那样的人,为了寻求刺激和游戏将大家引入灾难,使得一次原本是探索性的反叛尝试沦为一场彻底的悲剧。

　　杰森是一个 15 岁的少年,对宗教和生活的认知不会一下子有飞跃式的提高。他的困惑和疑问还将继续存在。在最后一章,杰森看到亨利和麦格达在一起,顿时妒火中烧,言语中不无讥讽。亨利以迅雷不及掩耳之势用拐杖重击杰森的头部,杰森应声倒地,造成中度脑震荡,头皮缝了七针。杰森躺在医院里反思,他想到与辛最后一次见面时所说的话:"你要真正相信某个东西时,才会真正理解它。"[②]他甚至有点嫉妒辛,因为辛总是知道自己想要什么。他也嫉妒他的父亲。"我嫉妒他对天主教不可动摇的信念——他的信仰给了他力量和满足感。我嫉妒每一个有自己的宗教信仰的人。我嫉妒亨利和麦格达,他们相互信任。我甚至嫉妒丹,他认为我是一个危险的异教徒。"[③]小说结尾处进一步强化了杰森理性反思的个性:"我有 CTG,一个没有教堂、没有钱,只有一个成员的宗教。我有一个宗教,但我却没有信仰。"[④]

　　《无神论者》没有像多数青少年小说那样,安排"他们吸取了教训,所有人从此幸福地生活"的结局,但它"有着一个似乎合理的结局,不会突然解决所有人生活中的问题,即使是青少年生活中的问题"[⑤]。任何人的思想成熟都不

---

　　①　James Blasingame, "Reviews-*Godless*," *Journal of Adolescent & Adult Literacy*, Vol. 48 (5), 2005, p.441.

　　②　Pete Hautman, *Godless*, p.197.

　　③　Pete Hautman, *Godless*, p.198.

　　④　Pete Hautman, *Godless*, p.198.

　　⑤　James Blasingame, "Interview with Pete Hautma," p.441.

是一蹴而就的,更何况青少年的认知水平正处于逐步发展中。杰森的继续追问和思索,体现了他正行走在成长的道路上,他并没有因为这次事件的打击而放弃思考,沉沦颓废。

《无神论者》借助杰森探索宗教信仰本质的过程,质疑父亲和 Just AL 为代表的成年人在宗教信仰上表现出的盲从性,批评了成年人在宗教问题上对青少年的忽视。Just AL 以为青少年不会真正在意他们提出的那些宗教问题,只要让他们听话服从就可以了。杰森以创建新的宗教作为对成年人盲目信教并且要求青少年无条件效仿和服从的反抗。然而,成员们各自不同的心智和动机阻碍了他们实现共同的目标。在一次接受采访时,采访者问作者,小说中全身心投入新宗教的辛是不是代表了一类喜欢走极端的青少年思维习惯?霍特曼回答说:"一些青少年很善于把事情推向极端。当一个人百分之百地投身于一套理念时,他们从中得到某种兴奋和释放,诸如电脑游戏、哥特哲学(goth philosophy)、音乐、体育、宗教等等。就像一些青年将伊斯兰教原教旨主义推向极端一样。"①虽然霍特曼在小说中并没有倡导哪一种宗教,但他希望自己确实"提出了问题,而这些问题将会引起关于信仰的讨论和对话"②。

从《无神论者》可以看出,对于尚不成熟的青少年来说,获得独立人格常常意味着要走一条不同寻常的路,有时需要付出很高的代价。同时,小说也明示创建宗教绝非儿戏,青少年难以肩负起如此宏大的使命。《无神论者》着力刻画了杰森这一人物,表现了美国社会鼓励青少年积极进行批判性思考,并在这种思考中逐渐培养自己的独立人格和责任心。

第三节 对话与反思:《朋友》对青少年认知发展的艺术呈现

《朋友》的作者罗莎·盖尔是美国 20 世纪黑人文学运动的积极分子,曾担

---

① James Blasingame, "Interview with Pete Hautman," p.438.

② Kathy Ishizuka, "'Godless' Wins National Book Award," *School Library Journal*, 2005 (1), p.20.

任 1951 年成立的哈莱姆作家协会(the Harlem Writers' Guild)的首任主席。盖尔 1925 年出生于加勒比地区的特立尼达,1932 年随父母移民美国。在纽约哈莱姆地区的成长经历成为她日后文学创作的重要资源。她已出版十余部小说,深受青少年读者喜爱,先后获得科丽塔·斯科特·金文学奖(Coretta Scott King Award)①、美国图书馆协会最佳图书奖(American Library Association's Best Book Award)等奖项。《朋友》(*The Friends*,1973)是她的代表作之一,出版当年就被美国图书馆协会评为青少年最佳图书,多次入选美国百部青少年文学作品精选名单。

《朋友》是罗莎·盖尔根据自己的移民经历讲述的故事,具有很强的戏剧性,既有紧张的外在场面,又有激荡的内心情感。它以 20 世纪 60 年代为背景,讲述了一个名叫菲莉西亚·凯西的女孩从西印度群岛移民美国后,与家人、同学、朋友之间发生的一系列冲突和误解,通过对话和反思最终获得谅解与成长的故事。在经历了同学欺辱、街头骚乱、失去朋友、丧母之痛、与父亲冲突等一系列事件之后,主人公菲莉西亚开始反思自我:自己所谓的“友谊”不过是一种带有偏见,只有索取、没有给予的自私行为;她对父亲的误解致使父女关系十分紧张;她幼稚地将姐姐的体贴看作虚伪作态。在与家人和朋友的矛盾冲突中,她发现自己才是问题的源头和关键所在。

《朋友》对人物认知发展、心智成熟过程的艺术再现是该作品最大的看点,也是该小说对美国青少年文学创作艺术的最大贡献。它通过构建多层次、多角度的对话机制,来展示不同角度的思考、观点和感受,以及它们之间的碰撞,最终引导主人公走上认知发展的正确道路。《朋友》采用了主人公菲莉西亚的第一人称叙事,她自述的一系列生活故事通过一些重要的对话和反思串联起来,历事时的主观推断被对话和反思后的结论推翻,人物的认知发展过程通过前后认知对照得到生动体现。菲莉西亚的内视角提供了无数的悬念,她的内心独白、与分裂自我的对话展示了一个作为矛盾集合体的自我。反思叙事的外视角则引领叙事朝着一个主要的方向发展:一个敏感的少女在与家庭和社会的碰撞中感知自我,在自我认知的发展中成长起来。

---

① 该奖项主要授予为黑人青少年文学做出贡献的黑人作家及作品。

一、独白产生的认知局限

叙事是一种反思行为,所讲述的是已经发生的事情。《当代叙事学》作者华莱士·马丁说:"叙事是关于过去的。被讲述的最早的事件仅仅是由于后来的事件才具有自己的意义,并成为后事的前因。……知道一个结果,我们在时间中回溯它的原因;这一结果就是使我们去寻找原因的'原因'。"①但是,在《朋友》这部小说中,为了塑造一个成长中的人物形象,作者没有突出作为叙事者的外视角的反思,而是将作为亲历者的内视角前景化,突出行动和冲突过程激发的反思行为。作为叙事者的菲莉西亚已经知道自己的认知发展转折点,却不做交代,转而以体验和悬念的方式引导读者伴随作为经历者的菲莉西亚度过那段艰难的时光,体会她的情感起伏和认知发展。这个叙事策略在小说开头就表现出来:"她叫伊迪丝,我不喜欢她。"若以一种反思的方式创作,小说的开头可以是:"我的朋友叫伊迪丝。起初我一点也不喜欢她。"但反思叙事必然抹杀小说的重大悬念:菲莉西亚是否会接受伊迪丝这位执意送上门来的朋友呢?

小说前三章讲述了菲莉西亚在学校的困境。一天,她敏锐地意识到老师将她树立为榜样来奚落其他同学,她一定会因此遭殃。为了保护自己,她想利用唯一一位对她友好的同学伊迪丝。可是,那天伊迪丝却提前逃学了。菲莉西亚走出校门便被一群同学攻击,带着一脸伤痕哭着回到家。

心理学告诉我们,童年时期是自我中心和自我膨胀阶段,常常过于依赖自己的观点,因而不能对他人的动机、愿望和意图做出正确的判断;而且他们还经常认为自己知道的事情别人也必然会知道;倾向于在所有方面积极评价自己。②老师的表扬和菲莉西亚的一系列正确判断导致她过分相信自己,也误导读者相信她的叙述。只有当读者在小说的后半部分看到她的一系列推断被证明大错特错之后,才突然意识到菲莉西亚并不是一位可靠的叙述者。她的很多叙述其实都只是她个人的猜度和臆想,而她思考问题的角度从来都是以自我为中心的。她对家人,尤其是对父亲的认识,也暴露出小孩子的自我中心意

---

① 华莱士·马丁:《当代叙事学》,伍晓明译,北京大学出版社2005年版,第65页。

② 大卫·谢弗:《发展心理学》,邹泓等译,中国轻工业出版社2005年版,第252页。

识。她认为自己在外受到欺负，理应成为大家关注的焦点，所以当大家的注意力从她身上转向姐姐露比时，她感到十分委屈，在心里怨恨父亲把她们从温馨的家园带到纽约这座陌生、冷漠，充满威胁和暴力的城市。父亲在亲戚朋友面前说大女儿露比比小女儿漂亮，尽管那是父亲酒后的自我炫耀，而且也暗含对大女儿的担心，但敏感的菲莉西亚对父亲更加不满。她心想："他们的骄傲是露比，栗色的肤色，浓密的头发，无论在哪里，她都成为话题……没有人嘲笑露比，人们不太会嘲笑相貌姣好的人。"①独白是一种单向的言说，菲莉西亚对自己这样说，即她"心想"，但她并没有讲出来，父母自然也没有机会澄清她的误会。

独白将一个人局限在有限的自我中，将自己的观点看作唯一正确的，没有意识到自己可能是错的，因此独白者没有在心理上为对话留下一个空间。"独白是唯我论的一种形式。"②以自我为中心的菲莉西亚虽然敏感，善于观察，却因缺乏朋友，加上受到父亲威权的压制，常常处在内心独白之中。伊迪丝闯入她的生活，才让她有了对比和参照，逐渐认识到自己是怎样一个人。在与伊迪丝初期的对话中，菲莉西亚开始意识到自己的判断并非都是正确的。例如，她在上学路上碰到伊迪丝，伊迪丝主动询问前一天她被同学欺负的事。菲莉西亚一看见伊迪丝破烂的袜子就不想搭理她，只是为了打发她离开才回答了提问，她说班上所有同学都讨厌她。伊迪丝说："不是啊，我就喜欢你啊。"③菲莉西亚又说："他们不喜欢我说话的方式。"伊迪丝说："什么？我觉得你讲话方式很可爱呀。"听了伊迪丝的赞美，菲莉西亚很感动。伊迪丝还自告奋勇地说要保护她。菲莉西亚对此将信将疑。上课铃响后，伊迪丝勇敢地走到教室前面，对全班同学大声说菲莉西亚是她的朋友，还说"谁打她，就是打我。无论我在不在这里都一样，无论我早来晚来都一样"④。接下来发生的事情再一次出乎菲莉西亚的意料，坐在她后面的一位曾经骚扰过她的女生主动向她示好，

① Rosa Guy, *The Friends*, New York, Chicago, San Francisco: Holt, Rinehart and Winston, 1973. p.27.
② 罗宾·麦考伦：《青少年小说中的身份认同观念：对话主义构建主体性》，李英译，安徽少年儿童出版社2010年版，第13页。
③ Rosa Guy, *The Friends*, p.37.
④ Rosa Guy, *The Friends*, p.40.

一位曾经扬言要再教训她的女孩流露出一副战败的神色,许多同学都向她投来和解的微笑。

有学者这样论述独白的本质:"当我们忽视或者不能向他人敞开心扉时,独白就出现了。在交流过程中,当一方不认同对方观点的正当性时,交流就变成了独白。"[1]在菲莉西亚与伊迪丝的交往中,起初她自以为高人一等,没有把伊迪丝当作平等的主体,也没有将她们的交往看作双向的互利和互动,伊迪丝只不过是她可以利用的客体,所以她审时度势的姿态几乎是独白的,观察视角也很单一。她将伊迪丝外表的穷酸样作为度量她人品的尺度,所以骨子里看不起她。随着与伊迪丝交往的深入,看到伊迪丝尽心尽力照看弟弟妹妹,不仅关照她这位朋友,还在一次街头骚乱中冒着风险拯救了她的生命,她开始被感动,看到伊迪丝褴褛衣衫下内心的强大,她与伊迪丝之间平等的对话越来越多了。

有学者说,"对话"的任务是理解,"独白"则是试图去说服对象,用主体的语言来规范对象。[2]当菲莉西亚以平等对话的姿态跟伊迪丝交往时,她开始理解伊迪丝为什么表现得强悍,什么都敢做,因为她是弟妹们的主心骨和看护人;也开始理解伊迪丝为什么羡慕她,因为她家境好,成绩好,穿着又体面。而在这之前,当她用独白的姿态去看待伊迪丝时,伊迪丝被她描述为一位隔着过道坐在她旁边,努力想要跟她交朋友的女孩,从衣服到鞋子没有一样不显寒碜。

独白式的思维方式与青少年自我中心的思维方式有一个共同特点,就是潜意识里缺乏苏格拉底的"自知自己无知"这一对话起点。因此,即便是在"倾听",也是将他人的"言外之意"框进自己的预置结论里。菲莉西亚虽然听到了而且记住了父亲说过的种种关于做生意的话,但却发生了理解偏差,同样在场的姐姐却能够正确理解父亲的谈话。原因在于菲莉西亚一厢情愿地将父亲的话着上自己愿望的色彩,用自己的想象去"规范"父亲说话的意图,因此她以为父亲是一位成功人士,很富有;父亲不喜欢她,因为她不漂亮。姐姐露比的倾听和观察能力都超过了她。露比早就知道她们的母亲重病缠身,所以

---

[1] Kaustuv Roy and Raji Swaminathan, "School Relations: Moving from Monologue to Dialogue," *High School Journal* (Apl/May) 2002, p.41.

[2] 周宁:《"独白的"心理学与"对话的"心理学》,《西北师大学报》2002年第6期,第122页。

十分懂事,经常帮母亲做家务。菲莉西亚有时看见露比帮母亲梳头,有时看见她在母亲床边帮忙,带着忧郁的眼光看着她。一天,她突然意识到母亲健康可能出了问题。当她有了这个猜疑之后,她才把以前的所见所闻联系起来。这个发现令她十分震惊。

小说将菲莉西亚对自己幼稚、自私一面的认识,通过这类突然的醒悟展示出来。通过她的讲述可以看到,独白不仅仅是一种话语,还是看待事物的视角,对待他人的态度。当人们用一种独白的视角和态度看待问题时,其思维定式和话语必然是以自我为中心的,其视野也必然是有局限的。

二、对话与认知发展的关系

早在古希腊,人们就认识到对话的重要性。对话是当时学者们的一种思维方式、论证方式、研讨方式和沟通方式。对话双方是平等的、自由的,彼此相互尊重,目的是为了探求真理,接近真理。"苏格拉底对话"对欧洲的对话文化和文学艺术产生了深远的影响。"苏格拉底在对话起点上从一开始就要求人们'自知自己无知',意识到自我的出发点是可错的,对话的目的不是用自己坚定持有的最终观点去征服对方,而是抱着一种倾听的态度,耐心地融入一种完全开放的对话过程。这种开放过程没有任何前定的结论被预置。"①对话以彼此启发、互为促进为目的,不是一方征服另一方。

面对复杂的社会,个人的视角是极其有限的。对话让人们看到从其他角度看到的世界,看到从自己的角度看不见的事物和事物的其他方面。另外,缺少了对话,对他人行为和意图的把握难免出现偏差。即便是自我认识也需要他人这面镜子。巴赫金曾说:"单一的声音什么也解决不了,两个声音是生活的最小值,是存在的最小值。只有通过描写一个人与另一个人的交流才能描写他的内在精神,只有在他们的交流中他的内在自我才会显露在他人面前,显露在自己面前。"②

---

① 高秉江:《苏格拉底对话法与理性的批判性》,《长春市委党校学报》2009 年第 3 期,第 25 页。

② Mikhail Bakhtin, *Problems of Dostoevsky's Poetics*,(8th Printing), Trans. Caryl Emerson, Minneapolis:University of Minnesota Press, 1999,p.115.

《朋友》通过不同形式的对话,让菲莉西亚意识到自己先前独白式的认知方式存在缺陷。对话与实践一样成为检验菲莉西亚的猜度和判断正确与否的有效方式。从这个角度看,对话被提升到语言哲学的高度。当缺乏对话机制时,主观判断正确与否就无从认证。例如,在得知菲莉西亚的母亲身体不好后,伊迪丝买了一束玫瑰让菲莉西亚带回去。母亲听说是她唯一的朋友送的,非常希望能够见她一面。可菲莉西亚立马猜度这是不是圈套?看到她跟一位衣衫褴褛的女孩交往,母亲会不会阻止她们交往?转念一想,她又开始自省是不是自己多疑了。自己不好意思带一位穷孩子进门。后来,当她真的带伊迪丝来看望母亲时,真相立刻明了:母亲和姐姐都热情地跟伊迪丝聊天。菲莉西亚叙述道:"我知道我应该高兴才是,但我却高兴不起来,仿佛我是唯一一个注意到伊迪丝衣衫褴褛的人。"①

在独白式思维惯性主导下,菲莉西亚眼见的一切、听到的一切都被自己偏颇的意识过滤。她觉得姐姐和伊迪丝之间的寒暄特别虚伪做作,尤其是听到姐姐说,她曾经看到菲莉西亚和伊迪丝一家在中央公园里玩时,菲莉西亚觉得姐姐早就知道了自己的秘密,却故意不说,因此十分生气。伊迪丝对露比说,要是她过来跟她的弟妹们打个招呼,他们一定会喜欢她的,因为他们都十分羡慕菲莉西亚的美貌。露比取笑地说,菲莉西亚上高中后,开始变得漂亮了,几年前还是赤脚在姑姑院子里乱跑的小孩。听到这里,菲莉西亚的自尊心很受伤害,她生气地斥责姐姐一派胡言,还气冲冲地说,露比接下来是不是会说她很穷,衣服破旧,袜子有洞,是没人管教的孤儿。虽然话是冲着姐姐爆发的,但这番话描述的内容却是伊迪丝的生活状态。她立刻感受到伊迪丝的情绪波动,心里想停下来,嘴上却打不住。姐姐说:"我们是很穷,尽管你讲的其他事情我不清楚。我晓得我们的鞋子之所以没有洞,是姑姑不让我们放学后穿鞋。我们就是赤脚、赤脚、赤脚。"②菲莉西亚狠狠地扇了姐姐一耳光。姐妹俩扭打起来,被进门的父亲撞上。父亲不仅因为两个女儿在生病的母亲面前打架而生气,还因为看见一个穷孩子在家而不悦。露比想要保护伊迪丝,却被父亲严厉打断,他要伊迪丝马上出去,还说了十分难听的话。一次原本愉快的聚

---

① Rosa Guy, *The Friends*, p.112.
② Rosa Guy, *The Friends*, p.115.

会不欢而散。母亲对小女儿和丈夫的表现十分失望,晚饭时也不让露比去叫菲莉西亚。母亲给了她足够的时间反思,然后才找她谈话,希望她真心悔过,改变自己。这次会面清楚地将一家四口对贫穷的不同态度展现出来。

这次冲突其实反映了菲莉西亚的身份冲突:作为伊迪丝的朋友,她已经习惯了单独与伊迪丝及其家人在一起。可当她将伊迪丝带回家时,作为卡西家的成员和作为伊迪丝的朋友两种身份发生了冲突,以至于她一时间不知道该如何协调这两种身份。作为卡西家的一员,她以为应该是体面的、富有的、有尊严的,而在她看来,伊迪丝不具有这些特质。她只是从外表来定义一个人的体面、富有和尊严,并不懂得伊迪丝虽然外表不具有这些条件,但内心却比她更为富有。她的母亲和姐姐懂得要透过外表看内心,所以她们愿意通过交谈来了解伊迪丝。这次经历让菲莉西亚对自己的表现感到吃惊。作为伊迪丝的朋友,她知道自己说出来的话很势利、很伤人;作为卡西家的女儿,她深受父亲的影响,忍不住要说出对贫穷的蔑视和厌恶。由此可见,作者通过这一事件来表现青少年成长过程中需要学习的一项技能:当不同身份在同一场合出现时,需要在对话和交际活动中协调不同的身份。

作者对菲莉西亚不由自主的冲动行为的刻画,反映了成长过程中情感与理智的对话。心理学家戈尔曼在《情商》一书中专门分析过言行不一的问题,他指出:"我们每个人不但有一个情感的大脑,还有一个理智的大脑。前者用来感觉,后者用来思考,它们共同构建了我们的心理生活。理性心理具有清醒的意识,会思索和反思;情绪心理则冲动、有力,有时没有逻辑可言。"[1]文学评论家也注意到小说人物对话时的内在矛盾,兰姆说:"他们说话时,也许会意识到自己的窘困,别人的举动或许会促使他们改变初衷,他们也许会越说越糊涂,最后甚至说出前后自相矛盾的话来,乃至希望能够收回说出口的话。"[2]《朋友》的主人公菲莉西亚声称,她心里知道不该说这些话,但嘴却停不下来,表明她在言说过程中是有清晰的自我感知的。对话让她发现了真实的自我,

---

① 丹尼尔·戈尔曼:《情商:为什么情商比智商更重要》,杨春晓译,中信出版社 2010 年版,第 9 页。

② Robert Paul Lamb, "Hemingway and the Creation of Twentieth-Century Dialogue," *Twentieth Century Literature*, Vol. 42 (4), 1996, p.455.

还意识到了自我的分裂。因此,对话不仅仅是交流信息的工具,也是自我发现和自我揭示的有效途径。从菲莉西亚身上,我们看到自我有时是一个完整的统一体,有时又是一个矛盾的集合体。

自我发现是成长的重要内涵,《朋友》让菲莉西亚在与他人的对话中获得进一步的自我认知。她跟表兄弗兰克和查理先生的一场对话让她认识到了自己幼稚的思维方式:

> 查理先生温和地说:"……听露比讲,他(指父亲卡尔文)已经在改进了,没有时不时地监视你们了……"
> "有什么区别吗? 我们还是哪里都不能去。"
> "你刚才不就出去了吗?"
> "那是未经允许,我自己走的。"我辩解说。
> "我们不能想去哪里就去哪里吧。"弗兰克表兄说,"这个城市很大,有时还很可怕。即便在岛上,你也不能想走就走呀。"[1]

两位成年人理智的对话,让菲莉西亚意识到自己的问题,但她还是把责怪的目光投向搬来这两位救兵的露比。查理和弗兰克意识到姐妹俩问题的严重性,决定一起去卡尔文的餐馆,当面解决他们父女之间的矛盾。父亲的餐馆与菲莉西亚想象中的模样相去甚远,不但没有穿着统一制服的工作人员,在两个忙碌穿梭的服务员中,父亲就是其中之一,汗水浸湿了他的衬衣。菲莉西亚说:"一想到'他的餐馆',我都要羞愧死了。"[2]作者在此刻运用一个"声音"来制造了一场分裂自我的对话:

> "告诉我,菲莉西亚,你为什么感到羞愧死了?"
> "你知道为什么。"我说,"爸爸是个大骗子。"
> 声音:"什么? 菲莉西亚,你为什么这么说?"
> 我:"你记得吧——肯定记得他曾经说'……我目前运气不太好……

---

① Rosa Guy, *The Friends*, p.181.
② Rosa Guy, *The Friends*, p.186.

那些衣衫褴褛的人还那么挑剔……'原来他就是在说穷人呀。他是在赚穷人的钱,还有醉鬼的钱。"①

在与"声音"的对话中,菲莉西亚意识到父亲并没有明确说过自己在开一家大餐馆。菲莉西亚对自己的认知错误十分惊讶,还专门跟姐姐谈起这件事情,希望得到求证。姐姐却说,她认为父亲一直都在说他的顾客很穷,并没有夸大其词。菲莉西亚开始反思,她把父亲曾经说过的话再仔细拼凑起来,才意识到,父亲只不过是一个夸夸其谈、沉溺于梦想的人,而她却把他的梦想当作现实。菲莉西亚反思道:"原来是我带着自己的意愿在看待事物,我希望自己是一个不快乐的公主,跟一个暴君似的国王一起生活。我希望自己是一个大餐馆老板的女儿。也许是学校的同学对我不好,所以我希望自己很富有、奢华,拥有高人一等的优越感,比伊迪丝等人高一等。卡尔文从来没有欺骗过我,是我在自欺欺人。"②由此可见,菲莉西亚此时的内心独白因其反思的叙事特征也具有了内在的对话性。对话帮助她获得了新的自我认知。

对话还让菲莉西亚认识到,每个人其实都是具有个人特质的主体。她在逐步意识到自我主体性的过程中,也体会到了其他人的主体性。这一点也是苏格拉底对话的基本要求,即承认对话各方的主体性。每个人的个体经历和社会生活造就了他们的个性、个性化交际话语和独特视角。小说通过多层次的对话,让菲莉西亚认识到这一点。之前,她对父亲的夸夸其谈信以为真,将姐姐的体贴式对话看作虚伪的表现,将关心她的表兄和查理先生看作父亲派来的探子。后来,通过多次观察姐姐的行动和对话,她认识到姐姐具有较高的移情能力,能够从别人的角度审时度势;在她自己故意挑战父亲制定的家规时,善良、懂事的姐姐十分担忧,扮演起调停人的角色。而她的朋友伊迪丝因为家境贫寒变得少年老成,懂得察言观色、讨人欢心,不计较朋友的过失。反而是她自己幼稚自私,还把自以为是当作率直,把别人的体贴看作虚伪、软弱。当她认识到这些之后,菲莉西亚的认知发展获得了质的飞跃。

从小说结尾她与父亲的对话中可以看出,她的认知出发点变得多元化,不

---

① Rosa Guy, *The Friends*, p.187.
② Rosa Guy, *The Friends*, p.190.

再总是以自我为中心,而是能够将关注点扩散到对话者一方和其他人身上。她向父亲认错,并告诉他,自己已经 16 岁,懂得承担责任了,既然答应了伊迪丝要定期去孤儿院看望她,就一定要做到。她还告诉父亲,由于以前很怕他,不敢将伊迪丝的困难告诉家人,致使伊迪丝独自面对生病的小妹妹。妹妹去世后,她和几个未成年的弟妹被送进孤儿院。也是因为父亲不给她对话的机会,致使她一直以为父亲开了一家很大的餐馆,还以此为骄傲的资本。得知父亲的主要顾客不过是伊迪丝这样的底层民众,赚取的都是他们的血汗钱时,菲莉西亚更加觉得自己太浅薄。与父亲的对话也让她进一步了解到父亲的生活压力。父亲说:"我是一个勤奋的人,从早干到晚来养活你们,同时还要操心你们在哪里,一天到晚在干什么。我也受不了了。纽约很大,大得让我操心不过来。"①不过,当父亲听到她的道歉和诚恳的解释之后,放弃了送她们回西印度群岛的念头。父女俩的冲突在小说最后以对话的方式得到化解,而之前的各种冲突,矛盾叠加,成为推动故事走向高潮的情节链。

《朋友》突出了对话、交流对青少年认知发展的促进作用。作为一个新移民,菲莉西亚通过与伊迪丝的对话和交往,还增进了对美国文化的认知。比如,伊迪丝让她了解了美国的收养法。当她父亲失踪后,她没有向社会福利机构求助是害怕弟妹们被不同人家领养,从而造成兄弟姐妹流离失散。哥哥和妹妹去世后,她不得不接受救助,连自己也进了孤儿院。伊迪丝对家人的关爱和责任感深深打动了菲莉西亚。因此,才有了她后来的决心:一定要信守承诺,定期去孤儿院看望这位朋友。

反思叙事将零散的生活经历加以筛选和组织,所提炼的主题和相关细节传达出叙事的价值取向。以《朋友》命名该小说,并选取青少年时期的一段经历作为主要的故事情节,无疑是要表达青少年时期尤其是困难时期友谊的重要性。伊迪丝对菲莉西亚的友爱,帮助她度过了青春岁月最艰难的转折期,帮助她摆脱了狭隘的自我中心思维惯性,使她的自我认知、社会认知、情感认知、道德认知达到了新的高度,第一次产生了超越自我的责任感。这种发自内心的责任感还促使她第一次跟父亲有了坦诚的沟通,父女之间的隔阂第一次被打破。因此,伊迪丝作为朋友无疑是菲莉西亚人生中最难忘、最重要的人,

---

① Rosa Guy, *The Friends*, p.201.

是影响了她价值观塑造和主体性定位的人。

认知是一个不断发展的开放过程。对话是新信息的重要来源,因此也是认知发展的重要推动力。根据皮亚杰提出的"平衡""同化""顺应""重组"理论,[①]当外部信息与原来的认知一致时,则产生"平衡";人们会根据已有认知来解释新经验和外部信息,从而接受新信息,实现"同化";当已有认知很难理解新信息时,人们则会改变已有的认知图式,去"顺应"新信息,然后将其"重组"为新的更为综合的认知图式。通过新信息的输入,认知才不断经历平衡、同化、顺应、重组的过程,实现螺旋式的上升和发展。对话是新信息的重要来源,与朋友的交往为青少年成长提供了新的经验。《朋友》通过描写菲莉西亚和伊迪丝等人的交往、多层次的对话和验证性事件,来呈现她的反思行为,从而认识到内心独白与生活真实之间的差异、主观推测与客观事实之间的区别。在多维度对话提供的新信息、新发现中,主人公的认知和移情能力得到不断提升和完善。

---

① 大卫·谢弗:《发展心理学》,第236—237页。

第六章　当代青少年文学的叙事艺术

　　青少年文学的主人公是青少年，作者会从人物的语言和语气、看待事物的角度和眼光、行为方式等方面去构建这一年龄段的人物形象。他们有自己的词汇、表达方式和情调体系。青少年话语在一些当代小说中不仅仅为刻画真实可信的人物服务，还展现了意识形态的运作，揭示了身份、地位、权利、财富、性别与话语的关系。《局外人》就是一部很有代表性的小说，主人公刻意模仿某种话语来表达身份认同。另一部小说《中国男孩》中丁改的话语也是其身份的表征。丁改的白人继母以极端的方式逼迫他改变话语，切断他与中国文化的联系，企图以此塑造一个真正的美国人，结果让丁改身心均受重创。而Y.M.C.A.（基督教青年联合会）的教练则通过拳击训练增强丁改的体能、提高丁改应对挑战的能力和自信心，来帮助他适应美国社会。

　　青少年小说跟成人文学相比内容浅显，简单易读。为了提高小说的吸引力，作家们使出浑身解数，在叙事技巧上下功夫，从而使得青少年文学的叙事艺术有了不断创新的动力。本章聚焦几部在叙事话语和叙事艺术上具有代表性的青少年小说，论述它们各自独特的艺术魅力。《百舌鸟》通过与文学史上的名篇名著互文来扩展它的容量，让读者在互文联想、情感延伸中增强移情能力和对自闭症患儿的理解。《克里斯蒂》的阅读难度介于青少年文学和成人文学之间，是一部冲突不断、悬念丛生的小说。它向世人证明，一部充满道德说教的小说通过叙事艺术的创新也能成为一部畅销书。本章将《孤独的蓝鸟》作为一部典型的"问题小说"，论述了这类小说的程式化写作方式，以及这种写作方式在构建"理想读者"时发挥的作用。

第一节　《局外人》中的青少年话语及其隐喻

　　《局外人》是当代美国青少年文学作家苏珊·辛顿的处女作。创作这部小说时,辛顿还只是俄克拉荷马州 16 岁的高中生。她深受学校两个学生派系的困扰,有感而发,创作了这部反映青少年生活的小说。1967 年,在她上大学一年级时,该小说由维京出版社出版,获得美国社会和学界的关注和好评。此后,该小说不断再版,1983 年被拍成电影。时至今日,它仍被奉为美国青少年文学的经典作品。

　　在美国,由青少年作者创作并广受好评的文学作品并不多,绝大多数优秀的青少年小说都出自经验丰富的成年作家。因此,辛顿的这部小说格外引人注目。一位从事青少年犯罪问题研究的美国学者道出了这部小说的社会影响。她在文章中承认,自己事业的源头归功于少年时代阅读过的《局外人》,正是这部小说让她产生了对青少年犯罪现象的研究兴趣。①进入大学之后,她开始从事社会学研究,并思考社会环境以哪些方式影响了人们的选择,改变了人们的生活。在辛顿众多头衔中,"青少年的代言人"是最引人注目的一个。在美国图书馆协会和学校图书馆杂志首次颁发玛格丽特·爱德华兹奖时,辛顿荣获首届奖项。这个奖项 1988 年设立,每年只授予一位作家,其获奖作品必须对"青少年文学做出了深远而持久的贡献"②。

　　《局外人》的成功可以归纳为三个要素:第一,以亲历者的身份揭示了青少年生活中具有普遍性的问题;第二,把青少年问题与社会偏见和公平正义结合在一起,以小见大;第三,语言表达独树一帜,生动形象的青少年话语和俚语随处可见,是研究青少年话语的活化石。

　　《局外人》的叙事者是 14 岁男孩波尼。由于父母在一次交通事故中身亡,波尼和两位哥哥沦为贫民。大哥达瑞放弃进大学的机会,挑起生活重担;二哥

---

　　① Michelle Inderbitzin, "Outsiders and Justice Consciousness," *Contemporary Justice Review*, Vol. 6 (4), 2003.

　　② 青少年图书服务协会网站 http://www.ala.org/yalsa/edwards。

苏达也打零工,补贴家用。小弟波尼不负众望,成绩优异。不幸的是,在他们周围有两个青少年派系——由富家子弟组成的"上流帮"和贫民子弟组成的"油污帮"。尽管不少青少年讨厌卷入帮派活动,但如果脱离帮派的保护,独自出门时就可能遭受袭击,所以大家不得不接受自己的身份定位。家境贫寒的人自然成为"油污帮"的一员,富家子弟自然认同"上流帮"。两个派系中总是有些成员喜欢惹是生非,挑起事端,而帮派中弱小的青少年常常成为暴力的受害者。波尼依据自己的亲身经历和切身体会,讲述了他对青少年问题的反思。《局外人》反映的是不同社会阶层青少年之间的冲突,涉及暴力、犯罪等阴暗面。但从本质上看,它的意图是引导青少年读者追求纯真,培养英雄气概,建立自己的理想乐园。国外学者戴利指出:"这部小说传达的真正信息是其坚定的理想。它之所以如此拨动年轻读者的心弦,正是因为它捕捉到了那一时代的理想主义情怀。"①

一、《局外人》的青少年话语特征

学界对"话语"的定义有多种。一个较为普遍的定义是把话语和思维方式联系在一起,认为一种具有类属特征的话语是对某种类型思维方式的反映,如各行各业多少都拥有一些标示其独特性的话语,不同阶层、不同性别也有标记自身特色的话语方式。因此,常常有人对媒体话语、男性话语、女性话语、政治话语、广告话语等进行分析。海顿·怀特认为,话语是表现性的,但表现的方式却很复杂,它的作用是以交际的形式对经验做出表现。在人们把所体验的现象转换为可被理解的表达模式过程中,话语起到了中介作用。组建叙事的过程其实就是认知的主要模式。②因此,一种独特的话语构成了一种可供分析的话语类别,反映了某种独特的认知模式。

巴赫金针对文学作品中的话语评价说,小说中的说话人或多或少总是个思想家,他的话语是思想的载体。他说:"一种特别的小说语言,总意味着一

---

①　Jay Daly, *Presenting S. E. Hinton*, Boston: Twayne Publishers, 1989,p.16.

②　Marshall Grossman, "Hayden White and Literary Criticism: The Tropology of Discourse," *Papers on Language and Literature*, Vol. 17 (4), Fall 1981, pp.435 – 436.

种观察世界的特别视角,希冀获得社会意义的视角。正因为是思想的载体,话语在小说中才能成为被描绘的对象。"①

揭示《局外人》中青少年话语承载的信息,有助于我们掌握"文以载道"的实现途径。《局外人》中的青少年话语,在内容和形式上都具有鲜明的个性,浓厚的时代性、区域性和青少年亚文化性,因此是一种值得分析的话语类别。其突出特征是大量形象化的措辞、俚语、违背语法的句式、俏皮的组合词和词性的灵活改变。它是青少年认知特征和生存体验的折射。

从修辞层面来看,《局外人》中的青少年话语生动、形象,明喻、暗喻比比皆是,例如:"我明白当时我的脸色会是多么苍白,我的身子像风中摇曳的树叶一样抖个不停。"②"他们个个强硬如铁钉。"(p. 9)"苏达吸引女孩们就像蜂蜜吸引苍蝇一样自然。"(p. 9)"乔尼对达拉斯踩踏过的地面都会顶礼膜拜。"(p. 25)达利告诉波尼和乔尼躲在教堂里不要现身时说:"不要把鼻子探到门外来。"(p. 61)

换喻是青少年喜爱的一种修辞方式,也是青少年一种常见的思维方式。换喻是用与本体事物有密切联系的另一类事物来指代本体事物,在指称一事物时实际上却在指称另外一件相关事物。在小说的开篇,主人公波尼就说:"那时,我只希望我看上去像保罗·纽曼一样潇洒——他外表强悍,但我不是——不过本人以为我的模样也不算差呀。"(p. 1)保罗·纽曼是美国著名的影星、制片人、职业赛车手、企业家、慈善家,波尼希望自己像纽曼,表明他认同纽曼式的人物。这种认同是青少年自我规划的基础。对于成长中的年轻人来说,认同某些人物,并以他们为生活和行动的榜样,是一种普遍现象,也是成长之必须。它的深远意义在于,被认同者是被认同价值观的具象参照,是抽象观念的具体呈现。

从话语表层看,波尼崇拜的是保罗·纽曼这位名人;从深层次看,他欣赏的是纽曼具有的品质:成功、慈善、受人尊崇、一表人才等。这种对人物表示认同的话语,折射出一种典型的青少年常有的思维方式,即把复杂抽象的理念

---

①　巴赫金:《小说理论》,白春仁、晓河译,河北教育出版社1998年版,第119页。
②　S.E.Hinton, *The Outsiders*. Puffin Books, 1997, p.8. 小说引文均出自同一版本,后面将直接在文中标注页码。

具象化。再如,波尼和乔尼多次提到欣赏落日美景,并以此来换喻他们两人追求美好的梦想。乔尼去世前写信给波尼,鼓励他不要忘记他们的追求,并且希望波尼能够陪同爱护他们的达利看一次落日,还请他转告达利,世上有很多美好的、值得留念的东西。这种以具象代抽象的换喻思维符合青少年的认知习惯。

在措辞层面,青少年话语的生动活泼跃然纸上,而且十分贴切。例如以下英文中的画线部分:

I had never been jumped. (之前,我还从来没有被偷袭过。)(p. 4)

I have a good build. (我体型不赖。)(p. 4)

Darry stared at him for a second, then cracked a grin. (达瑞盯了他一眼,突然咧嘴笑了。)(p. 9)

Soda was glaring at him. (苏达两眼射出怒火,盯着他。)(p. 13)

Jonny was scared of his own shadow after that. (从那以后,乔尼连自己的影子都怕。)(p. 4)

波尼介绍二哥苏达时,说他"从来不看书"(never cracks a book at all)(p. 2)。"crack"往往用于砸开坚果之类。苏达生活在贫民窟,还经常受到富家子弟骚扰,尚未成年就要打工挣钱,当然难以坐下来专心学习。因此对他来说,打开书本真像敲开坚果一样麻烦。在介绍朋友时,波尼说:"我们这一伙人中,没有谁像我一样爱看电影、爱读书。"(And nobody in our gang digs movies and books the way I do.)(p. 2)。作者在这里用了青少年俚语"dig",从它的常用词义"挖掘"转义为要"弄懂"电影和书中的深意,就要像挖掘宝藏一样付出精力。其他标新立异、生动形象的措辞还有:"打量某人"(size sb up)(p. 24);"劫掠某人"(shanghai sb.)(p. 28);"徒手打斗"(skinfight)(p. 29);"香烟"(weed 或 cancer stick)(p. 80);"对某人甜言蜜语"(sweat-talk sb.)(p. 34);揍扁某人(flatten sb.)(p. 24);"吓唬某人"(spook sb.)(p. 65);"胆怯"(play chicken)(p. 127);等等。此外,他们还喜欢使用新奇的复合词。如,"爱说俏皮话的人"(wisecracker)(p. 9);波尼在介绍二哥苏达时说,"他 16 奔 17 岁"(who is sixteen-going-on-seventeen)(p. 2);说苏达像影星一样帅气(movie-star kind of handsome)(p. 7);用"horsecrazy"作形容词介绍苏达喜爱马匹。

小说大量使用俚语。俚语的显著特点是随意性,具体表征之一是更改词性,或是直接把名词转化为动词使用,或是通过常用后缀随机造词。在美国青少年口语中,俚语大行其道,这部小说因此是现实生活话语的一个折射。如苏达告诉波尼:"Don't let him <u>bug</u> you. He's really proud of you 'cause you're so <u>brainy</u>."(p. 17)(别在意他说的话。其实他为你骄傲,因为你很聪明。)在名词 brain 后面直接加后缀 y,使其成为一个形容词,表示"聪明的";另外,"bug"本是名词,指小虫子。在俚语中被用作动词,表示"烦扰、折磨";再如,波尼把形容词"独自"当作及物动词使用"but I usually <u>lone</u> it anyway ... "(p. 1)。

在语气层面,青少年极端与夸张的表达方式随处可见。"苏达永远也不会长大。"(p. 2)"他能够理解任何人。"(p. 8)"要不是我们这些人在,他早就离家出走千百次了。"(p. 12)"你的鼻子总是埋在书堆里,都不用脑子想想常识吗?"(p. 13)"他的目光像坚硬的冰块一样冷。"(p. 42)"达利身上会产生爱,那才是奇迹呢。"(p. 59)"达利递给我一件衬衫,尺码有六千万号那么大。"(p. 61)"你就像坐在世界屋脊一样。"(p. 69)"他跑得之快,就像魔鬼在后面追他似的。"(p. 152)

语法规则是官方正统语言的象征。故意打破语法规则,则是有意要赋予话语行为某种意识形态的隐喻。对于青少年而言,在交际中偶尔使用一些违背语法规则的口语表达,意味着故意做出一些违背社会规约的姿态,它给青少年带来一种叛逆的快意或自我标榜。小说中违背语法规则的话语主要体现在四个方面:混用动词的单复数,使用双重否定句式,使用缩写词,省略句子成分。如以下句子:

It <u>ain't</u> his fault he likes to go to the movies ... (p. 13)

he don't mean <u>nothing</u>. (p. 17)

I have quite a <u>rep</u> for being quiet. [rep = reputation] (p. 39)

Where you headed? (p. 47)

Where you been? (p. 49)

We ain't <u>goona</u> cry <u>no</u> more, are we? (p. 75)

Let's <u>go see</u> Dallas. (p. 123)

二、对《局外人》中青少年话语的分析

用青少年话语叙事是现实主义创作理念的体现方式之一,它使人物的话语和身份吻合起来。用后现代的平权理念看,也是赋予未成年人话语权,让他们的声音能够在社会杂语中占有一席地位。言说者比沉默者更有可能争取到自己的权益,并通过言说获得理解和关注。除此之外,青少年话语本身包含了青少年成长心理及青少年亚文化的许多特征,是认识青少年群体的重要途径。

从社会变迁角度看,美国文学中的青少年话语与二战后美国社会状况紧密相关。两次世界大战带来的空前灾难摧毁了青年一代的理想和对权威的认同。20 世纪五六十年代,美国出现了"垮掉的一代""摇滚乐队""校园斗争""民权运动""解放文化"等青年人积极参与的社会文化活动,以此表达他们的不满和反叛。他们通过身着独特的服饰,创造标新立异的言语,追捧特立独行的行为方式来标榜与主流社会划清界限,分道扬镳。不少小说人物用粗词俗语、奇言怪句来表现叛逆和逃避,以此彰显自己的独立个性。《局外人》正是这一时代的产物。

从社会心理角度看,青少年使用某种圈内话语表明了成员之间的相互认同。波尼曾说:"我的语言粗俗,尽管我也受过教育。"(p. 140)其实,波尼在学校成绩很好,他完全可以用规范的语言讲话。但在日常生活中,他选择使用小伙伴们常用的话语,是为了标示和增进自己与他们的认同感和归属感。这种认同不只是话语上的共享,而且是一种对身份和行为模式的选择。对一些青少年来说,能否进入某个圈子意味着他们能否脱离家庭,受到圈内成员的保护和接纳是他们的一种生存需要。而掌握圈内话语,懂得何时何地使用,成为他们获得圈内认同的一种手段。由此可见,青少年创造圈内话语是他们建构亲密感和归属感的重要手段。

从成长心理学角度看,处于摆脱童年、走向成熟阶段的青少年,具有叛逆性,善于想象,喜爱新奇,擅长创造时髦的语言以示其创造力和自我价值。青少年彰显叛逆心理的话语表现方法就是故意使用粗俗词汇,违反语法和语用规则,以这种非暴力的、不违法的方式标榜自己特立独行的身份意识。另外,他们直率的表达方式与其说是天真的表现,不如说是缺乏社交经验的结果。成年人通过长期的社会交往,逐渐了解和遵守人际交往中的各种语用规则,如

话轮(即不能独霸说话的机会,要倾听对方的反应)、场合(即根据场合调整话语的分量、方式、音量、语速、表情和礼貌程度等等)。涉世不深的青少年对语用规则的掌握还不够熟练,说话往往缺乏掩饰,直率干脆,不照顾听者的感受和反应,这是青少年缺乏移情能力的表现,也是造成交际冲突的一个重要原因。例如,"上流帮"的两位男孩看见他们的女朋友齐丽和玛西亚跟"油污帮"的三位青年走在一起,非常生气,对她们说:"即便我们惹恼你们了,你们也没有理由跟这些流浪汉(bums)在街上游荡呀。"(p. 45)这话冒犯了三位年轻人的自尊,挑起了冲突。

成长阶段的青少年遭遇挫折,往往怨天尤人、自卑自怜。他们通过自相矛盾的话语,表达不确定的自我认知;通过粗俗的话语,发泄压抑的情绪;通过自我贬损,表达失落和迷惘。例如,波尼曾为自己的长发自豪,认为那是他作为"油污帮"的标记。当他不得不剪掉长发时,他非常惋惜,其实,在心底里他并不认同"油污帮"。一次,他和"两片嘴"谈起大哥达瑞,"两片嘴"告诉他,都是他们这帮人连累了达瑞,否则他也会是"上流帮"的一员。波尼也认为,达瑞那么聪明能干,不该属于"油污帮"。由此可见,归属"油污帮"并不是他们的自愿选择,而是不得已而为之。这种自相矛盾的态度正是青少年成长过程中价值标准徘徊不定的表现。在这一阶段,人的不确定性其实也表明了可塑性。因此,这一阶段是人生成长的关键时期。

从文学角度看,让青少年用他们生活中的话语说话,提升了故事的真实感。另外,辛顿在创作这部小说时,对街头青少年话语是有所选择的。她尽量避免使用让人费解的特殊俚语和生造语汇,而是选用青少年日常生活中的常见表达方式,比如把名词当动词用、通过添加后缀来改变词性、自由组建复合词、创造一些形象生动的比喻,这些语言特征都给小说增添了新奇和幽默,使语言符号增加了与社会身份关联的意识形态色彩。正如有学者指出:"大多数人不仅把他们的话语当作工具,而且还珍视其内在含义、它的文化遗产、它作为某种特殊身份的标志。"[①]作者让波尼使用青少年口语叙事,使得他的局内人

---

① Denise G.Réaume, "Official-Languages Rights: Intrinsic Values and the Protection of Difference," in W. Kymlicka and W. Norman (ed.), *Citizen in the Diverse Societies*, Oxford: Oxford University Press, 2000.p.25.

身份得到确立,他作为"油污帮"代言人的可信度得到提升。在小说的结尾,他告诉读者:书写自己亲身经历过的这些事件有两个目的:一是完成老师要求的写作任务;二是要让大家更加真实全面地了解"油污帮"的青少年,字里行间透露出他的希望:不要简单地给"上流帮"或"油污帮"贴上一个武断的标签。两个派别中的成员都是有个体差异的:"上流帮"并非个个都是正人君子,"油污帮"也并非人人都是善恶不分的人渣。

青少年话语包含了青少年亚文化的许多特征,是认识青少年群体的重要手段。话语分析的意义在于揭示某种话语本身所包含的诸多信息。海顿·怀特说:评价话语不只是在客观和不客观之间做判断,而是要发现人们在脑海里使用哪些不同的策略来构建现实,以便用不同的方法来应对现实,而且每种策略都有各自的道德蕴涵。①青少年话语在《局外人》中成为标榜叙事者自我身份的象征性符号,波尼选择用典型的青少年话语写作(包括小说作者辛顿的选择),表明了作者的立场,即要为青少年代言。这种选择产生的效果是让生活在社会边缘的青少年,尤其是被忽视甚至受鄙视的贫民青少年,以引人注目的、真实生动的形象走向前台,进入读者的视野。这种选择包含了文学的道德感和责任感。

这种叙事话语的选择还传达出另一个不可忽视且具有积极意义的信息:贫民青少年也有梦想和追求。波尼并不把自己的身份限定在贫民窟的"油污帮"成员这一特殊身份上;他还让读者看到他作为优秀学生的身份——不仅成绩优秀,还是长跑健将,且善恶分明。尽管年少,他坚信只要认真学习,就可以脱离贫民窟的生活,拥有美好的未来。大哥达瑞也对他寄予厚望,并且不遗余力地促使他实现梦想。尽管出版该小说时,辛顿仅是大学一年级学生,但她传达出的身份可塑性与后现代主流社会推崇的身份观十分吻合,即身份认同是一个漫长的过程,从来没有终点。人们总是不断在重新构建、调整、巩固、修改、质疑或放弃自己的既有身份;身份不是固定不变的符号。②正因为身份具有可塑性,不是固定不变的,社会才更加需要为波尼、乔尼、达瑞这样的青少年提供安全的生存空间,关心他们的成长和需要,帮助他们实现梦想身份。

---

① Marshall Grossman, "Hayden White and Literary Criticism: The Tropology of Discourse," *Papers on Language and Literature*, Vol. 17 (4), Fall 1981, p.435.

② Judith Butler, *Bodies That Matter*, London: Routledge, 1993, p.105.

第二节　矛盾的结与解:评《克里斯蒂》的叙事结构

1967 年凯瑟琳·马歇尔发表《克里斯蒂》,1968 年荣登出版人周刊畅销书榜的第九位,此后多次再版,[①]还被改编成电影、电视连续剧和音乐剧,电视连续剧在 1994—1995 年热播。同年,十几位具有基督教背景的出版人士发起设立了"克里斯蒂奖",专门奖励富有基督教色彩的优秀文学作品。此外,在畅销书作家麦格·卡波特的系列小说《公主日记》中,主人公米娅列举了对她最有影响力的书单,《克里斯蒂》就在其中。在叙事特点上,《公主日记》与《克里斯蒂》也有相似之处,比如两书的故事情节都是悬念丛生、矛盾冲突不断,让读者欲罢不能。而且,小说的发生地原本是阿帕拉契亚山脉的一个偏僻小山村,后来却因为这部小说名声大振,每年都有很多读者慕名而来。1999 年,为了纪念该小说以及改编的电影和电视剧,设立了"克里斯蒂节"。喜爱这部作品的读者和观众每年都会庆祝这个节日。[②]这部小说在美国的知名度和影响力可见一斑。但是,或许是因为该小说具有较为浓厚的道德说教意味,或许因为它被看作一部青少年小说,学术界对它的评价远不及民众热情。在国际主要学术数据库 EBSCO 和 JSTOR 里,只查到一篇论文从凯瑟琳·马歇尔的身世论述她保守的女性身份意识,其余相关文献主要是推介类短文。

从内容上看,《克里斯蒂》是一部典型的成长小说。它讲述了 19 岁的克里斯蒂在一次教会活动中受到激励,决定离开舒适的中产阶级家庭和城市生活,去山区支教。这是她第一次独立谋生。在山区工作的 11 个月里,她的生活发生了很多的第一次:她第一次与封闭落后的行为方式和思想观念发生冲突,第一次与伤寒斗争,第一次见证死亡夺取朋友的生命,第一次恋爱。她在宗教人

---

① 截止到 1993 年,《克里斯蒂》已销售 800 多万册。参见 Barbara E. Ladner. "Faith, Furriners, and Folk Schools: Appalachian Character in Catherine Marshall's Christy," Journal of the Appalachian Studies Association, Vol. 5, 1993, p.124.

② 克里斯蒂节:为庆祝凯瑟琳·马歇尔的小说《克里斯蒂》以及由小说改编的电影和电视剧而举办的年庆活动。节日围绕与小说相关的内容,如山民手工艺术、草药、山区音乐、历史以及早期的山区文化等。

士爱丽丝小姐的指导和朋友们的帮助下,战胜了各种各样的困难,最后不仅帮助了许多山民,也实现了个人价值,收获了浪漫的爱情。而一年前的她,跟大多数城里中产阶级家庭的女孩一样,没有生活的方向和梦想,不知道自己可以做什么,应该做什么,更不清楚生活的意义。在她决定去山区时,她的主要动机还是探险,并没有真心想要迎接困难和挑战,但支教工作和山区生活却彻底改变了她。

这部小说是马歇尔根据其母亲的支教经历创作的。她母亲支教的地方位于阿帕拉契亚山脉田纳西州和北卡罗来纳州交界处的大雾山。故事的时代背景是 1912 年。这一区域后来被一位叫奥珀尔的女性购买,此人的母亲就是《克里斯蒂》中菲儿莱特·斯宾塞的原型,菲尔莱特是克里斯蒂在山区结交的最好的朋友。奥珀尔去世后,其子拉里·迈尔斯继承了地产,他热情地接待来这里参观的《克里斯蒂》读者,继续给游客讲述这一区域的故事和小说中的相关人物。一位名叫纳特格拉斯的学者对小说中的人物原型做过追踪调查,了解到"克里斯蒂"的学生们后来的发展,他在文章中写道:"《克里斯蒂》发表 35 年之后,它仍在出版,激励着一代又一代的读者。而小说背后真实的人生故事提醒着我们,即便是在偏远的山村,一个人也可以有精彩的人生。"①

从小说叙事特征上看,《克里斯蒂》大量运用了流行小说的矛盾冲突、悬念要素、陌生化叙事(比如大雾山区的地貌、民众独特的生活方式和习俗、山民固执的性格和迷信)、浪漫爱情故事来激发读者的好奇心和阅读热情。这些要素帮助这部富有道德说教意味的青少年小说成为一部历久弥新、长盛不衰的畅销书。

一、善用悬念增加叙事张力

人类社会总是充满了各种矛盾。如果将矛盾的产生与消解看作一个完整过程,那么在矛盾消解之前,它处于悬而未决的状态,会引发人们的各种猜想和好奇,这就是悬念。传统悬念理论认为,悬念产生于未来的不确定性和高风险性。作家洛克威尔曾经总结了在小说创作中制造悬念的技巧:(1)在故事

---

① Ray Notgrass, "Leonora Whitaker, The Real Life 'Christy'." http://www. notgrass.com/notgrass/leonora-whitaker-the-real-life-christy-by-ray-notgrass.html

开头制造一些神秘因素;(2)让悬念升级;(3)不要急于揭开悬念;(4)给人物制造障碍,让读者继续猜测。从洛克威尔的描述看,他的悬念主要指悬而未决的事件或人物命运。[①]

悬念大师希区柯克用一个十分生动的类比来说明他所理解的悬念。他描述了这样一个场景:观众看见有人在桌子下面放了一个炸弹,而且知道该炸弹将在13:00爆炸,场景里摆放了一个时钟,显示时间是12:45。可电影中的人物却不知情,还在谈论无关紧要的事情,观众非常着急,希望能够提醒这些闲聊的人,"别说废话了,在你脚下有炸弹,马上要爆炸了!"斯玛茨根据此类现象,提出了悬念的另外一种形式——愿望受阻,[②]即悬念产生于读者知道桌下有炸弹,希望他们喜欢的主人公也能知道,但实际情况是他们却一筹莫展、无能为力,只能干着急。因此,他们的愿望受阻,继而产生悬念:祈祷主人公赶快发现潜在的危险。这一理论是对传统悬念理论的有效补充,它让我们知道,悬念不仅是悬而未决的事件,还依赖于读者的好奇心。它包含了读者对主人公的认同,继而产生希望保护他们的愿望。这就把读者深深引入小说的情节发展之中,使作品和现实融为一体。

约翰·拉兹更为明确地指出:悬念是一种情感。作家的首要任务就是让读者认同主人公,在这个基础上可以制造以下悬念:(1)嘀嗒的时钟,即主人公必须在规定时间内完成某种既困难又危险的任务;(2)向读者透露主人公不曾知晓的某些信息;(3)营造紧张氛围。[③]他认为悬念成功的关键是能够超越好奇心,引发读者的情感投入。他所说的第一种悬念就是传统的悬而未决的事件;第二种就是斯玛茨称为"愿望受阻"的悬念。除了这两种悬念以外,拉兹还强调了烘托氛围在悬念中的作用。

托多罗夫也曾将读者的好奇心做过分类:一种是从结果去发现原因,比如有一具尸体,人们想要知道罪犯是谁及其犯罪动机,他将此称为"好奇"

---

① F.A Rockwell, "Elements of Suspense in Fiction," *Writer*, Vol. 105 (12), 1992, p.15.

② Aaron Smuts, "The Desire-Frustration Theory of Suspense," *The Journal of Aesthetics and Art Criticism*, Vol. 66 (3), Summer 2008, p.285.

③ John Luts, "How to Generate Suspense in Fiction," Writer, Vol. 112(6), 1999, pp.4 – 5.

（curiosity）；另外一种是从原因到结果，即先知道了原因，而后想要知道将发生什么，他将此称为"悬念"（suspense）。①

以上这些区分和术语的意义在于，它们能够帮助我们认识到所谓的"好奇心"或者"悬念"可以细分为不同种类。认识到这一点，无论对于小说创作还是小说评论都是十分有用的。我们仍以希区柯克的举例来说明：几个人围着桌子交谈，一种可能是炸弹爆炸前被发现了，大家惊呆了，设法逃避了风险，但小说人物和读者一样，希望知道是谁干的？为什么？也就是托多罗夫所谓的"好奇"（curiosity）；另一种可能是读者知道有炸弹，但主人公不知道，继而引发读者的"愿望受阻"，也就是托多罗夫说的"悬念"（suspense），读者急切地想知道，主人公能否在千钧一发之际脱离险境。

悬念广泛存在于侦探小说、历险小说和流行小说中。利用悬念增强故事张力和戏剧性是这类小说必不可少的策略。通常来说，流行小说中矛盾冲突引起的悬念是推动情节发展的主要动力。冲突时刻是人们高度发挥其智力和潜力的时刻，也是检验道德水准的时刻，因此也是小说的重要看点。而一部好的流行小说通常不止一个矛盾冲突贯穿前后，随着故事情节的发展，主要矛盾会衍生出次要矛盾，次要矛盾还可能衍生出更次之的矛盾。这些矛盾相互交错、相互影响，甚至会发生主次转换，推动着情节不断发展，形成一个又一个悬念，激起并延续读者的好奇心，从而产生强烈的艺术效果。在《克里斯蒂》中，克里斯蒂能在山区坚持多久，一直是小说的悬念。随着故事向前推动，人与人之间、人与自然之间的矛盾一个接着一个。矛盾的叠加与转换吸引着读者关心克里斯蒂的安危，希望了解她如何面对挑战、如何战胜挑战。

二、矛盾之结与解

由于《克里斯蒂》使用第一人称叙事，所以无法使用希区柯克列举的观众知晓、主人公不知情的悬念技巧，而托多罗夫所说的"好奇"和"悬念"则是存在的。在研究悬念时，学者们普遍都强调了情感认同的重要性，如前面提到的斯玛茨。中国学者江泽纯也指出：要让读者产生悬念，必须做到两点：第一，

---

① Tsvetan Todorov, "The Typology of Detective Fiction," in Martin McQuillan (ed.) *The Narrative Reader*, London and New York: Routledge, 2000, p.124.

使读者觉得有"奇"可好。第二,赢得读者对于正面人物的同情和尊敬。而赋予人物以正义的行动,才能赢得读者的同情和尊敬。①《克里斯蒂》一开始就让读者对主人公产生了认同。一位 19 岁的姑娘能够做出决定去偏僻山区支教,这就表明她内心的高尚和纯朴。但对于涉世不深的克里斯蒂来说,山区的闭塞落后和生活中的种种困难是她所料未及的。人与人、人与自然、人与环境、人与自我之间的各种矛盾相互交织,使得悬念此起彼伏,时刻牵引着读者的好奇心,也使得小说充满了戏剧性。所谓"戏剧性",按照法国戏剧批评家布伦退尔的解释:"戏剧性是人的意志与限制和贬低我们的自然势力或神秘力量之间的对比的表现:它所表现的是我们之中的一个被推到舞台上去生活,去和命运做斗争,和社会戒律做斗争,和他同属人类的人做斗争,和自然做斗争。如果必要,还和他周围人们的感情、兴趣、偏见、愚行、恶意做斗争。"②布伦退尔对戏剧性的定义,其关键词是冲突和斗争。《克里斯蒂》正是一部冲突不断的小说。来自中产阶级家庭的克里斯蒂不断和封闭山区里的落后观念、固执偏见、愚昧迷信发生冲突,还要和肆虐的疾病做斗争。重重困难的铺排为冲突高潮的到来埋下了伏笔。读者不由得关心这位 19 岁的姑娘能否如其所愿,凭借自己的意志、能力和行动解决各种难题,帮助山区民众改变生活。

　　人类对于自己熟悉的生活之外的陌生世界总是充满了好奇。因此,我们在阅读丰富生动的生活细节时,也总是会产生强烈的兴趣。克里斯蒂来到偏僻的山村,最初的反应是对肮脏的生活方式的抵触。在克里斯蒂历尽艰险抵达山村时,发现自己仿佛一脚跳进了拓荒时代:这里的房屋结构古板老旧;生活设施极其简陋,一个房间既做客厅,又做餐室和卧室,餐桌就是一块粗劣的厚木板,连餐具也是木制的。山区的卫生条件更是落后,人和家畜共处一室,院子里家禽和牲畜的粪便随处可见,而山民对脏乱的环境无动于衷,似乎也不那么看重生命的价值。在接克里斯蒂进山的途中,鲍伯·艾伦被树木砸伤,命悬一线。山村医生要为其动手术,而在手术问题上,艾伦的妻子玛丽和他的哥哥阿尔特产生了分歧。阿尔特认为,生死在天,人类无权干涉上帝的决定。而玛丽则坚持认为,只要有一线希望,就该尝试挽救丈夫的性命。然而,山里的

---

① 　江泽纯:《论小说的悬念》,《贵州社会科学》1986 年第 4 期,第 26 页。
② 　顾仲彝:《论"戏剧冲突"》,《戏剧艺术》1978 年第 3 期,第 65 页。

医疗条件十分落后：锯木架充当手术台，剪刀、锥子、锤子等寻常物件都被拿来充当手术工具。恶劣的自然和生存环境让初离家园的克里斯蒂感到惶恐，她能够坚持多久一直是小说中的主要悬念，即托多罗夫所指的先知道原因，而后想知道结果。

克里斯蒂是来支教的，但一见到学生她就紧张不安起来：教室里有60多名年龄差距很大的学生，小的四五岁，大的十六七岁。几个身材高大的男孩子在课堂上调皮捣蛋。如何应对这样的局面？选择什么教学内容和教学方式来应对这些年龄差异巨大的学生？怎样维持教学秩序？这些都成了她必须立刻解决的问题。虽然第一天大卫牧师来帮她解了围，但以后她能够独自应对吗？这些都是吸引读者的悬念。

为了能够更好地了解和帮助学生，克里斯蒂决定进行家访，了解他们的生活和家庭情况。走出学校，如何与山民交流又成为主要问题。一些山民居住在极端恶劣而又肮脏的环境中，让习惯了体面生活的克里斯蒂难以忍受。还有一些人没有基本的礼貌和教养，对她冷若冰霜，甚至粗鲁地警告她，他们不想听一个外来者尤其是一个女人来指手画脚，干涉他们的生活方式。克里斯蒂该如何回应他们？她会动摇最初的信念吗？读者不禁为克里斯蒂担忧，同情起这个年轻姑娘来。

如何克服困难、化解矛盾，对任何一个人都是挑战，更不用说对阅历有限的年轻人。克里斯蒂与山民的第一次紧张关系是由她的学生兰迪引起的。兰迪在教室捣乱，不听指令，冒犯老师。克里斯蒂气得揪住了他的头发，把他按在座位上。兰迪在他父亲面前告状。学生们纷纷议论说，兰迪的父亲"鸟眼"很爱面子，一定会认为这是奇耻大辱，绝不会放过老师的。克里斯蒂鼓起勇气，决定去兰迪家与"鸟眼"交谈。在家访的路上，她非常紧张，对四周的动静高度警惕。读者也情不自禁地跟她一起紧张起来，想知道到底"鸟眼"会不会像同学们预测的那样对新来的老师发动偷袭。在这一场景中，读者的"好奇心"和"悬念"都被唤起，一方面想知道究竟会发生什么？另一方面也想知道"鸟眼"为什么要这样做？他为什么在众人眼里是一个惹不起的人？

克里斯蒂和大卫牧师急于改变山区落后现状，表现出年轻人的激进。但他们的冒进引发了新的矛盾。他俩发现有人违反禁酒令，在山里偷偷酿酒，大卫通知了警方。这一事件引起了他们和山里少数人以及山下酒贩子的冲突，使自己陷入危险处境。大卫在教堂里公开指责酿酒行为违法，义正词严地谴责酿私酒是信仰缺失的表现，将紧张的气氛推向了顶点。之后，大卫的马被剪掉了尾巴和鬃毛，教堂的讲坛被烧掉，这一切让山民和大卫、克里斯蒂的矛盾更加扑朔迷离。更让人紧张的是，一天夜里，克里斯蒂的住所被几个粗鲁的陌生男子攻击，她的人身安全受到威胁。爱丽丝小姐告诉克里斯蒂，大卫在教堂里公开指责酿酒行为是不明智的，带来的伤害比帮助多。在山民看来，把自己生产的粮食酿造成酒，比运粮出山更方便，还能挣到更多的钱，补贴家用。两害相权取其轻，相比食不果腹，他们并不认为酿私酒是非常严重的犯罪行为。当地的乡村医生也告诉大卫："当你指责别人的时候，就等于在自己和他人之间竖起了一堵墙。人们首先想到的不是如何改变自己的看法或行为，而是躲在墙后保护自己。"①克里斯蒂的一位好友因为站在他们一边甚至付出了生命代价，人们普遍认为凶手是"鸟眼"，要抓他法办。这场冲突范围扩大了，由于出了人命，也更加紧张，更加具有戏剧性了。

顾仲彝在论述戏剧冲突时指出："戏剧冲突是意志的冲突，凡人们在伸展自己的意志时才能发生各种各样的冲突，在自己的意志酝酿和形成的过程中发生自我内心冲突，在执行意志时便和别人发生意志的外部冲突，并且在与别人的意志发生冲突的过程中，自己的意志还会发生变化或加强，从而引起一系列的内心冲突。"②在酿酒事件中，克里斯蒂和大卫的检举行为是为了维护法律，山民酿造私酒是为了维持生计，双方各自意志的伸展引发了人与人之间最尖锐的矛盾。作者处理矛盾的手法并不是直截了当地告知结果，而是避其锋芒、顾左右而言他，在矛盾达到临界点时，暴露出另一矛盾，从而将当前尖锐的矛盾暂时弱化，降级为次要矛盾。

一波未平，一波又起。酿酒事件还未平息，伤寒又开始在山区肆虐。肮脏的生活环境和不讲卫生的习惯最终导致传染病在山村暴发，整个山村被病魔和死亡所笼罩。人与病魔的斗争一时间成为山村的主要矛盾。在帮助山民医治伤寒的过程中，他们无意中化解了与酿酒事件的主角"鸟眼"的冲突。在伤

---

① Catherine Marshall, *Christy*, New York: Harper Collins Publishers, 2001, p.299.

② 顾仲彝：《论"戏剧冲突"》，第89页。

寒肆虐期间,"鸟眼"的儿子兰迪也病倒了。考虑到"鸟眼"在逃,大家把兰迪接到学校。在大家的帮助下,他逐渐恢复健康。医生警告说,兰迪大病初愈,身体非常虚弱,只能吃流质食物。但兰迪难忍饥饿,偷偷溜进厨房找东西吃,结果因肠道穿孔而亡。人们担心"鸟眼"知道消息后会做出激烈反应。出乎意料的是,"鸟眼"却责怪儿子不成器,他还告诉众人一个真相:开枪杀人的不是他,是儿子兰迪。这次伤寒事件,是人与自然的斗争。在强大的自然面前,人们看到了个体的渺小,认识到只有团结起来才能保护自己。然而,在瘟疫即将过去时,克里斯蒂却因过度劳累染上了伤寒,读者的同情心再次被触动,悬念引起的情感投入再次被激发起来。

小说需要一定的篇幅来展示矛盾冲突制造的悬念以及悬念的消解过程,因此矛盾冲突对于小说的组织架构具有特殊的意义。小说超越故事的艺术特质往往也在于作者能够戏剧性地、生动形象地、深入细致地描写和叙述这些冲突。把冲突过程中人物的内心思想和情感外化为行动,构建起小说情节的高潮。《克里斯蒂》很好地利用了矛盾的普遍性和复杂性,用大小不同的矛盾和冲突搭建小说的框架结构,利用层层升级的悬念来烘托紧张的氛围,通过悬念的跌宕起伏来加强读者的好奇心,并通过展现主人公的高尚情操来增强小说的道德感染力,提升读者对主人公的情感和价值认同。当然,矛盾的解构过程也不是一蹴而就的,时而强化主要矛盾,时而弱化主要矛盾,使之转化为次要矛盾,让新的主要矛盾出场,在解决新的主要矛盾过程中,前一个主要矛盾也得到化解。作者娴熟地使用矛盾的结与解这种独特的叙事手法,是该小说叙事艺术的一大亮点。

布伦退尔在研究戏剧规律时指出,人的自觉意志是戏剧的主要动力,主人公必须是坚强的、主动的,具有坚定意志的。他说,小说的主人公如果也是意志坚强的,那么这部小说就可以改编成戏剧。英国戏剧家亨利·阿瑟·琼斯在布伦退尔的基础上补充道:意志冲突不一定总是以激烈的方式表现,意志冲突也不一定总是在敌对双方之间纠缠到底,还可以在次要人物之间、次要人物和命运、环境或社会规律之间发生。①《克里斯蒂》中的矛盾冲突虽然不具有悲剧冲突的尖锐性和激烈性,但由于表现了主人公无私奉献的精神,因此也具有

---

① 顾仲彝:《论"戏剧冲突"》,第65—68页。

悲剧的崇高性和戏剧美。应该说,这也是为什么这部小说被改编成电影、电视连续剧和音乐剧的重要原因。

　　小说中矛盾和冲突制造的张力把细枝末节聚拢在一起。每一时期主人公都会面临某个主要矛盾和一些次要矛盾。而每个次要矛盾又具有上升为后一阶段主要矛盾的可能性。在解决各种矛盾的过程中,主人公的认知能力得到提升,身边的山民也越来越感受到这位年轻姑娘的善良和真诚。《克里斯蒂》很好地利用了错综复杂的矛盾来展现主人公的成长,展现矛盾化解之后山区或小或大的变化。在这类故事性极强的畅销小说中,矛盾冲突、转换、化解,以及随之促发的认知发展是推进情节发展的常见手段。行动的取舍往往决定个人未来的发展方向——是朝着公正、自律、亲社会的方向成长,还是朝着自私、偏执、反社会的方向发展。因此,情节发展与人物塑造也在矛盾之结与解的过程中自然形成。

　　由于作者在创作手法上利用了各种冲突引发的悬念、爱情故事和陌生化等流行元素,《克里斯蒂》成为 20 世纪后半叶的一部著名的畅销书。在内容上,它抓住了人们内心永恒的理想:实现有价值的人生;充满理想和激情的生活是美好充实的生活。它告诉读者,芸芸众生中总是会有一些理想主义者,在不断开拓自身和人类发展的空间。正如《布法罗晚报》对这部小说的评论所说:"对那些饱食当今文学中的绝望和玩世不恭的读者来说,这将是改变口味的、受欢迎的精神食粮。"①对于正处于人生转折期、成熟期的青少年来说,这样的精神食粮正是他们需要的正能量。

第三节　互文性:《百舌鸟》的意义空间拓展策略

　　哈珀·李的《杀死百舌鸟》是一部久负盛名的小说,1960 年出版,第二年获得普利策奖,还入围美国国家图书奖决选名单,是战后美国最著名的青少年小说之一。刚好在 50 年后的 2010 年,凯瑟琳·厄斯金出版了《百舌鸟》,当年就获得美国国家图书奖。无论是小说的名称,还是小说推出的时间,都表明作

---

① 　见该小说封底页。

者和出版商有意引导读者产生互文联想,进而激发阅读愿望。然而,这绝不是一本搭名著便车的小说,而是一本在内容上和艺术上都有创新突破的佳作。

2007 年美国弗吉尼亚理工大学发生校园枪击案,33 人死亡,20 多人受伤,凶手是一位 23 岁的韩国留学生。根据新闻报道,作案前他已经表现出严重的精神疾患,他的母亲多次向社区教会求助,希望儿子能够获得帮助。[①]显然,这位母亲的求助并没有得到重视,这位留学生也没有得到社会的及时关心和救助,最终酿成震惊世界的惨案。《百舌鸟》就是对这一真实事件的反省和回应,是文学直接参与现实社会建设的典型案例。

厄斯金居住在事件发生的弗吉尼亚州。弥漫在社区的震惊和不安激发起她的想象:为什么会发生这样的悲剧?是什么原因让一个留学生对同学、对师长,甚至对素不相识的无辜校友痛下杀手?失去亲人对活着的人们意味着什么?厄斯金没有从社会学,也没有从犯罪学的角度去反思这一惨案,而是发挥文学家的思考和想象力,从人性的角度去探索这一悲剧带给社会的创伤,并试图给出文学家对类似事件的预防方案。她在《百舌鸟》"后记"中写道:

> 这种事情怎么会发生呢?为什么会发生?我们难道不能做些什么来预防吗?不过有一点我敢肯定,如果我们大家能够增进了解,我们可以做很多事情来阻止暴力。我们都希望得到倾听、得到理解。有些人比较善于表达自己,而有些人却不太善于表达。有些人有严重的问题需要得到关注,不惜代价的关注,而不是忽视他们。[②]

据此,她以自己患有自闭症的女儿为原型,塑造了小说主人公——一个在校园枪杀案中失去哥哥的自闭症女孩凯特琳。凯特琳这一人物不仅折射出那位不能与人正常沟通、罹患精神疾病的枪手,同时也折射出那些失去亲人的受害者的身影。

---

① Gerald Martineau, "Seung Hui Cho's Mother Sought Help at One Mind Church in Woodbridge," Washington Post, 2007 - 5 - 6. 以及 Brigid Schulte and Chris L. Jenkins, "The Virginia Tech Shooter Cho Didn't Get Court-Ordered Treatment," Washington Post, 2007 - 5 - 7.

② Kathryn Erskine, Mockingbird, New York: Penguin, 2010, p.234.

在创作《百舌鸟》时,厄斯金明显受到了哈珀·李《杀死百舌鸟》的启发,尽管有很多关联,但它们又是两部各具特色、讲述不同故事,又明显具有互文性的独立文本。将《百舌鸟》这部小说纳入互文视野,可以看到一部简单易读的青少年文学作品如何在与其他文本的互文中,大大拓展了自身的意义空间,从而产生独特的叙事魅力。

互文现象的普遍性及目的

文学作品中的互文现象由来已久,并且普遍存在。巴赫金、克里斯蒂娃、巴尔特、布鲁姆等学者都曾指出,任何一个文本都摆脱不了与已有文本("前文本")的某种关系。巴尔特说:"任何文本都是一种关联文本;其他文本都在不同层次上,以或多或少可以被辨认的形式出现在这一文本之中……"①然而,人们并非都愿意接受这个观点,一些作者尤其忌讳"影响说",担心他们的创新性会受到忽视。而互文理论告诉我们,作者在写作过程中总是会参照已有的程式、业已形成的体系和表现方式,尤其是参照经典作品。因为,人类的发展进步源自学习能力,而经典是人们学习的重要资源,尤其是通过学校教育推广开来的经典作品。人类的思维方式也离不开对既有知识(即广义上的文本)的依附和利用。

艾伦·格莱姆在《互文性》一书中说:

> 文本,无论文学文本还是非文学文本,在现代理论家看来都不能说具有完全独立的含义,而是具有互文性。互文不仅存在于创作过程,也存在于阅读过程。理论家们声称,阅读过程将我们引入互文关系网中。阐释一个文本,或发现其意义,其实就是发现这些关系。阅读是一个在多种文本中来回穿越的过程。②

尽管阅读的意义远不止这些,但对于那些关心文本生成过程的学者来说,

---

① 张智庭:《罗兰·巴尔特的互文理论与实践》,赵毅衡、蒋荣昌主编:《符号与传媒》,四川教育出版社2010年版,第38页。

② Allen Graham, *Inter-textuality*, London and New York: Routledge, 2000, p.1.

互文理论揭示了创作过程的思维活动：作者独自创作表象下隐藏着的对前文本的借鉴，对各种社会现象和观念的反思及回应。在此，不妨将社会也看作一个宏大的文本，它本身就充斥着各种话语。从读者一方看，能够在"目标文本"（指在读文本）中看到它与其他文本的关系——引用、影射、重复、修正、改变、讽喻、戏仿等等，并从中看到每一种关系所暗示的对前文本的态度，必然也会在文本对照或阅读联想中生成新的意义。

选择与经典互文是互文关系中最常见的文学现象。布卢姆在 20 世纪 70 年代发表的著作《影响的焦虑——诗歌理论》实际上就是在论述互文问题。他以莎士比亚为例，指出经典的影响力是深远广泛的，它超越时空和地域，无论人们是否承认或是否意识到，它甚至影响了我们对文学价值的评判。[①]他还认为，诗人总有一种迟到的感觉：重要人物已经被人命名，重要话语早已有了表达。因此，当强力诗人面对前辈伟大的传统时，他必须通过进入这个传统来解除它的武装；通过对前文本进行修正、位移和重构，来为自己的创造想象力开辟空间。[②]

经典虽然具有强大的影响力，但复制是不可能的，也没有意义。互文本身也不是目的，而是为己所用，以实现新文本的预期目标。人们引经据典，乃至引用一个形象的类比，为的是促进新文本的可理解性，为新文本的思想架起一道既有的认知桥梁，为新文本增添文采和说服力。抑或是为了讽刺前文本中存在的问题而互文。在巴尔特看来，互文性的目的是"能产性"，即生成意义的能力。从阅读角度看，让读者根据作者提供的材料，凭借自己的知识和经验做出各种联想和推想，从而扩大文本的意义空间，这是互文的最大意义。[③]每位读者都可以根据自身的阅读积累发现文本间的关系网，看到作者对前文本的引用、修改和创新。因此，对一部文学作品的阐释没有"明确界定的边

---

① Harold Bloom, *The Anxiety of Influence*: *A theory of Poetry*, New York, Oxford: Oxford University Press, 1997.p.xxviii.

② 陈永国：《互文性》，赵一凡等主编：《西方文论关键词》，外语教学与研究出版社 2006 年版，第 213 页。

③ 张智庭：《罗兰·巴尔特的互文理论与实践》，赵毅衡、蒋荣昌主编：《符号与传媒》，四川教育出版社 2010 年版，第 40 页。

界",①阅读积累越多的读者可能发现的文本关系越多,在阅读中生成的联想和思想也越丰富。读者永远不可能将文本的意义固化,因为文学文本的互文本质总是会将读者引领到新的文本关系上去。②正如文学评论通常会参考同行评论一样,其目的都是要在互文和对话的过程中形成新的洞察和发现。

《百舌鸟》虽然重写、重构了哈珀·李的名著《杀死百舌鸟》,但本质上是一种承续型互文。它与前文本在三个方面表现出一致性:第一,小说主要人物和家庭背景的相似性。叙述者都是天真、善良的女孩,母亲去世,单亲父亲养育着一儿一女,较为成熟的哥哥成为妹妹的忠实伙伴,为天真的妹妹撑起一把保护伞。第二,小说叙事话语本质上的一致性。两部作品都通过儿童叙事话语展示了儿童眼中的世界,而儿童对话中时常发生的意义曲解有时十分滑稽,给严肃沉重的故事增添了不少幽默感。第三,移情主题的承续性。在《杀死百舌鸟》的结尾处,斯科特把拯救他们兄妹俩性命的"怪人"布·拉德雷送回家时,站在他家门廊前,体会平日里"怪人"布从这个角度看到的一切。她心有所悟:"阿蒂克斯是对的。他曾说,除非你穿上另一个人的鞋子,像他一样行走于世,否则你永远无法真正了解那个人。"③而在《百舌鸟》中"穿上别人的鞋行走"这一比喻也多次出现。其目的是,将移情是人类理解和爱心的基础这一思想发扬光大。

一、《百舌鸟》中显性互文与隐性互文

目标文本对前文本的引用是互文的标记。引用分为显性引用和隐性引用。有学者将引用的数量、质量、分布、频率、引文对新文本的干扰、新文本中引文部分的标记是否显著等,作为判断互文性的重要指标。④以这套互文指标为参照,《百舌鸟》与《杀死百舌鸟》的互文标记十分突出,仅从书名就可见一斑。为了引导读者产生互文联想,《百舌鸟》还使用了另外一个明显的引用标记,既主人公凯特琳的别名"斯科特"(Scott 是童子军的意思)。这也是《杀死

---

① Allen Graham, *Intertextuality*, London and New York: Routledge, 2000, p.209.
② Allen Graham, *Intertextuality*, p.3.
③ Harper Lee, *To kill a mockingbird*, New York: Warner, 1982, p.282.
④ Heinrich F. Plett, "*Intertextualitie*," in Heinrich F. P. (ed.). *Intertextuality*, Berlin: Walter de Gruyter & Co., 1991, pp.8-12.

百舌鸟》中珍的别名。

《百舌鸟》与"前文本"的第一个互动"穿越"体现在小说的第一章。在《杀死百舌鸟》的第一章中,斯科特回忆他们兄妹俩与新来的小伙伴迪尔的结识经过。好奇心重的迪尔听说他们家邻居叫布·拉德雷(真名叫亚瑟),因为年轻时闯祸一直被禁闭在家。父亲去世后,哥哥接管了看管任务。在孩子们中间流行着各种关于布的恐怖传闻,迪尔一心想看看这个人到底长什么样。为了激将杰姆引出此人,他说杰姆连脚指头触碰一下拉德雷家院子的勇气都没有。杰姆反驳说,他每天上学都要经过那里。直率的妹妹揭了他的底,说他总是慌慌张张跑过去的。作为南方小绅士的杰姆当然不能接受"胆小鬼"的称号,最后他接受了挑战。但当杰姆问跟迪尔一起起哄的妹妹:"如果我死了,你会怎么样?"①《百舌鸟》接过了这个假设,讲述了在校园枪击案中,懂事可爱的哥哥戴文成为遇难者,而他的妹妹还是一个自闭症患儿。戴文生前是凯特琳唯一的玩伴和忠实的护卫。所以,《百舌鸟》一开始就告诉读者这样一位可爱的哥哥死了,这对无助的凯特琳意味着什么呢?读者的怜悯之情油然而生。这种怜悯包含了移情,即能够将自己放置于凯特琳的处境,预测她将面临的种种困境。由此,《百舌鸟》确立起与前文本显性的互文关系,但又重构了一个新的故事。

被改写和重构的还有主要人物。《杀死百舌鸟》中的斯科特是一位天真、聪颖的女孩。《百舌鸟》中的凯特琳却不善于与人交流。对一个自闭症患儿来说,要读懂他人并进行正常的沟通,是一件极其困难的事情。失去了哥哥之后,凯特琳更加不愿意跟外人接触,但却不得不面对好心人和亲友们的到访。读者从她的行为表现中可以看到,她努力表现出礼貌,但她的行为却常常违背礼貌原则。为此她的父亲十分难堪,更加怀念失去的儿子。为了帮助她融入社会,凯特琳的心理辅导老师引用了《杀死百舌鸟》中父亲对女儿说的一句话:想要理解他人的真实意图,需要学会从他们的角度思考,要学会"穿上他们的鞋子行走"②。

---

① Harper Lee, *To kill a mockingbird*, p.18.

② Harper Lee, *To kill a mockingbird*, p.34, and Kathryn Erskine, *Mockingbird*, p.121.

学会移情是两部小说都包含的主题。在《杀死百舌鸟》中,一些人可以不顾事实,执意让一个乐于助人的年轻人顶罪,只因为他是黑人;可以辱骂一位正直的律师和他的孩子们,甚至对他们进行人身袭击,只因为他们为黑人说话;父母可以将自己的儿子终身监禁,只因为要维护家庭名誉。如果能够移情到对方身上,设想这么做的结果会给这些受害者带来怎样的伤痛,很多伤害原本是可以避免的。斯科特的哥哥杰姆和父亲就表现出较高的移情能力,他们对遭受诬陷和排斥的人们充满同情。而《百舌鸟》中的凯特琳因患自闭症,不具有移情能力,不能够了解对方的真实感受。在这一点上,她与小说中两位杀人的青年有相似之处。不同的是,凯特琳的本意是好的,她想成为一个有助于别人的人,只不过不知道该怎么做。小说中的一个小故事充分说明了这一点。

凯特琳在老师的鼓励下,尝试跟同学米娅交友。在学校餐厅她故意坐到米娅的旁边,但米娅却对她敬而远之,委婉地说她喜欢独自就餐。于是,凯特琳坐到旁边的桌子。每当米娅的朋友过来,她都对她们说:"别去打扰米娅,她今天只想一个人就餐。"[①]凯特琳自以为在帮助米娅,却惹恼了米娅。米娅生气地说出实情,她只是不想跟她在一起,因为她的举止很让人讨厌(disturbing)。这话让凯特琳很受伤,因为在她的语库里"让人讨厌"这个词只适合那两位杀人的青年。米娅用这个词来形容她的行为,使她深受打击,结果情绪失控,尖叫着跑开了。这次事件之后,布鲁克老师把让凯特琳学会察言观色、理解别人的真实意图放在了首位。

在叙事话语上,《百舌鸟》一方面承续了"前文本"中天真的儿童视角和直率的儿童话语,取得了很好的幽默效果;另一方面也着力表现自闭症患儿独特的思维和表达方式。凯特琳在交际中经常发生理解错误。例如,布鲁克老师的妹妹难产(having difficulty with her pregnancy),被她误解为她是一位难以相处的人(a difficult sister);把她生双胞胎遇到麻烦(having trouble with her twin babies),理解为肚子里的孩子调皮捣蛋。因此,她在写给布鲁克老师的信中说:"我很遗憾你妹妹很难对付,还有那两个在她肚子里就开始捣蛋的孩子。我希望他们能够规矩点,这样你就可以早点回来……"[②]

---

① Kathryn Erskine, *Mockingbird*, p.174.
② Kathryn Erskine, *Mockingbird*, p.131.

当凯特琳的父亲向她介绍到访客人时,她要么只看客人的嘴,要么只看客人的耳朵,所以总是记不住客人的相貌和名字。当父亲要她抬头看人,礼貌地对客人讲话时,她抬起头,盯着对方的一只耳朵说:"你的耳毛长出来了,但我不觉得讨厌。"①当新来的老师表示乐意听她讲述,了解她"从哪里来?"(即了解她过去的情况),凯特琳立刻环顾自家的客厅,告诉老师,"我就是从这里来的呀。"②老师连忙抱歉说,她是想知道她的感受。凯特琳说:"布鲁克老师知道我的感受,你可以问她。"老师说:"好吧,我可以问布鲁克老师。"凯特琳还善意地提醒:"布鲁克老师说,你任何时候都可以找她,因为她家的门一直是开着的。实际上,她家的门总是关着的。可是,只要你敲门,她会开门的。"

凯特琳通常只能够理解字面意思,引申意义和比喻都超出了她的理解范围。作为读者,我们从她的叙述中了解她的诚意,十分清楚他们之间的误会,觉得她的回答很滑稽。但作为故事中的当事人,极有可能认为她不懂礼貌,故意说出令人难堪的话,有时还不搭理人。因此,有些人会感到恼怒,有些人十分困惑,有些人则感到难堪。与《杀死百舌鸟》中斯科特因年幼产生的话语曲解相比,凯特琳的曲解带有自闭症患者单线条思维的特征。因此,两者既有相似,又有区别。

除了大量使用显性互文来拓展文本的联想性阅读以外,《百舌鸟》还使用了隐性互文来扩大文本的意义空间。比如该小说承续了霍桑《红字》的写作范式,避开了对轰动刺激场面的描写,而把文本的叙事重心放在重大事件之后人们生活和内心世界的改变上。《红字》避开了男女主人公激情恋爱的场面,《百舌鸟》则回避了对枪击过程和细节的描写,而这些往往是流行文学着墨较多的感官刺激元素,两部小说都体现了严肃文学的价值取向。另外,小说还承续了人类是一个整体的人道主义思想,凯特琳成为这一思想的载体。她既像《杀死百舌鸟》中天真善良的斯科特,又像被囚禁在家的"怪人"布·拉德雷,甚至在心理疾患这一点上,她与真实生活中弗吉尼亚校园枪击案的枪手也有相同之处。当然,她更是一位受害者。集众人为一身的凯特琳,隐喻了人类是不可分割的整体,如果不共同防范灾难,当灾难发生时,人人都是受害者,没有人会

---

① Kathryn Erskine, *Mockingbird*, p.135.

② Kathryn Erskine, *Mockingbird*, p.7.

是赢家。这一思想早在 17 世纪的玄学诗人约翰·多恩的一首诗歌中就已呈现："没有一个人是一座与世隔绝的孤岛……任何人的去世都是我们的损失，因为我们都是人类的一员；因此不要问丧钟为谁而鸣，它就是为你而鸣。"①这首诗歌因被海明威引用在小说《丧钟为谁而鸣》的扉页，而得到广泛传播，这也是文学互文的一个典型案例。《百舌鸟》虽然没有直接引用多恩的诗句，但这一思想却弥漫全书，可以说这部小说就是对多恩这首诗歌的生动演绎和成功互文。

《百舌鸟》的隐性互文还体现在引路人的角色转换上。《杀死百舌鸟》中扮演父亲角色的引路人转换为学校的心理辅导老师布鲁克女士，呼应了当代媒体对青少年成长过程中家庭干预缺失的批评，也呼应了美国当代青少年文学名著《巧克力战争》中的父亲形象。在失去亲人后，父亲不但自己摆脱不了痛苦，也不能为困境中的孩子提供正确的帮助。因此，凯特琳的父亲既是对《杀死百舌鸟》中勇敢、正直、充满智慧的父亲形象的改写，又呼应了当代青少年"问题小说"中父亲形象偏弱的文学现象。

除了与文学文本互文，《百舌鸟》还与"社会文本"互文。如果作者没有与自闭症患者的亲密接触，是很难了解他们的内心世界的。作者将她对自闭症女儿的观察运用到凯特琳这一人物的塑造中。因此，凯特琳这一人物与作者的女儿形成了新的互文关系。通过这一人物，作者向读者介绍了自闭症患者的一些独特行为方式和思维方式。只要仔细梳理凯特琳的交际失误，就可以看出作者十分用心地将自闭症患者的交际问题分了几种不同类型：一是只了解字面含义，不懂比喻及其引申意义；二是不懂委婉语；三是对话时会突然陷入自己的思绪，忘记了对方的存在；四是不愿意直视对方，只看局部和细节，不能看到对方丰富的面部表情和肢体语言，因此常常产生误读；五是交际策略欠缺。让读者了解自闭症患者，如同教正常人使用手势语与聋哑人交流，其目的是为了更好地与那些有交际障碍的人沟通并帮助他们。其效果如同让正常人"穿上他们的鞋子行走"，从而了解他们的思维习惯，真正为他们提供帮助。

---

① John Donne, "Meditation XVII," Devotions upon Emergent Occasions Together with Death's Duel, Ann Arbor: The University of Michigan Press, 1959, pp.108 – 109.

《杀死百舌鸟》在与现实的互文中逆转了现实的局面,受害者家庭得到了社会的帮助;有心理疾患的凯特琳也没有被社会抛弃,而是得到了心理救助。厄斯金在后记中说:"理解他人的困难,以及帮助他们理解自己的困难,并教会他们一些具体的办法都是十分必要的。这样不仅会帮助他们更好地生活,反过来也会使我们能够生活得更好。"[①]她还说:"我希望让读者看到,只要进入一个人的头脑,真正了解他,很多误解和问题是能够避免的。反之,这些误解和问题可能导致越来越严重的挫折,甚至可能是暴力。"[②]对现实的逆转表明了作者的良好愿望和对社会的正面引导。一个个小故事表明沟通和理解是可以做到的。即便是自闭症患者,只要社会给予他们关心和帮助,他们也能取得进步。

作为对弗吉尼亚理工大学校园枪击案的回应,《杀死百舌鸟》向我们展示了小说故事的生成和意义延伸的途径:除了与经典文本互文,它还与现实生活中真实事件、真实人物互文。它让我们看到,文学创作过程实际上是作者行走在前文本、现实生活和作者的想象之间,是作者的阅读积累、生活体验、创作实践之间的互文和对话的结果。互文无处不在,有思想、有创新的互文才是有价值的互文。

第四节 《中国男孩》中的成长叙事:从创伤到复活

《中国男孩》(*China Boy*, 1991)[③]是美国华裔作家李健孙(Gus Lee)的一部自传体小说,出版当年荣登《纽约时报》评选的"1991年百部最佳小说榜"。小说讲述了一个华人中产家庭在20世纪40年代中期移居美国,在巨大社会文化差异下遭遇的重压和挣扎。小说重点描写华裔男孩丁改[④]在陌生文化环境中遭遇的生存挑战和感受到的心灵创痛,凸显了中国传统文化的弱势生存

---

① Kathryn Erskine, *Mockingbird*, p.234.

② Kathryn Erskine, *Mockingbird*, p.235.

③ 国内有学者将其翻译为《支那崽》。见《支那崽》,王光林、叶兴国译,译林出版社2003年版。

④ 国内学者普遍将其名译为丁凯。在该小说中,母亲对他说,他的名字是"改革""教育""改进"之意。见小说第67页。

策略与美国强势生存策略的文化差异和冲突。文化冲突在这部小说中又以暴力为主要表现形式，以至于在已经发表的对这部小说的评论中，对暴力和文化冲突的关注占据了主要地位。

有学者将这部小说的主题阐释为"面对白肤色"，认为该小说表现了华裔少年丁改通过拳击训练获得力量，并通过与其他有色人种的结合，打败了代表"白肤色、权力和压迫"一方的继母艾德拉。①还有学者将该小说阐释为一部喜剧色彩浓厚的小说，认为幽默起到了调和华裔男孩异类身份，确立其美国公民身份的作用，因为幽默是一种民族修辞（a nationalist rhetoric）。李健孙通过夸大丁改与其他美国人的差异来取得幽默效果，并揭示最极端的对立也是可以同化的。②也有学者将这部小说的主题理解为"文化整合"，指出小说表现了父亲所代表的文化同化的失败和儿子代表的"新一代华裔对中西两种文化所做的整合努力"③。

其实，作者李健孙对小说的主题有过明确的说明。他在小说扉页的题词中写道："……它（指这部小说）对我来说，是一个道德故事——一位父亲对生活目的的提示：父母之爱不可缺少，把握救赎的机会无处不在。"实际也是如此，小说的大量篇幅都在描写失去父母之爱的丁改所遭受的欺辱和磨难，我们不能因为小说存在幽默成分，就忽略了其中大量的创伤叙事。本节以创伤理论的视角，论述《中国男孩》的创伤叙事特征，而将其中的幽默和夸张看作是复活叙事的表征。

一、《中国男孩》的创伤叙事

《中国男孩》采用了第一人称童年视角与成年叙事相结合的手法，这是成长小说常见的叙事手段。它既能还原童年经历的真实感，又克服了儿童的认知与表达局限，为表现童年生活的文学真实性提供了可能和便利。小说讲述

---

① Cheryl Alexander Malcolm, "Going for the Knockout: Confronting Whiteness in Gus Lee's *China Boy*," MELUS, Vol. 29（3/4），2004, p.414.

② Christine So, "Delivering the Punch Line: Racial Combat as Comedy in Gus Lee's *China Boy*," MELUS, Vol. 21（4），1996, pp.143-148.

③ 肖薇：《解读美国华裔作家李健孙的文化整合观——从〈支那崽〉和〈荣誉与责任〉看华裔文化发展的新方向》，《当代文坛》2004年第6期，第107页。

了丁改 6 岁那年的生活巨变——生母去世，一年后白人继母艾德拉进门。这是一个非常个性化的个人故事和家庭故事，但是它所映射的文化冲突带给青少年的困扰，却极具典型性和代表性。

在反映种族问题的小说中，创伤的根源来自于对他者的丑化和排斥，不仅有主流文化对少数族裔的排斥，也有少数族裔内部的排斥。在该小说中，代表主流文化的继母表现出对中国文化和汉语的抵触与蔑视，而街头的黑人孩子也对与众不同的丁改从好奇转为欺负。起初孩子们触摸丁改的手和脸，疑惑他的肤色为什么不黑，他的头发为什么不卷，然后有人说他很丑；而他的洋泾浜英语无人能懂，使他立刻成为嘲笑的靶子。他用上海话说，要与他们"交朋友"，可孩子们不知所云。问他："友，友是什么？"①(p. 62)接下来是一阵哄笑。之后，"友"便成为对他的称谓。后来孩子们觉得"友"意思不明，不足以体现这个类似外星人的身份，便开始称呼他"中国男孩"。

小说一开始就用生动的比喻，描写街头暴力给丁改带来的内心恐惧和精神伤害：

> 天空像一座老房子的屋顶，轰然倒塌，像雪崩中的巨石和土块一样倾泻而下。我的头被敲打着，脸上流淌着滑腻腻的血，我倒在路边。透过不断喷涌的泪水，我听到一个声音，既遥远又清晰，那是死亡的声音：
> "中国男孩！"牛高马大的威利·马克用他那副贫民窟男低音的嗓门叫道，"我是拳头城出来的，把午饭钱交出来，老鼠脸！"(p. 1)

丁改生活的社区是一个被主流社会遗忘的黑人社区，报警电话形同虚设，警察似乎只关心维护白人社区的治安，对这个黑人社区不闻不问；而丁改的家庭则是被白人继母掌控的等级社会，继母享有绝对权威。叙事者使用了大量的对比，讲述亲生母亲戴丽生前和死后丁改一家生活的巨变。

生母在世时家人其乐融融的情景描写，不仅与之后继母管控下的生活形成对照，也为读者了解丁改经历的文化冲突埋下了伏笔。生母戴丽常常会用

---

① Gus Lee, *China Boy*, New York: Plume, 1994. 由于引用较多，不再脚注，只在引文后标明页码。

自己的情绪感染这个家庭。当她快乐时，丁改也带着满脸的天真，傻傻地对着她微笑。母亲用关爱的语气给他灌输行为规范和文化礼仪。比如笑的礼仪：收到礼物时，男孩子要笑不露齿，否则齿神会夺走他那漂亮的牙齿；而女孩子笑可露齿，因为齿神不要她们的牙齿；他的爸爸可以开怀大笑，因为他曾是军人，齿神伤害不了他；而丁改是未来的音乐家，不具有保护自己牙齿的武功，所以笑要有节制。又比如，在享受美食时，大家都可以开心地笑，因为这种笑属于家庭幸福的笑，不同于获得礼物时贪婪的笑。母亲跟丁改讲上海话，讲中国故事，做中国美食，让他跟沈先生学中国书法。沐浴着母亲温暖的爱，丁改接受了母亲灌输的中国传统文化和自我认知，结果成为家里最不适应美国生活的人。

　　继母艾德拉的权威感来自她作为爱尔兰移民的语言优势和文化优势。丁改的母亲去世后，父亲娶她也是看重她的这一优势。在美国生活，能够讲好英语是生存的基本保障。人权、生存权都必须靠言说去争取。为了不让自己在这个华人家庭被边缘化，艾德拉禁止一家人讲汉语，以此确立自己的霸主地位。而丁改是家里英语讲得最差的人，他首当其冲成为艾德拉施展权威的对象。他在家讲中国话，会被继母呵斥；讲蹩脚的英语又让他显得粗鲁怪异，更惹继母生气；而他讲英语时扭曲、挣扎的表情，时常招来继母的巴掌，说他太爱做鬼脸，对继母不敬。当丁改的三姐明丽告诉艾德拉，丁改在街上被人打了，请求让他进屋躲避时，艾德拉说："他让我心烦，老问一些我听不懂的问题。他要吃的东西是我们爱尔兰人拿去喂猪的。他就像难民，一幅呆滞的眼神。让他进来？你以为你是谁呀，他妈妈吗？"（p. 64）

　　戴丽去世后，丁改在心理和情感上受到的最大伤害是身份的颠覆。戴丽深受重男轻女的中国传统文化影响，把丁改看作丁家延续到美国的根脉，对他呵护有加。由于他们居住在一个以黑人为主的贫民窟，戴丽经常看到窗外孩子们的打斗，因此尽量不让丁改出门。到了上学年龄，母亲为了保护他，对老师谎称他的皮肤对阳光过敏，请老师允许他不参加课外活动。继母到来后，他不再享有这种"王子"身份。继母不准他白天待在家里，坚持要他出去和社区的孩子们打成一片，而且任凭他在外面被打得头破血流、满身伤痕。这种身份的改变让丁改十分恐惧。

　　持续不断的恐惧和担忧是心理创伤的直接原因。导致创伤的生存环境若得不到改变,受害者自然会感受到生存危机。小说中有大量的篇幅展示丁改的恐惧。他把继母的到来比喻成"德军进驻巴黎"(p. 56),夸张地把她与战争、占领和镇压联系起来。家里两个未成年的孩子,在继母眼里简直就是包袱,他们所做的一切她都看不顺眼。她自己虽然做不出什么好吃的饭菜,却对进餐礼仪十分讲究,餐刀放在盘子右边,叉子放左边。然后再把色拉叉子和汤勺分别放在左右外侧。杯子放在餐刀正上方,离刀尖 1 英寸远,杯子里的水离杯口 2 英寸。如果餐具摆错位置,她会发出让人毛骨悚然的尖叫:"色拉叉子放在外侧!"(p. 79)"接着是一巴掌打来,把我身上所有的血都带到脸上。"(p. 79)丁改说:"童年的印记一直留存下来。直到现在,我一看到刀叉放错了位置,就会猛然心惊肉跳,感到一阵隐约的疼痛,联想到杂乱可能带来的威胁和灾难。"(p. 79)这便是心理学上的创伤闪回记忆,哪怕是某个不起眼的小事,也可能让受害者突然回忆起往事,产生痛苦的联想。

创伤带来的精神紧张症还反映在丁改习惯性逃避上。保持警惕和逃避苦难是创伤受害者的本能反应。遭到骚扰和欺负的丁改总是提心吊胆地走出家门,每天都在逃避可能伤害他的街头孩子,一路跑去学校。由于作为避难所的家也被继母霸占,他常常幻想母亲能够回来;他还在卡通书中寻找良方,羡慕超人和大力神鼠,把自己想象成战无不胜的勇士。但这些幻想只能给他带来短暂的逃避和释放,却免除不了被挨打的命运。当他在噩梦中被艾德拉追打得号啕大哭的时候,艾德拉会来到他的房间,给他一巴掌,把他打醒,以至于他弄不清楚刚才的经历究竟是梦境还是现实。心理学家认为:创伤经历在梦中重现,与其说是直接经历的反映,不如说是受害者企图弄明白创伤的缘由。如果不能解开这个谜,受害者会被迫不断地被它困扰。[①]也就是说,噩梦和恐惧会不断重现。

卡鲁斯认为,创伤受害者"不仅常常回忆起所经历的恐怖事件,还会因其难以理喻而备受困扰"[②]。对于认知能力较弱的青少年来说,这种困扰若得不到成人的帮助,会一直持续下去。丁改对暴力一直困惑不解。他的生母曾对

[①] Cathy Caruth, *Unclaimed Experience: Trauma, Narrative, and History*, Baltimore: The Johns Hopkins University Press, 1996, p.83.

[②] Cathy Caruth, *Unclaimed Experience: Trauma, Narrative, and History*, p.15.

他说,打架不好,会伤害一个人的运气。他最敬重的沈叔叔也告诫他,要用理性而不是拳头解决问题。但街头的孩子们却打斗不休。而且,他也试图理解艾德拉为什么会对他施以家暴。起先,他以为一定是自己做错了事,"我是坏孩子,讲不好英语,爱做鬼脸,妈妈也不回来了!我知道,她再也不能教我了!"(p. 93)为了成为一个好孩子,他不再踩死蚂蚁,不向鸟儿扔石子,甚至对他十分惧怕的狗也表示友好:"别吃我,狗朋友。"(p. 93)他还去教堂祈求上帝,不要让他再挨打了。后来,三姐明丽给他朗读了格林童话《汉森和格莱特的故事》。这个故事中的继母把继子们看作负担,只分给他们少得可怜的粮食。她给汉森和格莱特吃了最后一餐后,便把他们遗弃在森林里。当时,丁改认为这可能就是艾德拉不爱他们的原因,以至于在艾德拉安排一次户外野餐时,丁改看到远处的树林,便联想到汉森和格莱特的故事。他问明丽:"我们是不是要像汉森和格莱特那样被抛弃在这里?"(p. 170)艾德拉猜到一定是明丽把这个故事读给丁改听了,当着他们父亲的面,把一杯苹果汁泼在明丽的脸上。丁改的问话反映出他试图去理解艾德拉的行为方式,同时也反映出他对继母乃至父亲的信任危机。心理学者埃瑟林顿指出:"当施害人是儿童生存所依赖的人时,儿童的信任感会因遭受背叛受到严重损害。"①

原本一次难得的家庭野餐以痛苦收场。丁改天真的问话不是故意要气继母,而是他精神紧张症的自然流露。美国心理分析家赫尔曼说,由于创伤经历留在受害人大脑里的记忆有别于普通记忆,这种非正常记忆会以闪回和噩梦的形式占据受害人的意识。同时,一些表面看来毫不重要的言行事物也会触发受害人痛苦的感受和记忆。因此,一个看似安全的环境对创伤受害者来说,也可能充满危险。②丁改的这些创伤症状并没有引起家长的重视,而是一位街坊邻居主动出面干预,才解救了他。

作为成年后的叙事者,丁改已经具有反思过去的经历并从中获得洞见的能力。他认为在母亲去世后的第一年,他不具备三个文化融入的重要指标:语

---

① Kim Etherington, *Trauma, the Body and Transformation*, London and New York: Jessica Kingsley Publishers, 2003, p.24.

② Judith Herman, *Trauma and Recovery: The Aftermath of Violence—from Domestic Abuse to Political Terror*, New York: Basic Books, 1992, p.37.

言、体育运动和打斗能力(pp. 89 - 90)。他既不能与其他孩子进行正常交流，又不能参加他们喜爱的体育活动，遭到欺辱时又没有还击的能力。在族群间文化误解和文化冲突过程中，语言是化解误会、增进了解、维护权利、结交朋友的生存工具。语言障碍不仅使丁改在家里备受艾德拉的歧视，在社会交往中也处于劣势。语言不通甚至对成年人也是巨大的心理负担。比如丁改的生母戴丽就因为交流障碍，倍感孤独。戴丽与这个社区的黑人没有交往，她的主要社交活动是在唐人街，但是唐人街绝大多数人来自广东，上海话在这里行不通，她只能用生硬的英语进行简单的交流。在这样的环境下，她的孤独不言而喻，她唯一的朋友就是丈夫的同事沈先生。

戴丽和丁改是第一代移民的缩影，语言障碍限制了他们的活动范围和交际对象，自然也限制了他们的生存和发展空间。在她异常苦闷的时候，她甚至带着两个未成年的孩子来到太平洋边，对大洋彼岸高声呼喊："父亲，你知道吗？美国人将黑人作为奴隶，把他们从非洲的家园带走，而战争把我们带到了这里。"(p. 45)小说一直强调戴丽对她的父亲满怀沉重的负疚感，因为她再也不能返回中国去尽孝了。丁改认为，美国对他的姐姐们来说，意味着遗忘过去，适应现在；对他母亲来说则是监狱。在她离开中国那一刻起，她便从文化上、精神上失去了自由，死神开始向她走来。在丁改的回忆里，尽管母亲美丽动人、性格开朗，但有时也会控制不住自己的情绪，扔盘子、砸东西，以这种类似暴力的方式来发泄心中的郁闷。但是对丁改来说，连发泄的方式都没有，他可以做的就是尽可能逃避灾难，幻想妈妈能够重新回到身边。他潜意识地抵制艾德拉做的饭菜和她的标准英语，以至于瘦得皮包骨头，英语进步缓慢。随着人类对创伤心理的深入研究，心理学者埃瑟林顿指出：创伤可以通过身体的各种不适得以呈现，如生病、丧失体能、癖嗜、疼痛等。[1]丁改的各种心理反应和生理反应完全符合创伤紧张症的种种表现。

李健孙通过生动、夸张的叙事再现了丁改的痛苦遭遇。在讲述丁改一次次遭受暴力的过程中，揭示他内心的惶恐和痛楚，用心理描写和情感叙事反映了第一代移民在美国艰难的生活经历。美国虽然是一个移民国家，但并不是对所有新移民都很友好的国家。在这种社会氛围里，适者生存、个人主义、竞

---

[1] Kim Etherington, *Trauma*, *the Body and Transformation*, p.11.

争能力必然成为主导价值观。

二、《中国男孩》的复活叙事

创伤研究的重要学者卡鲁斯指出："创伤不仅是指毁灭。从根本上看，是关于幸存的解谜。只有把创伤经历看作毁灭与幸存之间的一对矛盾关系，我们才能真正认识位于灾难事件要害处的不可理喻的遗留问题。"①对于青少年小说而言，如果只有创伤叙事，主人公只是沉湎于童年留下的伤痕而无力自拔，很难算得上是一部激励人心的青少年小说。因此，在绝大多数描写苦难童年的青少年小说中，创伤叙事总是和复活叙事交织在一起，通过展示主人公创伤愈合的经历给读者带来成长的启迪。

《中国男孩》的复活叙事包含三个方面的特征，一是由宣泄、关爱、引导和改变组成一条成长的叙事线索；二是用零散化的叙事结构让创伤经历中的核心事件和关键人物得到专门的审视；三是用夸张幽默的语气拉开与创伤经历的心理距离。根据弗洛伊德的观点，焦虑症患者将他们的思想与他人分享之后，会变得更加健康，更有活力。因此，他让有心理疾患的人讲述自己的故事，并以此作为一种医疗方式。丁改能够从创伤中康复，首先是有了一位愿意听他倾诉的黑人朋友杜桑。善良的杜桑耐心地听他用发音不准、语不成句的洋泾浜英语讲述自己的遭遇，有时两个人的对话就像猜谜，但杜桑从来不嘲笑丁改，他是第一个复活了丁改自信心的人。丁改评价这位朋友说："杜桑是引领我成为美国男孩的人。"(p. 97)但是杜桑却受制于他的年龄和阅历，不可能从根本上帮助丁改摆脱羸弱挨打的局面，丁改的成长还需要更多的指引。普韦布罗先生在丁改最绝望的时候，把他引入基督教青年会(Y.M.C.A.)。在那里他获得了成年人的帮助，对自己面临的问题有了全新的认识，并且获得了改变自我的勇气。

小说的关爱叙事围绕丁改与姐姐、沈叔叔、杜桑、杜桑妈妈和Y.M.C.A.教练们的交往展开，表现了一种超越年龄、超越种族、超越文化的友爱。杜桑主动和丁改交朋友，还把自己的朋友介绍给他。有了朋友们的陪伴，丁改在街上挨揍的次数明显减少。丁改在杜桑母亲那里再次感受到失去的母爱。她会热

---

① Cathy Caruth, *Unclaimed Experience*: *Trauma*, *Narrative*, *and History*, p.76.

情地拥抱他,教他唱歌,鼓励他与杜桑一起分享各自家人的故事。通过讲述,丁改的内心苦闷得到了宣泄和释放,他获得了朋友们的安慰和建议,找到了归属感。杜桑还教他,当别人欺负他时,他应该如何讲话,如何出拳反击和保护自己的头。杜桑说:

> "下次你要像我一样讲话,手上的皮要粗点,脸皮要厚点。来,中国,你听好了。你说:'我不是让你推来推去的受气包,再也不是了!'就这样,你说一遍!"
>
> "嗯。我不是,嗯,我不是推来推去,嗯,让你推?还是推我?"我试着说了一遍。(p. 186)

看着丁改羸弱的样子,连一句狠话都说不好,杜桑并不介意,反而不断鼓励他。杜桑向丁改解释为什么社区的孩子们喜欢打斗,他说:"孩子们想通过打斗成为一个男子汉。"(p. 97)他还说黑人曾经是奴隶,稍不注意就会遭到鞭打。"现在不会了,我们会打斗,像男子汉一样反击。"(p. 98)在跟杜桑的对话中,丁改获得了顿悟。他开始反思母亲生前灌输给他的那些生存法则是否正确。

杜桑解构了戴丽教导丁改的两条规矩:不能打斗,笑不露齿。杜桑问他会不会笑,丁改回答"当然会"。杜桑要他笑一笑看,丁改想起了母亲笑不露齿的教诲,做了一个微笑的动作,还给杜桑转述母亲讲述的齿神的故事。可是他既讲不清楚,也不能证明什么,就像他妈妈常常提到的"运气"一样让人捉摸不透。这件小事让他获得顿悟:"我突然开始怀疑这些敬畏神灵的故事有什么真正的价值。妈妈敬畏每一位神灵,但他们还是把她带走了。"(p. 110)从此,丁改开始放弃妈妈灌输的那些不适应美国国情的信仰,也就是那些自我约束、封闭的弱势生存策略。此前,丁改一直相信妈妈说的,打架会伤害一个人的运气,所以他从来不愿意打架。当他第一次站在拳击台上,跟患有小儿麻痹后遗症的白人男孩康尼比赛时,他几乎没有出过手,连康尼都不忍心再朝他出拳了。Y.M.C.A.(基督教青年联合会)的刘易斯先生给他讲解拳击的意义。刘易斯先生说:"Y.M.C.A.教年轻人如何通过拳击,来塑造他们的性格和精神。我们不教年轻人打斗。拳击是通向好公民的途径之一,是公平竞争,依靠自我的力量。"(p. 145)尽管那时候丁改对刘易斯先生的话并不十分明白,但他开始欣然接受 Y.M.C.A.,因为这里的人对他很友好。在这里,他不仅跟来自不同种族的男孩们一起学习拳击要领,还学习游泳、体操、篮球、摔跤、跑步等各项体育技能。

当生活中有了关爱,丁改的心情也从萎靡不振转为积极向上。在 Y.M.C.A.,他学会了不再害怕拳头,学会了忍受创痛,不会因为被拳头击中而号啕大哭。教练庞萨龙先生要求他发起攻击。丁改在他的一再鼓励下,闭上眼,再也不顾妈妈所说的运气了,生平第一次朝着一个成年人奋力一击。当他睁开眼时,看到教练在对他微笑。他十分开心,终于迈出了拳击的第一步。

在 Y.M.C.A.,他还发现了自己的声音,"知道了我也可以像其他孩子一样大声喊叫。"(p. 202)这个发现让他十分欣喜。他与白人男孩康尼、黑人男孩勒罗伊等成为好友,一起度过了许多快乐时光。勒罗伊是一位淘气幽默的男孩,他会想出一些小花招去捉弄人,惹得其他人冲他们吼叫。丁改觉得十分开心。他说:"我从来没有这么高的社会地位,有人跟我团结在一起,接纳我,让我真正感受到自己是个男孩子。"(p. 256)康尼鼓动他花一毛钱通过高倍望远镜观看月亮。通过望远镜,他第一次清楚地看见如此美丽的月球景象。这是他第一次借助设备看清楚东西。虽然他的视力不好,但父母一直没有给他配眼镜。这个貌似"小事一桩"的经历,对丁改具有特殊意义。它打开了他的眼界,让他看到了更加广阔的世界和无限的可能性。

与继母的冷漠和打骂式的管教方式相比,丁改更乐意接受 Y.M.C.A.教练们的指导。刘易斯先生指出了他的发音问题,他告诉丁改,如果他能清楚地发音,别人才会听懂他的意思,才会重视他的意见和感受。他要求丁改在学会防身技能之后,要好好练习发音。他说:"年轻人,你的嘴唇要动起来;你说话的时候,怎么总是想要遮住牙齿。"(p. 195)尽管继母讲一口标准的英语,却从来没有给过丁改必要的指导,只会用责骂和暴力来斥责他口齿不清,仿佛用巴掌就能打出一口标准的英语。

小说对丁改第一次反抗同伴欺辱进行了细致的描述,表现了丁改在反抗中复活自信和自尊的过程。黑人男孩泰伦用球砸丁改的头,还使唤他去把球捡回来。丁改没有服从,被泰伦揍了几拳。丁改没有哭叫、逃跑,而是用手护头,躲避他的拳头,甚至还用在训练馆学到的拳击技术回击泰伦。"泰伦停下来,奇怪了,好像看见一只鸽子敢于反抗老鹰一样。"(p. 180)

这事很快传了出去,中国男孩有点人样了。很快戏剧性的效果出现了:小孩子们不来欺侮我了,挨揍也不再是家常便饭。连我二年级的老师,格文多林·哈罗兰夫人也对我说:"改,你的身子开始鼓起来了。"我笑得很开心,难以自制,甚至不得不转过身去,两手遮住自己的脸。(p. 180)

人们对成长的感悟有时就发生在一瞬间。丁改此时此刻显然为自己的成长而欣喜。正如他后来所说:"我再也不是一副讨打的模样了。"(p. 261)当有人用肩撞他,或叫他"中国男孩"时,他会停下脚步,举起拳头。在他打败了曾经吓得他发抖的杰罗姆之后,他的兴奋之情溢于言表。

然而,复活之路不会一帆风顺,强烈的复活感往往出现在象征性的死亡之后。丁改经受的最大创伤是在他刚刚开始享受成功的喜悦之后。一天,他被突然冒出来的威利狠狠揍了一顿,打得他措手不及,感觉像要死去一样。威利还威胁他说:"听好了,中国男孩,你该去见基督了。"(p. 279)最后,还朝他吐口水,让他无地自容,刚刚建立起的自信心被彻底摧毁。接下来一段时间,他明显处在创伤后精神紧张症状态中。就在他萎靡不振之际,那个被他打败过的杰罗姆,也狠狠报复了一回。他们不仅伤害了他的身体,还彻底打垮了他的精神。他不想见任何人,开始逃避 Y.M.C.A.,夜晚睡不着,白天上课走神,对食物也失去了兴趣。他又开始怀念起母亲来,甚至独自来到母亲曾带他们去过的海边。在母亲对着大洋彼岸向外公喊话的地方,他情不自禁地往海里走去。一位渔民及时制止了他。

在他自暴自弃的时候,朋友和教练的关心再次拯救了他。杜桑找到他,告诉他不要在意被威利打败。教练找他谈话,要他说出埋在心里的话。丁改终于放声大哭起来,把憋在心里的苦闷统统倒了出来。通过这次宣泄,丁改将长期困扰于心、难以述说的创伤从潜意识层导入意识层,讲出了困扰他的三个主要问题:街头挨打、家暴和对妈妈的怀念。妈妈从中国带来的一箱东西全部被继母烧了,丁改连一张妈妈的照片都找不到。听了丁改的倾诉,刘易斯先生决定为丁改制订专门的训练计划,要让他彻底打败威利,重拾信心。在丁改与威利对决之前,刘易斯先生还跟丁改的二姐联系,要她把保存的一张生母的照片转交给丁改。在几位教练的共同帮助下,丁改的拳击技术进步很快,身体也强壮了很多。他终于打败了威利,重新找回了尊严和自信。丁改把几位教练称为"教父",表明了他对强势生存策略的接受,也表明他对美国文化的认同。

戈尔曼指出,如果人们意识到在灾难面前他们可以有所作为,无论作用多么有限,他们的情感反应远远胜过那些彻底失望的人。①丁改在朋友和教练的帮助下,完成了从一个爱哭鼻子的受气包,到有能力保护自己的小男子汉的蜕变。在他打败威利后,杜桑把他带回自己家,骄傲地告诉妈妈,丁改打败了威利。拉鲁妈妈(丁改对杜桑妈妈的称呼)极为关切地查看丁改的伤情,为他清理伤口。可当艾德拉看到丁改提前回家时,非常惊讶。丁改自豪地告诉她,自己打败了威利,艾德拉却冷冰冰地说:"不管你做了什么,现在不是吃饭时间,你还不能回家。"(p. 322)丁改回应道:"我要进去,我要喝水。"见艾德拉举起手,又要打他,他做出了拳击中的防卫动作,还告诉艾德拉,她不是他的妈妈,他再也不是受气包了。丁改曾经因为说艾德拉不是自己的妈妈而遭到暴打,在心理上留下了恐惧的阴影。他再次讲出自己内心的声音,表明他已经获得了抗争的勇气和力量。

小说将整个故事分为 31 个章节,以零散化的叙事结构审视困扰丁改的创伤经历。心理学者指出,将我们的经历分解成片段,可以减轻和释放压力;这些片段化的情感创伤和感官体验会因此成为精确的记忆。每个片段可以得到专门审视,以便能够减少它们对我们的控制。②《中国男孩》的故事情节没有按照线性时间顺序发展,而是分章聚焦丁改 6—7 岁时改变他生活的人和事。在这些章节中,丁改始终是连接其他故事,并赋予它们整体意义的中心人物。在他讲述过往经历的时候,还不时插入成年后的反思与推测,使得这些人物得到记忆留存和反思后的"专门审视"。

《中国男孩》的叙事语气既有悲伤的一面,又有明显的夸张和幽默。然而,这部小说主要讲述的是丁改在童年时期的成长困境,小说的基调是创伤叙事,讲述了创伤源头——历史背景、社会环境和人为因素,还讲述了创伤体验——语言暴力和行为暴力对心灵和身体的一次次折磨,以及创伤阴影——即创伤后的心理恐惧和精神紧张症。通过讲述主人公个体的创伤,《中国男孩》映射

---

① Daniel Goleman, *Emotionat intelligence*, London: Bloomsburg, 1996, p.204.

② Kim Etherington, *Trauma, the Body and Transformation*, p.32.

了华人移民的集体创伤；在这个讲述个体生活经历的童年故事中，浸淫着时代和社会环境造成的种族感受。

创伤叙事中包含的乐观倾向、夸张和灾祸笑话①，使这部小说不可避免地存在一定的矛盾性。这些矛盾形成的张力实则是创伤愈合过程的表现。以复活叙事的眼光去寻找那些关于创伤愈合经历的叙事，是阐释其矛盾性的有效手段。小说通过小丁改的话语曲解、成年丁改的夸张话语、灾祸笑话等叙事手法，消解了创伤叙事的阅读痛苦，也为复活叙事提供了表达的张力。幽默不仅是治愈心理创伤的良药，同时也表明了叙事者已经与童年的自我有了时空和心理上的距离，能够不时地用近似于自嘲的眼光来看待儿时的挣扎，是一种强大内心的表现。正如凯瑟琳·休姆在介绍移民文学时指出的那样，"移民的自传与传记作品倾向于乐观精神，很少有贫困的醉鬼会书写自己生活的历史并将其发表出来"②。

总之，创伤叙事与复活叙事在《中国男孩》中实现了较好的结合，给读者的启发远远胜过单纯的创伤叙事。这部小说以多元文化认知和融合的方式，消解了文化冲突的不可调和性，为读者提供了一个文化适应的成功案例。小说以夸张、生动、痛楚的笔触，引领读者去感受创伤、认识创伤、超越创伤。当人们获得了对创伤根源的认识，掌握了应对创伤的勇气和方法时，自然也获得了生活的智慧和力量，实现了人生的超越。

---

① 库佩斯指出，幽默的基础总是包含了某些令人发笑的不协调因素，最容易获得的方式就是某种程度上的越界，而用幽默的方式来描述灾难性的事件，被称为"灾祸笑话"（disaster jokes）。See Giselinde Kuipers, " 'Where Was King Kong When We Needed Him?' Public Discourse, Digital Disaster Jokes, and the Functions of Laugher after 9/11," in Ted Gournelos and Viveca Greene (eds.), *A Decade of Dark Humor: How Comedy, Irony, and Satire Shaped Post-9/11 America*, Jackson: University Press of Mississippi, 2011, p.21.

② Kathryn Hume, *American Dream, American Nightmares: Fiction Since 1960*, Beijing: Foreign Language Teaching and Research Press, 2006, p.9.

第五节　从《孤独的蓝鸟》看"问题小说"的程式化要素

第二次世界大战以后美国青少年文学明显转向现实主义,着力客观地表现青少年成长过程中的各种问题和产生这些问题的社会背景。这种转变的标志是塞林格 1951 年出版的《麦田里的守望者》。该小说在内容、语言和叙事风格上都一反战前青少年文学浪漫、励志的传统,反映了许多社会阴暗面,通过粗俗、激愤的语言表达年轻主人公愤世嫉俗的态度,因而遭到一些家长、学校和公共图书馆的禁止,但它在文学界却引起了很大反响。以现实主义的态度直面和反映青少年成长中的困惑与问题,成为战后美国青少年文学新风向。到 1967 年,青少年现实主义小说已经确立了根基,引发了社会各界对青少年文学转向的关注。这一年里出版的重要小说有《局外人》(The Outsiders)、《上帝的选民》(The Chosen)、《对手》(The Contender),《波·乔·琼斯夫妇》(Mr. and Mrs. Bo Jo Jones)、《明日之屋》(House of Tomorrow)等。

20 世纪 60 年代后半期至 80 年代初是青少年问题小说创作出版的黄金时期。"问题小说"层出不穷,发展到对青少年成长问题的呈现大有走向变态、走向极端之势。学术界开始反思"问题小说"的偏差和走向,甚至质疑"问题小说"的命名本身似乎就隐含了一种创作取向上的误导。为此,一些学者选择"青少年现实主义小说"这个术语来取代"问题小说"。

道诺森和尼尔森在《当今的青少年文学》一书中解释,他们用"现实主义小说"取代"问题小说"的原因是每一部小说都反映问题,没有问题就没有情节。问题小说过分强化、渲染了存在的问题,在尚未成熟的读者心中引发了灰暗和伤感心理;现实主义小说则在客观描写问题的同时,努力保留一种积极且富有建设性的情怀。尽管这样,他们也没有完全回避使用"问题小说"这个术语,还分别总结出优秀问题小说与低劣问题小说的若干特征。①

美国学者总结了"问题小说"经常表现的青少年问题:安全感缺失、代际冲

---

① Kenneth Donelson and Aileen P. Nilsen, *Literature for Today's Young Adults* (3rd. ed.), Glenview: Scott. Foresman and Company, 1989, pp.83 – 85.

突、叛逆、性困惑与性冲动、同伴期待和同伴排斥、种族与身份困惑、单亲家庭等。其他常见问题是：个人形象、父母离异、暴力行为、自杀倾向、嘲笑凌辱、吸毒、贫穷、疾病、残疾等。[①]如何将这些问题通过独特的叙事手段写入文学作品，起到教育、启发和警示青少年的作用，是问题小说创作的关键。

由于问题小说有比较明确的读者对象和主题内容，其叙事结构和叙事策略表现出相对稳定的程式化、类型化倾向。类型文学具有一种约定俗成的套路，作者有意无意会遵循这种范式，而读者一旦发现某部小说属于某种类型，也会有意无意形成一种阅读期待，从而与作者达成一种默契。这类读者类似于"理想读者"，他们懂得阅读类型小说的大致路径，就像猎人跟随猎物的足迹一样，最终发现目标，获得阅读快感。本节通过分析辛西亚·沃伊特（Cynthia Voigt）的《孤独的蓝鸟》的叙事特征和结构特征，对青少年问题小说的程式化要素进行解析，重点从人物要素（包括焦点人物、问题制造者、解困者）和策略要素（包括困局制造、解困策略）两个方面予以阐述，以期揭示问题小说程式化要素的建构过程和审美原理。

一、"问题小说"的程式探析

传统文学批评在衡量一部作品的优劣时会关注其原创性、创新性。在艺术手法上具有创新性的作品被看作纯文学或者高雅文学，而叙事风格上趋于程式化、类型化的作品则被看作通俗文学，比如侦探小说。然而，在互文理论看来，类型文学在作者和读者之间达成了一种阅读默契，互文性赋予了类型文学一种独特的文学价值，需要重新认识。[②]对小说进行类型分析，目的是更好地认识某一类小说产生的历史文化背景和它的基本文学特征，追溯其演变轨

---

① Brian W. Sturm and Michel Karin, "The Structure of Power in Young Adult Problem Novels," *Young Adult Library Services*, Winter 2009, p.42.

② Matthew Schneider Mayerson, "Popular Fiction Studies: The Advantages of a New Field," *Studies in Popular Culture*, Fall 2010, p.27, http://www.docin.com/p-782075320.html. [2015 - 7 - 31].

迹。有学者说,"如果没有基本的类型区分,美学领域会是一片混沌"①。

美国文学中公认的类型小说有西部小说、战争小说、灾难小说、历史小说、罗曼史小说、惊悚小说、犯罪小说、侦探小说、成长小说、哥特小说等。韦勒克和沃伦在《文学理论》中说:

> 人们在一本文学作品中获得的乐趣来自两个方面:一种新颖感和一种熟悉感……完全熟悉和重复的模式会令人厌倦;全新的形式让人难以理解,因而也是不可思议的。类型代表了一套为人熟悉的美学技巧,作者可以使用,读者也明白易懂。好的作者既能够遵从已有类型的规制,又能够将其不断拓展创新。②

一种类型小说往往具有特定的目标指向,灾难小说的目的是警示世人,战争小说要展示战争的残酷和对人性的考验,而青少年问题小说的目的则在于揭示当代社会问题对青少年成长造成的阻碍和影响。学术界普遍认为,问题小说的社会功能在于,它能够帮助读者了解青少年中普遍存在的成长问题。对青少年读者来说,阅读这类作品可以增强他们的社会认知能力,从中学到防范、应对问题的技能。有学者提出:"教育就是保护。"③帮助青少年警惕他们未曾知晓、未曾经历的问题,是文学的责任,而阅读问题小说可以帮助青少年获得相关知识,从而起到教育和保护的作用。还有学者认为,问题小说具有"治疗价值",处于困境中的青少年读者可以从这类小说中学到应对类似问题的途径。至少,他们可以知道自己不是唯一遇到这类问题的人,从而减少内心

---

① Henry Bonnet, "Dichotomy of Artistic Genres," in Joseph R. Strelka (ed.), *Theories of Literary Genre*, University Park: The Pennsylvania State University Press, 1978, p.3.

② Rene Wellek and A. Warren, *Theory of Literature*, New York: Harcourt, Brace and Company, 1956, p.235.

③ Meg Tillapaugh, "AIDS: A Problem for Today's YA Problem Novel," *School Library Journal*, May 1993, p.24.

的恐慌和焦虑,起到心理治疗的作用。①

问题小说的程式化特征主要反映在人物塑造和叙事结构上。在人物塑造上,"问题小说通过塑造一些读者乐意效仿或希望规避的人物起到教化作用"②。这类小说常常包含四类人物:焦点人物(即主角)、问题制造者、解困者、辅助人物(正反两方面)。在叙事结构上,问题小说包含困局制造与解困过程两个基本结构要素。在这些基本元素的基础上,每部小说演绎着各自的故事,而优秀的问题小说总是能够在遵守程式的基础上,突破程式的限制,从而推进这一文学类型的演变和发展。

二、问题小说中的人物及文化符号

尼古拉耶娃指出,文学研究存在两种看待人物的倾向。一种是把小说人物当作真实的、活生生的人物模仿,将人物看作现实的直接反映,进而从社会、文化、性别、心理等方面考虑其行为动机,指出他们所代表的思想和所反映的意识形态;二是从文本建构上考虑人物,从叙事的角度考虑人物塑造的意义,这种视角又被称为"符号说",因为人物与其他文本因素都是文字的产物,在现实世界里没有具体所指。③问题小说中的人物也可以从这两个方面来分析。下面以《孤独的蓝鸟》为例,看小说中虚构的人物如何反映现实问题,被叙事话语塑造成带有意识形态、传达作者意图的象征性"符号"。

问题小说离不开"问题制造者",虽然他们通常是次要角色。由于青少年小说通常篇幅不长,这类人物的性格很少得到充分发展,通常以扁平人物的姿态出现。他们具有严重的性格缺陷,因此成为问题的制造者。在诸多青少年问题小说中,问题制造者或多或少都带有文本建构的符号性。也就是说,他们的存在偏向于为主题服务,缺乏作为一个独立主体应该具有的丰富性和变化性。

---

① Brian W. Sturm and Michel Karin,"The Structure of Power in Young Adult Problem Novels,"p.41.

② Michael Cart, *From Romance to Realism*:*50 Years of Growth and Change in Young Adult Literature*,1996,New York:HarperCollins Publishers,p.250.

③ 玛利亚·尼古拉耶娃:《儿童文学中的人物修辞》,刘涛波、杨春丽译,安徽少年儿童出版社年 2010 版,第6—7页。

"焦点人物",即青少年主人公,是问题制造者所作所为的受害者。由于他们和问题制造者之间存在特殊的社会关系,其生活和成长往往笼罩在问题制造者的阴影之中,形成认知缺陷和性格缺陷。焦点人物在经受生活的挫折和磨难之后破茧成蝶,实现自我超越,这一过程通常需要有"出走"环节,才能摆脱旧环境,经受历练,最终实现超越。他们的形象因性格变化和发展呈现动态和圆形特征,其厚重感和真实感大大超过问题制造者。焦点人物具有真实人物的多面性、灵活性和主观能动性,是问题小说的叙事重点。

帮助焦点人物战胜挫折和磨难的人可以称为"引路人"。他们从局外人的角度洞察焦点人物的问题症结,通过干预和启发,指引焦点人物走出困境。在青少年文学中,引路人的符号特征类似于问题制造者,他们往往在最关键的时候出场,启发主人公发现问题的症结,帮助他们获得更加清晰的自我认知和社会认知。

在《孤独的蓝鸟》中,焦点人物是杰夫,问题制造者是杰夫的父母,而解困者是托马斯先生。对于任何一个未成年人来说,父母是生活中最值得依赖和信任的人,然而杰夫没有那么幸运:他的父母关系不合。他依恋母亲,母亲却弃他而去,而且在他和父亲之间构筑了一道无形的鸿沟。母亲不让他打扰"教授"(指杰夫的父亲),因为教授喜欢安静,以至于杰夫跟父亲虽近在咫尺,却关系疏远。杰夫几乎从来没有叫过"爸爸",平日里以"Sir"(先生)或"教授"相称。在他7岁半时,母亲突然离家出走。他不得不应对突发的变故,不仅要照顾自己,还要为父亲准备每日简单的餐饮。父亲回家后常常待在书房里,只有吃饭时两人才见面。杰夫诚惶诚恐,生怕再失去这个唯一的亲人和依靠。

杰夫的母亲叫梅洛迪,是个典型的讽刺型人物。这类人物的判断依据是其表现低于其他人。[①]梅洛迪代表了社会上一些口是心非,把自己粉饰得很高尚,内心却以个人欲望和快乐为中心的人。作者对这种人物的态度从其命名方式可见端倪。"梅洛迪"(Melody)原意是指"美妙的音乐",暗讽她甜言蜜语,带有很大的欺骗性。她出走时在留给儿子的纸条上写道:"你知道,我爱你胜

---

① 对讽刺型人物的定义参见玛利亚·尼古拉耶娃:《儿童文学中的人物修辞》,第25页,以及诺斯罗普·弗莱:《批评的解剖》,陈慧等译,百花文艺出版社2006年版,第47页。

过一切。"①她出走的理由是：儿子已经长大，可以自己照顾自己；世界上还有很多儿童正在忍饥挨饿，她的使命就是去帮助那些不幸的孩子。其实，梅洛迪根本没有正式工作，帮助别人只是她放弃自身责任的借口。

作为焦点人物，杰夫在母亲出走后产生的心理困扰和焦虑得到细致的描述。他不知道母亲为什么要去帮助别人的孩子，却将他舍弃不顾？由于跟父亲交流甚少，他的疑问一直没有答案。杰夫不得不克制自己的愿望，性格变得越来越内向，情绪越来越抑郁。在学校里他独往独来，没有朋友，成绩越来越差。家庭问题的阴影投射到杰夫身上。直到杰夫在一次流感中高烧不退，引起教授恐慌。为了找到家庭医生，教授跟出走的妻子取得联系，杰夫才获得了跟母亲见面的机会。他从母亲那里不断得到暗示：教授性格古怪，令人难以忍受。母亲的自我评价和对教授的抱怨一直误导着杰夫对父母的认知。

杰夫第一次南下南卡罗莱纳州去见母亲时，深陷幼年积累的恋母情结中，对她挂在嘴上的爱深信不疑，尽管这次会面已经暴露梅洛迪的一些问题：她没有准时去机场，让杰夫在机场等了很长时间；每次外出吃饭都让杰夫付费；还把杰夫的返程机票改为长途汽车票，理由是没有必要浪费钱，而且省下的钱也没有给杰夫作为路上的零用钱，结果让杰夫在长途汽车上饿了 10 多个小时。这些问题被她口口声声的爱和表面亲昵的举动所掩盖，杰夫并没有因为母亲的奇怪举动而心生疑虑。在此后的一个学年里，杰夫费尽心思给母亲写信，每天都盼着她的回信，但一封也没有收到。对杰夫来说，这是残酷的精神折磨。杰夫把对母亲的失望转移到自己身上，认为是自己缺少魅力，所以总是"被遗忘，被抛弃"②。在第二次南下跟母亲一起过暑假时，梅洛迪把他留在外祖母家，自己跟着男友采风去了。整个暑假，杰夫见到母亲的时间只有三天，而且梅洛迪一有机会就诋毁教授。一天，杰夫终于忍无可忍地对母亲说："我不喜欢你这样说谎，好像教授十分可怕，你自己才可怕！你的所作所为，你的言行举止，都是为了得到你想要的。"③梅洛迪听到儿子这样指责她，勃然大怒，批评杰夫大男子主义，还说她讨厌男孩。杰夫感觉母亲是在故意伤害他，因此对母

① Cynthia Voigt, *A Solitary Blue*, New York: Simon Pulse, 2003, p.3.
② Cynthia Voigt, *A Solitary Blue*, p.107.
③ Cynthia Voigt, *A Solitary Blue*, p.116.

亲十分失望。他对自己也很不满意，"恨自己太脆弱，太容易被她打垮"①。

《孤独的蓝鸟》的社会背景是美国不断攀升的离婚率和单亲家庭，隐性的文化背景还包括 20 世纪 60 年代中期至 70 年代嬉皮士文化影响下长大的一代。他们是一批反叛的青年，在反越战和种族歧视的同时，也反对一切主流文化。他们口头上声称和平友爱，走上街头给路人散花，表达友爱。然而，他们中大部分人并不真正具有政治觉悟和思想深度，一些人在抗议活动和反文化活动中追求和张扬的是极端个人自由和极端个人主义。还有一些人回归自然，到山林里组建嬉皮士社团，吸毒、群居，反抗传统文化。杰夫的母亲就是那个时代的缩影，尽管口头上讲奉献、讲博爱，她内心遵从的却是以自我为中心的个人享乐主义。她在外祖母家高谈阔论，反对雇佣仆人，还拒绝与外祖母和另外两位年迈的亲戚在餐桌上一起吃饭；声称不要人侍候，要去厨房吃饭。实际上，她在厨房却享受着仆人给她提供的一切服务。梅洛迪把暑假来看望她的杰夫留在外祖母家，自己跟男友麦克斯去山里参加聚会。她告诉杰夫，这次活动募集的经费会用于环境保护和救济贫穷儿童。如果只听她讲述，仿佛她做的一切都是为了帮助别人，是无私奉献。

杰夫的父母在现实生活中具有一定的代表性。一个代表个人至上，一个代表不善社交的迂腐教授。他们的性格缺陷导致杰夫陷入困境。但作为次要人物，他们的象征作用更大，形象比较单薄，性格发展不够充分，其符号意义胜过反映现实的"真实性"。问题小说需要这样的问题制造者来展示主人公问题产生的根源，以及问题产生的社会背景和文化含义。

美国青少年问题小说勃兴于 20 世纪 60—80 年代，跟这一历史时期的社会巨变有很大关系。当传统家庭价值观被打破后，并没有更合理、更理想的价值观及时替换，致使青少年成长过程中需要的亲人陪伴和关怀大幅减少，青少年问题也越来越多。这一社会背景给问题小说深深地打上了时代烙印。约翰·卡维尔蒂在其类型小说研究的权威著作中也指出，类型小说是"一种原型小说的形式和特定文化素材"的结晶。②

---

① Cynthia Voigt, *A Solitary Blue*, p.118.

② John Cawelti, *Adventure, Mysterys, and Romance: Formula Stories as Art and Popular Culture*, Chicago: University of Chicago Press, 1976, p.6.

三、问题小说的叙事结构

就优秀问题小说而言,展现问题不是目的,化解难题的过程才是重点。解决问题的过程具有两方面重要意义:一是通过解决问题来展示人物成长的过程,将危机事件的后果放置在主人公成长的视野下来书写,危机事件成为诱发其转变的重要契机。二是为青少年读者提供如何解决问题的参考案例,也就是学者们所说的"治疗价值"和"示范价值"。在青少年文学的诸多功能中,教育功能毕竟是最受重视的功能之一。因此,问题小说的叙事结构往往包含制造困局和解困过程两个要素。所谓制造困局,就是问题制造者给主人公造成的成长难题积累到一定程度,导致一种危机困局,使主人公不得不做出抉择。所谓解困过程,就是在解困者的帮助下,主人公从犹豫不决到采取行动,做出了打破困局、超越自我的抉择,实现了成长的跨越。

《孤独的蓝鸟》将杰夫的社交能力发展和认知进步作为解困的突破口。其实,这两个方面能否得到足够呈现,往往是评价成长小说的关键性指标。青少年时期是认知发展的关键时期。青少年对提升自身的社交能力表现出强烈的渴望,甚至焦虑。这部小说的书名就表达了主人公社会交往上的问题,而导致这个问题的原因是破碎的家庭和母亲的刻意误导。离家出走的母亲让杰夫产生了自卑感和被抛弃感,与沉默寡言的父亲一起生活又进一步阻碍了他的交际能力发展。孤独感导致杰夫对荒野中形单影只的蓝鸟产生了移情。

绝大多数青少年或多或少对自己的社交能力有过焦虑。他们或是羡慕那些善于交友的同伴,或是因为不能与喜欢的人交友而烦恼。《孤独的蓝鸟》从最基本的对话入手,来表现杰夫交际能力的匮乏。对话是社交的基本方式,成功的对话必须遵循两个原则:价值原则和礼貌原则。所谓价值原则,是指双方存在共同感兴趣的话题,并且能够就此发表自己的想法,让对方能够从中获得信息交换;所谓礼貌原则,是指既要倾听,又要给予反馈,这样话轮才能持续推进。杰夫与父亲的对话无法进行,问题在于他们之间的对话既没有提供有价值的信息,又缺少让话轮持续推进的反馈。例如,杰夫从母亲那里回来后,父亲问他:"暑假过得好吗?"杰夫回答"好。"杰夫反问:"你呢?"父亲回答:"好。"他俩都只提供了最简单的信息,而双方其实都在期待更多的信息交流。这种失败的对话方式在日常生活中并不少见,作者将它作为典型案例反映在人物塑造中。

让青少年人物自己发现问题并解决问题似乎不太现实,引入一个局外人引领他们发现问题、解决问题是十分必要的。小说中的托马斯先生就是这样一位"引路人",在杰夫的认知发展过程中他的作用就是促进和示范成功的交际行为。他从旁观者的角度观察杰夫父子之间的沟通,然后提出建议,或者不动声色地为两人创造交流的机会。托马斯常用的一个策略是幽默,以此打破父子之间的拘谨气氛。他见父子俩坐在一起无话可说,便打趣地说:"你们俩就这点话好讲? 好吧,我也有问题。也许你们两个天生就缺乏好奇心,我可不是那样。我们可以打开杰夫带回来的酒吗?"①托马斯先生用取笑"教授"的口吻来打破沉闷的气氛。杰夫先是觉得好笑,后来却感到惊讶,因为他第一次意识到两位长辈之间的对话暗含玩笑,而他们以前一直就是这样对话的。杰夫的这次顿悟其实反映了他的认知能力的提升,能够辨识出两位学者对话中微妙的玩笑。杰夫还学会了在他们的谈话中捕捉信息。例如,母亲虽然离家出走,但并没有与父亲离婚,父亲还一直在为她支付账单,母亲捐出去的钱好些是借来的,父亲也得替她还债。有托马斯先生的参与,杰夫与父亲的交流渐渐顺畅起来,对父亲的了解越来越深入。

小说通过生活中的细节描写,反映杰夫在了解父亲过程中产生的顿悟。所谓顿悟,其实是青少年认知过程中量变到质变的转化瞬间,也是青少年感知自我成长的巅峰体验。跟父亲一起生活,杰夫逐渐发现,父亲并非像母亲抱怨的那样没有感情,他只是不善表达罢了。例如,杰夫原本有一把廉价的旧吉他。圣诞节那天,父亲给他准备了圣诞礼物,一把品质很好的二手吉他。杰夫喜出望外,而父亲只是眼睛闪烁了一下,点点头,又回到书房去了。杰夫一边开心地清洗早餐碗碟,一边回忆起父亲眼睛闪烁的瞬间。他觉得奇怪,"教授不是讨厌情感这类东西吗? 他的生活中没有感情,不过也许——?"②想到这里,杰夫鼓起勇气敲开父亲的书房,向父亲表示感谢。得知杰夫非常喜欢这把吉他,父亲说:"谢谢你劳神,专门来告诉我。"这一次杰夫又听出了父亲话里的幽默,他开心地笑了。

---

① Cynthia Voigt, *A Solitary Blue*, p.65.
② Cynthia Voigt, *A Solitary Blue*, p.78.

环境变化和外在因素成为杰夫性格改变的动因。就人物塑造与小说结构而言,对外在因素的描写不是可有可无,而是与人物内在的变化相辅相成。由于杰夫的学习成绩太差,他只得转学。父亲并没有责骂他,而是尽力为他提供良好的环境。在一起找房子、搬新家的过程中,父子俩沟通越来越多,越来越亲近。父亲按照杰夫的心愿,用稿费买下一座接近大自然的小屋,还就近为杰夫找到一所新学校,重修八年级课程。在新学校,有人主动跟杰夫交上朋友。在跟朋友的对话和比照中,杰夫进一步认识了自己。

一些危机事件往往因为令人震撼而产生转变,因而成为人生转折的关键点。《孤独的蓝鸟》也利用了危机冲突和处理来凸显杰夫的变化。卡布(Cobb,1995)认为,冲突行为有助于青少年获得自治,缺乏冲突则会延缓青少年的独立与分离。[①]杰夫与母亲最激烈的冲突发生在母亲离家多年后突然回来的一天,她来争夺对杰夫的监护权。她声称要更好地照顾杰夫,希望杰夫跟她去南方生活。杰夫逐渐听出来是外祖母快要去世了,老人想把财产移交给家里的男丁。母亲为了继承财产,声称已经和男朋友麦克斯断交,还反省说自己受了麦克斯的坏影响,才忽视了很多重要的事情。杰夫知道母亲又在撒谎,因为他看见麦克斯的车就停在山坡下。看见父亲在伶牙俐齿的母亲面前挫败的样子,杰夫开始担心父亲再次受到伤害。他决然地告诉母亲,自己不会跟她走,因为他不爱她。听到这句话,母亲黯然神伤地离去了。杰夫十分自责,说出这句残忍的话让他感觉就像当初听到母亲说不爱他一样。这次不欢而散的聚会让杰夫再度消沉。至此,小说的主题思想得到进一步彰显——父母冲突和离异严重影响孩子的自我评价,他们从怨恨父母发展到怨恨自己,从而阻碍了他们自信心的形成和人格发展。

帮助杰夫战胜这种消极心理的人有他的父亲、托马斯先生和新朋友们,但真正的考验是他如何解开对母亲的心结。梅洛迪一直觊觎外祖母的遗产,而恪守传统的外祖母将主要财产继承权给了家里的男丁杰夫。在梅洛迪决定跟麦克斯去南美之前,她又来找杰夫,把外祖母给她的一枚具有纪念意义但不值钱的戒指送给杰夫,要求换走一枚价格昂贵的钻戒。杰夫十分乐意与母亲交

---

① 引自 Sharon A. Stringer, *Conflict and Connection*: *The Psychology of Young Adult Literature*, Portmouth: Boynton/Cook Publishers, 1997,p.15.

换戒指。看着母亲拿着钻戒开心离去的身影,杰夫心想:"可悲的梅洛迪……她从来都不知道什么是真正有价值的东西。"①杰夫成长了,跟母亲相比,他心理上有了一种超越感。故事结尾再次嘲讽了梅洛迪只认钱财、不认亲情的个性。杰夫在人格和精神上都超越了代表 20 世纪 60 年代"自由"和"解放"的梅洛迪。代表财富的钻戒就像一种精神负担,被梅洛迪拿走了,困扰杰夫的自责也由此获得了释放。

类型作品会反映促使其流行的特定历史时期的重要意识形态。②在这一点上,问题小说更是如此。就《孤独的蓝鸟》而言,这部首发于 1983 年的问题小说,反映了当代社会常见的单亲家庭青少年成长问题。女性解放运动、人权运动时期成长起来的梅洛迪,以解放与人权为借口,追求个人自由与快乐,不考虑她的自由与解放是否以牺牲他人的福祉为代价,因此是极端个人主义的行为。她不满意丈夫不苟言笑、缺乏情趣,也对照看孩子、料理家务感到无聊,家庭成为禁锢她的"牢笼"。然而,她的解脱却将儿子禁锢于自卑之中。杰夫将母亲出走归咎于自己没有魅力、没有价值,这种心理反应具有一定的代表性。对于未成年人来说,如果没有令其信服的合理解释,他们会以自己的方式去解读父母冲突或离异的缘由。梅洛迪不仅没有设法帮助杰夫度过心理危机,还以各种谎言和借口来给自己脸上贴金,为自己开脱。因此,她是最主要的问题制造者。

从叙事上看,问题的产生、问题的后果、困局营造和解困策略是问题小说情节不可或缺的元素。从"符号说"角度看,焦点人物的社会关系、主观能动性和客观制约都在遇困与解困的过程中得到建构。遇困与解困过程能够比较充分地呈现个人性格、智力特征、生理反应和情感反应,是塑造成长型人物的关键。探析类型小说中这些程式化要素,也就是探析所谓的"约定俗成的模式",是研究问题小说的一个重要环节。对模式的认知是进入类型小说"理想读者"角色的关键。进入这一角色,将给读者展现一个不一样的视角,在读者和作者之间建立一座内在的沟道桥梁。

此外,程式化要素在阅读心理上具有积极的功能。有学者指出,熟悉的结

---

① Cynthia Voigt, *A Solitary Blue*, p.250.

② John Fiske, *Television Culture*, London：Routledge, 1987, p.110.

构可以带给读者心理宽慰,起到平衡故事压力的作用。一旦读者意识到小说的程式,他们就会跟故事保持一定的心理距离,知道这不过是虚构故事。另一方面,程式化要素提供了对应小说中人生困境的情感张力,在感到焦虑的同时又感到宽慰。[①]因此,问题小说的程式化要素不仅在叙事上具有建构人物和主题的功能,在阅读心理上也发挥了一种既紧张又释怀的动态平衡功能,值得我们深入研究。

[①] Brian W. Sturm and Michel Karin, "The Structure of Power in Young Adult Problem Novels," p.43.

附录1

　　文学研究的脚步总是紧随文学创作,反过来文学研究也能够引领文学创作,推动创作迈上新台阶。当一种新的文学现象以引人注目的方式和规模出现之后,必然会吸引研究者们的关注和兴趣。美国各类青少年文学研究刊物的出现和相关奖项的设立,就对美国青少年文学发展起到了十分重要的促进作用。

　　美国图书馆协会早在 1941 年就组建了儿童部与青少年部。1956 年底改组为两个协会:儿童图书协会和青少年图书协会。青少年图书协会设立各类奖项的时间是:1988 年设立爱德华兹奖,奖励为青少年文学做出突出和持久贡献的作家及其系列作品,开始是每两年一次,1990 年后每年一次。同样在 1988 年,设立了艾利克斯奖;2000 年设立普林兹奖(Printz Award);2008 年设立奥德赛奖(Odyssey Award),奖励为儿童和青少年出版的最佳有声读物,这一奖项目前还没有将儿童文学与青少年文学分开奖励。2009 年设立莫里斯奖(Morris Award),奖励为青少年读者创作的处女作。1996 年美国国家图书奖在已有儿童文学奖的基础上增补了青少年文学奖。事实上,图书分类很难做到界限分明。但从以上奖项的设立可以看出,青少年文学在美国已经成为有别于成人文学和儿童文学的一个独立体系。

　　设立文学奖项对促进青少年文学创作和传播是很有帮助的。另一方面,创办青少年文学学术刊物也十分重要。1973 年美国英语教师协会青少年文学

研究会开始发行刊物《青少年文学评论》(*The ALAN Review*)①,每年发表 3
期。另外一个重要刊物《儿童文学与教育》(*Children's Literature in Education*)②
(该刊物指广义上的儿童文学)也是在 20 世纪 70 年代创刊发行的。这两个刊
物在推广青少年文学作品,激励更多的作者、学者参与青少年文学创作和研究
上,也起到了不可忽视的作用。正如一位美国学者指出,从 20 世纪 70 年代
起,青少年文学研究迈出了一大步,"灰姑娘也被邀请进入学术殿堂"③。其
他研究青少年文学和儿童文学的重要期刊有《儿童文学》(*Children's*
Literature)④,这是当代语言学会和儿童文学学会共同主办的学术刊物,1972 年
创刊,由约翰·霍普金斯大学出版社出版发行,一年一期,发表儿童文学(包括
青少年文学)评论和对新出版的相关专著、论文集的简要书评。《儿童文学学会
季刊》(*Children's Literature Association Quarterly*)⑤,1977 年创刊,主办单位
是美国儿童文学学会,由约翰·霍普金斯大学出版社出版发行。发表的学术论
文不局限于美国儿童文学,还包括其他国家的儿童文学作品。每一期的前半部
分是学术论文,后半部分是书评。另外一本刊物叫《狮子与独角兽》(*The Lion*
and the Unicorn)⑥,1977 年创刊,每年发行 3 期,由约翰·霍普金斯大学出版
社出版发行。其学术范围包括出版业状况、区域作家、比较文学研究、理论前
沿、插图艺术、大众传媒、流行文化、作家访谈、编辑访谈、书评等。

从上面介绍可以看出,专门研究青少年文学的刊物只有《青少年文学评

---

① 该刊物网址是 http://www.alan-ya.org/publications/the-alan-review/,可以在这
个网站上看到最新出版的美国青少年文学作品,尤其是获奖小说。还可以读到获奖作家访
谈,了解他们的写作动机和写作过程。每一期的主要论文全文也可以在这个网址的链接中
找到。

② 可以通过网站 http://link.springer.com/journal/10583,了解该刊物每期发表的文
章以及投稿要求。

③ Peter Hollindale, "The Adolescent Novel of Ideas," *Children's Literature*
in Education Vol. 26 (1), 1995,p.83.

④ 可以通过网址 http://muse.jhu.edu/journal/214,了解每一期发表的学术文章及摘
要,通过书评栏目了解最新出版的学术著作。

⑤ 可参见网址 http://muse.jhu.edu/journal/301,了解每一期的文章题目及摘要。

⑥ 其官网地址是 https://www.press.jhu.edu/journals/lion-and-the-unicorn/,可以了
解每一期每一篇文章的题目和摘要,投稿要求及范文等。

论》(*The ALAN Review*),其他刊物则是将儿童文学和青少年文学放在一起,采用了广义的儿童文学定义。而在奖项设置上,美国青少年文学奖与儿童文学奖逐步分离是大势所趋。下面几个奖项中除科丽塔·斯科特·金奖仍然将儿童文学和青少年文学作品放在一起评审外,其余几个重要奖项均是独立的青少年文学奖。但儿童文学中的少年文学与青少年文学中的少年文学是难以明确归类的文学创作,既可申请儿童文学奖,又可申请青少年文学奖。

一、玛格丽特·爱德华兹奖(Edwards Award)①

该奖 1988 年设立,目的是奖励那些为青少年文学做出突出和持久贡献的作家及其系列作品。开始每两年一次,1990 年后每年一次。玛格丽特·爱德华兹奖的评奖标准是:

1. 能够帮助青少年增强自我认知,有助于他们了解自己在各种人际关系、在社会上乃至世界中的角色及其重要性;

2. 具有可接受的文学价值;

3. 能够满足青少年的求知欲,帮助他们构建认真负责的生活哲学;

4. 在全国各地的青少年中具有较广泛的读者群;

5. 为青少年打开了一扇了解世界的窗户。

二、艾利克斯奖(Alex Award)②

艾利克斯奖授予 12—18 岁的青少年感兴趣的成人图书。该奖于 1998 年首次颁发,2002 年成为美国图书馆协会的一个正式奖项。每年奖励 10 部图书。该奖项赞助单位是玛格丽特·爱德华兹信托基金。玛格丽特是青少年图书服务协会的开拓者,曾在巴尔的摩一家图书馆工作了很长时间,在她的《美丽花园和一群动物》(*Fair Garden and the Swarm of Beasts*)一书中,她详细描写了她从事的工作,激励了很多从事青少年图书服务的工作人员。艾利克斯奖就是以她的名字命名的,因为她的朋友们都叫她"艾利克斯"。

该奖评奖对象限制在前一年 1 月 1 日至 12 月 31 日出版的适合青少年读

① http://www.ala.org/yalsa/bookawards/edwards/policies,〔2015-9-6〕
② http://www.ala.org/yalsa/alex-awards,〔2016-7-4〕.

者阅读的成人图书。国外出版的图书也可以参评,但必须有美国版,必须是前一年在美国再版的图书。合作出版或编辑的图书也可参评。由作者自行出版的电子图书或国外出版社出版的图书,必须由一家美国出版社出版或发行之后,才能参评。发行时间以美国版首次发行时间为准。提名截止日期为每年的 12 月 31 日。

艾利克斯奖的评奖标准是:

1. 对青少年读者具有吸引力,能够激发他们的阅读兴趣;

2. 吸引力不等于流行,重在评价作品文学要素;

3. 评价要素包括作品的语言、情节、风格、对话、故事背景、人物塑造、情节设计等。

三、麦克·普林兹奖(Michael Printz Award)[①]

该奖项主办单位是美国图书馆协会的《图书榜单》(*Booklist*)杂志。该奖以一位长期积极从事青少年图书服务协会工作的成员命名。该奖项的设置目的是:遴选青少年文学佳作,促进青少年文学发展壮大,鼓励更多的读者阅读青少年图书,增强人们对这一图书类别重要性的认识,提升青少年图书服务协会(YALSA)在评估和遴选青少年图书馆藏中的权威地位。

该奖项的评审原则和评选要求是:

1. 参评范围包括小说、非小说、诗歌或文集;

2. 每年评奖数量不超过 4 本;

3. 参评作品必须是前一年 1 月 1 日至 12 月 31 日期间出版发行的图书;

4. 参评作品必须是出版社认定的青少年图书或为 12—18 岁读者创作的图书,成人图书不能申报该奖项;

5. 合作创作和编辑的图书可以参评;

6. 去世作家的作品只要满足参评条件可以参评;

7. 在其他国家出版的作品,只要在美国出版的日期在规定范围内,也可以参评;

---

① http://www.ala.org/yalsa/booklistsawards/bookawards/printzaward/aboutprintz/criteria, [2016 – 7 – 4].

8. 由作者自行出版的电子图书或国外出版社出版的图书,必须由一家美国出版社出版发行之后,才能参评,发行时间以美国版首次发行时间为准;

9. 坚持质量原则,宁缺毋滥.如果没有作品达到奖励标准,当年奖项空缺;

10. 评委会主席负责审核被提名作品的参评资格;

11. 获奖作家可以不亲自出席颁奖典礼,但鼓励作家亲自出席典礼。

评奖委员会认为文学评奖标准总是随时间在变化的,因此不设具体的评选标准,但会从以下几个方面评价参选作品:

1. 故事;

2. 叙事声音;

3. 文体;

4. 故事背景;

5. 准确性;

6. 人物;

7. 主题;

8. 插图;

9. 设计(包括版式、结构等)。

四、美国国家图书奖评奖程序及要求①

美国国家图书奖分 4 个评审委员会,分别评审小说、非虚构作品、诗歌、青少年文学四个类别,每个评审委员会由 5 位评委组成。每年 9 月中旬,基金会公布四个类别各 10 位入围名单;10 月中旬,公布四个类别各 5 位进入决选的名单;11 月中旬公布四个类别获奖者名单各 1 位。每位获奖者将获得 10000 美元奖金,入围决选者将获得 1000 美元奖金。

以 2016 年为例,该奖项的申报要求是:

1. 参选图书必须由美国出版社出版,是 2015 年 12 月 1 日至 2016 年 11 月 30 日期间出版的作品,其作者必须是美国公民;

2. 参选图书必须是完整的小说或非虚构作品;

---

① http://www.nationalbook.org/nbaentry.html#.V3oArnp69PI,[2016-7-4].

3. 可以是某一作家的短篇小说集或文集；

4. 可以是某一作家的诗歌选集；

5. 参选作家必须健在(2015 年 12 月 1 日尚健在)；

6. 接受自行出版的图书,条件是该作者/出版商也出版其他作家的书籍。

以下图书不能参评：

1. 用外语创作出版后翻译成英语的图书；

2. 有多位作者参与完成的论文集；

3. 再版图书；

4. 自行出版的图书；

5. 对在外国出版的图书是否具有参评资格,基金会具有裁决权。

申请程序和要求是：

出版商必须在网上为参评的每一部作品提交申请并支付费用。出版商需给 5 位评委邮寄参评书籍各 1 本,给基金会办公室邮寄 1 本。作品均需在当年 7 月 1 日前寄送到评委手中。每种图书的评审费为 135 美元。如果提交的图书不符合评审条件,评审费不予退还。每个出版社需指定专人联络评奖事宜。每位作家需同意其作品参选。出版社推选的作品入围决选后,出版社需支付 3000 美元(每本书)的促销活动费。出版收入不足 1000 万的出版社,每本入围图书需支付 750 美元。入围决选的作者必须出席国家图书奖颁奖典礼,以及在纽约市举行的其他相关活动。出版社需为入围决选的作家支付出席这些活动的费用。出版社还需从国家图书奖基金会购买获奖图书和入围决选图书的封面奖章。入围决选的作家必须同意参加基金会举办的网上宣传活动。

五、科丽塔·斯科特·金奖[①]

该奖项是以马丁·路德·金的夫人的名字命名的。此奖授予美国非洲裔儿童文学和青少年文学作家。其参选条件是：

1. 必须描写黑人经历,可以是他们的过去、现在或未来；

---

① http://www.ala.org/emiert/cskbookawards/slction ［2015 - 9 - 7］

2. 必须是非洲裔美国人的作品；

3. 必须是前一年在美国出版的书籍；

4. 必须是原创作品；

5. 必须符合以下标准：清晰的故事情节、丰满的人物形象、展示出他们的成长和发展；

6. 必须是为以下读者创作的作品：幼儿园至四年级，五至八年级，九至十二年级，写作风格应该符合隐含的年龄层次；

7. 有助于激励读者提升其生活态度和行为方式，理解个体责任和多元文化社会中的公民责任；

8. 插图书应该反映以下定性指标："增强和扩展读者对周围世界的感知，引导读者欣赏美，插图风格和内容既不能扭捏作态，也不能居高临下……叙事应该拓展隐含的故事元素，其细节能够唤醒和加强读者的想象力，给读者留下以自己的方式理解话语和图画的空间。"①

除了以上几个重要的青少年图书奖以外，美国各州也有类似的图书奖，如南卡罗来纳州学校图书馆协会设立了 4 种图书奖：图画书奖、儿童图书奖、少年图书奖、青年图书奖。其参选条件是：

1. 小说或非小说类原创图书；

2. 不受理已经获得纽百瑞奖（Newbery Award）和凯迪克奖（Caldecott Award）的图书，获得荣誉奖的图书可以申报；

3. 图书必须具有良好的文学价值（情节、人物、叙事、风格等）；

4. 受到提名的图书作者需居住在美国；

5. 提名图书应根据读者年龄和兴趣分类，建议参考书中人物年龄；

6. 提名图书应该是当年或前一年获得版权的图书；

7. 提名图书需要有两份书评，不受理具有负面评价的图书；

8. 1 位作家只能有 1 部作品参评，已经获得南卡罗来纳图书奖的作者，需3 年以后才能参评；

9. 对作品的评判不以适应那个年级的读者为依据，但评委会将依据年龄

---

① 这一参考标准出自钱乔洛：《童书中的插图》。

段,对图书进行分类评奖:幼儿园至三年级(图画书),三至六年级(儿童图书),六至九年级(少儿图书),九至十二年级(青年图书)。分类的目的是确保本年度本州各个年龄段都有可推荐的获奖图书。①

根据该网站介绍,学生也可以参与投票,推选他们喜爱的图书,但有比较详细的阅读要求。这份优秀图书遴选条件反映了美国图书的分类原则,以及为什么要分类。这也从一个侧面说明了为什么美国青少年文学会发展壮大起来。从全国性图书协会到各州图书协会,每年都颁发层次不同的图书奖,以保证不同年龄段的读者都能够及时获得新书和好书的信息和阅读指导。

这个评奖标准在读者年龄层次的划分上跟其他文学奖相似。由此可见,随着社会发展和分类的精细化,美国文学已经很少笼统地将幼儿文学、少儿文学和青年文学不加区别地放在"儿童文学"这顶大帽子底下。其实,无论哪个领域,人们对它的认识都会经历从早期的笼统感知,到逐渐深化和细化的认知。将越来越庞杂的知识和信息进行分类和归类,是深化认识的基础,也是认识深化的结果。这是认知发展的基本规律。

我国把"儿童文学"定义为"成年人为适应 3—17 岁的少年儿童的健康成长而创作的文学作品,是幼年儿童、童年儿童、少年儿童三个层次文学的集合体"②。从中国作家协会的网站上看,2013 年颁布的《全国优秀儿童文学评奖条例》也遵循了这种定义。尽管放在"儿童文学"这顶大帽子之下,但条例中提到"在保证质量的前提下,兼顾面向幼儿、儿童、少年的作品"③。我国虽然没有将儿童文学和青少年文学视作两个不同的体系,但在奖项评比上还是注意兼顾不同年龄层次的读者需求。这也反映了青少年文学走向独立的时代趋势。

---

① http://www.scasl.net/book-award-guidelines[2015 - 9 - 7]
② 王泉根:《王泉根论儿童文学》,接力出版社 2008 年版,第 45 页。
③ http://www.chinawriter.com.cn/zx/2010/2010 - 03 - 15/814.html[2015 - 9 - 8]

附录2

一、美国国家图书奖——青少年文学获奖作品
(National Book Awards for Young People's Literature)

近 16 年获奖作品如下：

2015：Neal Shusterman, *Challenger Deep*

2014：Jacqueline Woodson, *Brown Girl Dreaming*

2013：Cynthia Kadohata, *The Thing About Luck*

2012：William Alexander, *Goblin Secrets*

2011：Thanhha Lai, *Inside Out & Back Again*

2010：Kathryn Erskine, *Mockingbird*

2009：Phillip Hoose, *Claudette Colvin: Twice Toward Justice*

2008：Judy Blundell, *What I Saw and How I Lied*

2007：Sherman Alexie, *The Absolutely True Diary of a Part-Time Indian*

2006：M.T. Anderson, *The Astonishing Life of Octavian Nothing, Traitor to the Nation, Vol. 1: The Pox Party*

2005：Jeanne Birdsall, *The Penderwicks*

2004：Pete Hautman, *Godless*

2003：Polly Horvath, *The Canning Season*

2002：Nancy Farmer, *The House of the Scorpion*

2001：Virginia Euwer Wolff, *True Believer*

2000：Gloria Whelan, *Homeless Bird*

二、爱德华兹奖历年获奖作家(Edwards Award)

爱德华兹奖由《学校图书馆杂志》主办,每年只奖励一位为青少年文学做在突出贡献的作家。1988 年创立以来的获奖作家如下:

2015:Sharon M. Draper

2014:Markus Zusak

2013:Tamora Pierce

2012:Susan Cooper

2011:Sir Terry Pratchett

2010:Jim Murphy

2009:Laurie Halse Anderson

2008:Orson Scott Card

2007:Lois Lowry

2006:Jacqueline Woodson

2005:Francesca Lia Block

2004:Ursula K. Le Guin

2003:Nancy Garden

2002:Paul Zindel

2001:Robert Lipsyte

2000:Chris Crutcher

1999:Anne McCaffrey

1998:Madeleine L'Engle

1997:Gary Paulsen

1996:Judy Blume

1995:Cynthia Voigt

1994:Walter Dean Myers

1993:M.E. Kerr

1992:Lois Duncan

1991:Robert Cormier

1990：Richard Peck

1988：S.E. Hinton

三、普林兹奖获奖作品（Printz Award）

美国图书馆协会分支机构青少年图书服务协会 2000 年开始负责颁发麦克·普林兹奖。近 16 年获奖作品如下：

2015：Jandy Nelson, *I'll Give You the Sun*

2014：Marcus Sedgwick, *Midwinterblood*

2013：Nick Lake, *In Darkness*

2012：John Corey Whaley, *Where Things Come Back*

2011：Paolo Bacigalupi, *Ship Breaker*

2010：Libba Bray, *Going Bovine*

2009：Melina Marchetta, *Jellicoe Road*

2008：Geraldine McCaughrean, *The White Darkness*

2007：Gene Luen Yang, *American Born Chinese*

2006：John Green, *Looking for Alaska*

2005：Meg Rosoff, *How I live now*

2004：Angela Johnson, *The First Part Last*

2003：Aidan Chambers, *Postcards from No Man's Land*

2002：An Na, *Step from Heaven*

2001：David Almond, *Kit's Wilderness*

2000：Walter Dean Myers, *Monster*

四、艾利克斯奖（Alex Award）

该奖由玛格丽特·爱德华兹信托机构主办，每年奖励 10 部受青少年喜爱的成人读物。近 6 年获奖作品如下：

1. 2015 年获奖作品

Anthony Doerr, *All the Light We Cannot See*

Kate Racculia, *Bellweather Rhapsody*

James A. Levine, *Bingo's Run*

Kanae Minato, *Confessions*

Celeste Ng, *Everything I Never Told You*

John Scalzi, *Lock In*

Andy Weir, *The Martian*

Zak Ebrahim with Jeff Giles, *The Terrorist's Son: A Story of Choice*

Michael Koryta, *Those Who Wish Me Dead*

John Darnielle, *Wolf in White Van*

2. 2014 年获奖作品

Mark Slouka, *Brewster*

Lisa O'Donnell, *The Death of Bees*

Abigail Tarttelin, *Golden boy: A Novel*

John Searles, *Help for the Haunted*

Max Barry, *Lexicon: A Novel*

Wesley Chu, *Lives of Tao*

Koren Zailckas, *Mother, Mother: A Novel*

Lucy Knisley, Relish

Katja Millay, *The Sea of Tranquility: A Novel*

Gavin Extence, *The Universe Versus Alex Woods*

3. 2013 年获奖作品

David Zimmerman, *Caring is Creepy*

Tupelo Hassman, *Girlchild*

Richard Ross, *Juvenile in Justice*

Robin Sloan, *Mr. Penumbra's 24-Hour Bookstore*

Derf Backderf, *My Friend Dahmer*

Chris Ballard, *One Shot at Forever*

Julianna Baggott, *Pure*

Louise Erdrich, *The Round House*

Carol Rifka Brunt, *Tell the Wolves I'm Home*

Maria Semple, *Where'd You Go, Bernadette?*

4. 2012 年获奖作品

Rachel DeWoskin，*Big Girl Small*

Jo Ann Beard，*In Zanesville*

David Levithan，*The Lover's Dictionary*

Brooke Hauser，*The New Kids: Big Dreams and Brave Journeys at a High School for Immigrant Teens*

Erin Morgenstern，*The Night Circus*

Ernest Cline，*Ready Player One*

Daniel H. Wilson，*Robopocalypse: A Novel*

Jesmyn Ward，*Salvage the Bones*

Caroline Preston，*The Scrapbook of Frankie Pratt: A Novel in Pictures*

Roland Merullo，*The Talk-Funny Girl*

5. 2011 年获奖作品

DC Pierson，*The Boy Who Couldn't Sleep and Never Had To*

Liz Murray，*Breaking Night: A Memoir of Forgiveness, Survival, and My Journey from Homeless to Harvard*

Jean Kwok，*Girl in Translation*

Peter Bognanni，*The House of Tomorrow*

Steve Hamilton，*The Lock Artist*

Aimee Bender，*The Particular Sadness of Lemon Cake: A Novel*

Matt Haig，*The Radleys*

Alden Bell，*The Reapers Are the Angels: A Novel*

Emma Donoghue，*Room: A Novel*

Helen Grant，*The Vanishing of Katharina Linden: A Novel*

6. 2010 年获奖作品

William Kamkwamba and Bryan Mealer，*The Boy Who Harnessed the Wind: Creating Currents of Electricity and Hope*

Meg Rosoff，*The Bride's Farewell*

Ron Currie, Jr.，*Everything Matters!*

David Finkel，*The Good Soldiers*

Diana Welch and Liz Welch with Amanda Welch and Dan Welch, *The Kids Are All Right*: *A Memoir*

Lev Grossman, *The Magicians*

Peter Rock, *My Abandonment*

Gail Carriger, *Soulless*: *An Alexia Tarabotti Novel*

David Small *Stitches*: *A Memoir*

Kevin Wilson, *Tunneling to the Center of the Earth*

五、莫里斯奖(Morris Award)

该奖设立于 2009 年,颁发给首次为青少年创作出佳作的作家。历年获奖作品如下:

2015:Isabel Quintero, *Gabi, a Girl in Pieces*

2014:Stephanie Kuehn, *Charm & Strange*

2013:Rachel Hartman, *Seraphina*

2012:John Corey Whaley, *Where Things Come Back*

2011:Blythe Woolston, *The Freak Observer*

2010:L.K. Madigan, *Flash Burnout*

2009:Elizabeth C. Bunce, *A Curse Dark As Gold*

六、科丽塔·斯科特·金奖(Coretta Scott King Award)

该奖 1970 年开始设立,奖励黑人儿童和青少年文学。近 11 年获奖作品如下:

2015:Jacqueline Woodson, *Brown Girl Dreaming*

2014:Rita Williams-Garcia, *P.S. Be Eleven*

2013:Andrea Davis Pinkney, *Hand in Hand*: *Ten Black Men Who Changed America*

2012:Kadir Nelson, *Heart and Soul*: *The Story of America and African Americans*

2011:Rita Williams-Garcia, *One Crazy Summer*

2010:Vaunda Micheaux Nelson, *Bad News for Outlaws*: *The Remarkable Life of Bass Reeves, Deputy U.S. Marshal*

2009：Kadir Nelson, *We Are the Ship*: *The Story of Negro League Baseball*

2008：Christopher Paul Curtis, *Elijah of Buxton*

2007：Sharon Draper, *Copper Sun*

2006：Julius Lester, *Day of Tears*: *A Novel in Dialogue*

2005：Toni Morrison, *Remember*: *The Journey to School Integration*

参 考 文 献

（一）外文参考文献

[1] Alger H J. Ragged Dick or street life in New York with the boot-blacks[M]. New York: The Modern Library, 2005.

[2] Apol L. Shooting bears, saving butterflies: ideology of the environment in Gibson's *Herm and I* and Klass's *California blue*[J]. Children's literature, 2003(31).

[3] Bakhtin M. Problems of Dostoevsky's poetics[M]. 8th ed. Minneapolis: University of Minnesota Press, 1999.

[4] Bauer J. Hope was here[M]. New York: G. P. Putnam's Sons, 2000.

[5] Blasingame J. Interview with Pete Hautman[J]. Journal of adolescent & adult literacy, 2005, 48(5).

[6] Blasingame J. Review--Godness[J]. Journal of adolescent & adult literacy, 2005, 48(5).

[7] Bloom H. The anxiety of influence: a theory of poetry[M]. New York, Oxford: Oxford University Press, 1997.

[8] Bonnet H. Dichotomy of artistic genres[C]// Strelka J R (ed.), Theories of literary genre. University Park: The Pennsylvania State University Press, 1978.

[9] Bradford C. Unsettling narratives: postcolonial readings of children's

literature[M]. Waterloo: Wilfrid Laurier University Press, 2007.

[10] Bressler C E. Literary criticism: an introduction to theory and practice[M]. 2nd ed. Upper Saddle River: Prentice Hall, 1999.

[11] Butler J. Bodies that matter[M]. London: Routledge, 1993.

[12] Cabot M. The princess diaries[M]. New York: Harper Trophy, 2001.

[13] Carr J F. Ralph Waldo Emerson[C]// Lauter P, et al. (eds.), The heath anthology of American literature, Vol. 1. Lexington: D. C. Heath and Company, 1990.

[14] Cart M. From romance to realism: 50 years of growth and change in young adult literature[M]. New York: Harper Collins Publishers, 1996.

[15] Caruth C. Unclaimed experience: trauma, narrative and history[M]. Baltimore: The Johns Hopkins University Press, 1996.

[16] Cawelti J. Adventure, mystery and romance: formula stories as art and popular culture[M]. Chicago: University of Chicago Press, 1976.

[17] Cole P B. Young adult literature in the 21st century[M]. Boston: McGraw-Hill, 2009.

[18] Coyle W (ed.) The young man in American literature: the initiation theme[M]. New York: The Odyssey Press, 1981.

[19] Crowe C. Young adult literature: the problem with YA literature[J]. The English journal, 2001, 90(3).

[20] Curnutt K. Teenage wasteland: coming- of- age novels in the 1980s and 1990s[J]. Critique, 2001, 143(1).

[21] Curtis C P. Bud, not Buddy[M]. New York: Yearling Inc., 1999.

[22] Dalsimer K. Female adolescence: psychoanalytic reflections on literature[M]. New Haven and London: Yale University Press, 1986.

[23] Daly J. Presenting S. E. Hinton[M]. Boston: Twayne Publishers, 1989.

［24］ Daniels C L. Literary theory and young adult literature: the open frontier in critical studies［J］. The ALAN review, 2006, Winter.

［25］ Datesman M K, Crandall J, Kearny E N. American ways: an introduction to American culture［M］. Beijing: World Publishing Corporation, 2006.

［26］ DeLuc G. Taking true risks: controversial issues in new young adult novels［J］. The lion and the unicorn, 1979, 3(2).

［27］ DeMarr M J, Bakerman J S. The adolescent in the American novel since 1960［M］. New York: Ungar, 1986.

［28］ Donelson K L, Nilsen A P. Literature for today's young adults ［M］. Glenview: Scott, Foresman and Company, 1989.

［29］ Donelson K L, Nilsen A P. Literature for today's young adults ［M］. New York: Addison Wesley Educational Publishers, Inc., 1997.

［30］ Donelson K L, Nilsen A P. Literature for today's young adults ［M］. Boston, New York, San Francisco: Pearson Education, Inc., 2005.

［31］ Donne J. Devotions upon emergent occasions together with death's duel［M］. Ann Arbor: The University of Michigan Press, 1959.

［32］ Engdahl S. Do teenage novels fill a need ［C］// Lenz M, Mahood R M (eds.), Young adult literature: background and criticism. Chicago: American Library Association, 1980.

［33］ Erskine K. Mockingbird［M］. New York: Penguin, 2010.

［34］ Etherington K. Trauma, the body and transformation［M］. London, New York: Jessica Kingsley Publishers, 2003.

［35］ Fischer M J. Ethnicity and the arts of memory［C］// Clifford J, Maucus G E (eds.), Writing culture: the poetics and politics of ethnography. Berkeley: University of California Press, 1986.

［36］ Fiske J. Television culture［M］. London: Routledge, 1987.

［37］ Forster E M. Aspects of the novel［M］. Harmondsworth: Penguin, 1987.

［38］ Friedberg B. The cult of adolescence in American fiction ［J］.

Nassau review, 1964, 1(1).

[39] Gallo D. Just trusting my instincts-- a conversation with David Klass[J]. School library journal, 2003, Nov/Dec.

[40] Gates H L J. The signifying monkey: a theory of African-American literary criticism[M]. New York: Oxford University Press, 1988.

[41] Goleman D. Emotional intelligence [M]. London: Bloomsburg, 1996.

[42] Gordon M M. Assimilation in American life: the role of race, religion and national origins [M]. New York: Oxford University Press, 1964.

[43] Gournelos T, Greene V (eds.) A decade of dark humor: how comedy, irony and satire shaped post-9/11 America[M]. Jackson: University Press of Mississippi, 2011.

[44] Graham A. Intertextuality[M]. London and New York: Routledge, 2000.

[45] Green L J. African American English[M]. New York: Cambridge University Press, 2002.

[46] Grossman M. Hayden White and literary criticism: the tropology of discourse[J]. Papers on language and literature, 1981, 17(4).

[47] Guy R. The friends [M]. New York, Chicago, San Francisco: Holt, Rinehart and Winston, 1973.

[48] Hall S. Who needs "identity"?[M]// Hall S, Gay P D (eds.), Questions of cultural identity. London, Thousand Oaks, New Delhi: SAGE Publications, 1996.

[49] Hardin J (ed.) Reflection and action: essays on the Bildungsroman [M]. Columbia: University of South Carolina Press, 1991.

[50] Hassan I. The idea of adolescence in American fiction [J]. American quarterly, 1958(10).

[51] Hautman P. Godless_M]. New York: Simon Pulse, 2005.

[52] Herman D. Storytelling and the sciences of mind: cognitive

narratology, discursive psychology, and narratives in face-to-face interaction [J]. Narrative, 2007, 15(3).

[53] Herman J. Trauma and recovery: the aftermath of violence -- from domestic abuse to political terror[M]. New York: Basic Books, 1992.

[54] Hesse K. Out of dust[M]. New York: Scholastic, 1997.

[55] Hinton S E. The outsiders[M]. New York: Puffin Books, 1997.

[56] Hollindale P. Ideology and the children's book[M]. Gloucestershire: Thimble Press, 1988.

[57] Hollindale P. The adolescent novel of ideas[J]. Children's literature in education, 1995, 26(1).

[58] Hume K. American dream, American nightmares: fiction since 1960[M]. Beijing: Foreign Language Teaching and Research Press, 2006.

[59] Inderbitzin M. Outsiders and justice consciousness[J]. Contemporary justice review, 2003, 6(4).

[60] Inglis F. The promise of happiness: value and meaning in children's fiction[M]. Cambridge: Cambridge University Press, 1981.

[61] Ishizuka K. *Godless* wins national book award[J]. School library journal, 2005, January.

[62] Jarrett G A. A companion to African American literature [M]. Oxford: Blackwell Publishing Ltd., 2010.

[63] Jenkins R. Social identity [M]. London and New York: Routledge, 2004.

[64] Kanter R. Commitment and community: communes and utopias in sociological perspective[M]. Cambridge: Harvard University Press, 1972.

[65] Kaywell J F. Adolescent literature as a complement to the classics [M]. Christopher-Gordon Publisher, Inc. 1993.

[66] Kiell N. The adolescent through fiction: a psychological approach [M]. New York: International Universities Press, 1959.

[67] Kim E H. Asian American literature: an introduction to the writings and their social context[M]. Philadelphia: Temple University Press, 1982.

[68] Klass D. California blue[M]. New York: Scholastic Inc, 1994.

[69] Klosterman C. The rise of the real[J]. Esquire, 2004, 142(6).

[70] Konigsburg E L. Newbery medal acceptance [J]. Horn book magazine, 1997,73(4).

[71] Konigsburg E L. The view from Saturday[M]. New York: Simon & Schuster Children's Publishing Division, 1998.

[72] Kuipers G. "Where was King Kong when we needed him?" public discourse, digital disaster jokes, and the functions of laugher after 9/11[M]// Gournelos T, Greene V (eds.), A decade of dark humor: how comedy, irony and satire shaped post-9/11 America. Jackson: University Press of Mississippi, 2011.

[73] Ladner B E. Faith, furriners and folk schools: Appalachian character in Catherine Marshall's Christy [J]. Journal of the Appalachian studies association, 1993(5).

[74] Lamb R P. Hemingway and the creation of twentieth-century dialogue[J]. Twentieth century literature, 1996, 42(4).

[75] Lee G. China boy[M]. New York: Plume, 1994.

[76] Lee H. To kill a mockingbird[M]. New York: Warner, 1982.

[77] Lewis M. The book review [J]. School library journal, 1977, April.

[78] MacLeod A S. Robert Cormier and the adolescent novel [J]. Children's literature in education, 1981, 12(2).

[79] Malcolm C A. Going for the knockout: confronting whiteness in Gus Lee's China boy[J]. MELUS, 2004, 29(3/4).

[80] Marcus L S. Song of myself[J]. School library journal, 2000, September.

[81] Marcus M. What is an initiation story [M]// Coyle W (ed.), The young man in American literature: the initiation theme. New York: The Odyssey, 1969.

[82] Marshall C. Christy[M]. New York: Harper Collins Publishers,

2001.

[83] Mayerson M S. Popular fiction studies: the advantages of a new field[J]. Studies in popular culture, 2010, Fall.

[84] Mbiti J. Introduction to African religion[M]. Portsmouth: Heinemann Educational Books Inc., 1991.

[85] Mitchell A (ed.) Within the circler: an anthology of African American literary criticism from the Harlem Renaissance to the present [M]. Durham: Duke University Press, 1994.

[86] Mo W M, Shen W J. From author to protagonist: stories of self-identity development[J]. Children's literature in education, 2003, 34(4).

[87] Molesworth C. Alienation and literary experimentation [C]// Lauter P, et al. (ed.) The Heath anthology of American Literature, Vol. 2. Lexington: D. C. Heath and Company, 1990.

[88] Morgan L O. Insight through suffering: cruelty in adolescent[J]. The English journal, 1980, 69(9).

[89] Morgan M. Language, discourse and power in African American culture[M]. New York: Cambridge University Press, 2002.

[90] Noell M J. Interpreting young adult literature: literary theory in secondary classroom[M]. Portsmouth: Boynton/Cook Publishers, 1997.

[91] Norton D. Through the eyes of a child: an introduction to children's literature[M]. Columbus: Merrill Publishing Company, 1987.

[92] Otano A. Speaking the past: child perspective in the Asian American Bildungsroman[M]. Münster: Lit Verlag Münster, 2004.

[93] Piehl K. Reviews the book *California blue* by David Klass[J]. School library journal, 2003, August.

[94] Pieters J. New historicism: postmodern historiography between narrativism and heterology[J]. History and theory, 2000, 39(1).

[95] Plett H F. Intertextualities[M]. Heinrich F P (ed.), Intertextuality. Berlin: Walter de Gruyter & Co., 1991.

[96] Poe E, et al. Future directions: an interim analysis of twenty-five

years of research on young adult literature[J]. Alan review, 1995, Vol. 22 (2).

[97] Réaume D G. Official-languages rights: intrinsic values and the protection of difference[J]. Kymlicka W, Norman W (ed.), Citizen in the diverse societies. Oxford: Oxford University Press, 2000.

[98] Reynolds N T. Mixed heritage in young adult literature [M]. Lanham: The Scarecrow Press, 2009.

[99] Rockwell F A. Elements of suspense in fiction [J]. Writer, 1992, 105(12).

[100] Roemer K M. Perceptual origins: preparing American readers to see utopian fiction[M]// Heller A, *et al.* (eds.) Utopian thought in American literature. Tubingen: Gunter Narr Verlag, 1988.

[101] Roy K, Swaminathan R. School relations: moving from monologue to dialogue[J]. High school journal, 2002, Apl/May.

[102] Schwartz S J, Montgomery M J, Briones E. The role of identity in acculturation among immigrant people: theoretical propositions, empirical questions and applied recommendations[J]. Human development, 2006, 49 (1).

[103] Schwartz T. Teenager's laureate[J]. Children's literature review, 1987(12).

[104] Sebald H. Adolescence: a social psychological analysis [M]. 3rd, ed. Upper Saddle River: Prentice-Hall, Inc. 1984.

[105] Shepherd H. The cultural context of cognition: what the implicit association test tells us about how culture works [J]. Sociological forum, 2011, 26 (1).

[106] Shook J. Dewey's rejection of retributivism and his moral-education theory of punishment[J]. Journal of social philosophy, 2004, 35 (1).

[107] Simon L. Weaving colors into a white landscape: unpacking the silences in Karen Hesse's Children's novel *Out of the dust*[J]. Multicultural

education, 2008, Winter.

[108] Smuts A. The desire-frustration theory of suspense [J]. The journal of aesthetics and art criticism, 2008, 66(3).

[109] So C. Delivering the punch line: racial combat as comedy in Gus Lee's *China boy*[J]. MELUS, 1996, 21(4).

[110] Stringer S A. Conflict and Connection: The psychology of young adult literature[M]. Portmouth: Boynton/Cook Publishers, 1997.

[111] Sturm B W, Karin M. The structure of power in young adult problem novels[J].Young adult library services, 2009, Winter.

[112] Swarthout G. Bless the beasts and children [M]. New York: Pocket Books, 2004.

[113] Tarr C A. The absence of moral agency in Robert Cormier's *The chocolate war*[J]. Children's literature, 2002(30).

[114] Thomison D. Readings about adolescent literature [M]. Metuchen: The Scarecrow Press, 1970.

[115] Tiersky E, Tiersky M. The USA: customs and institutions [M]. Beijing: China Renmin University Press, 2006.

[116] Tillapaugh M. AIDS: a problem for today's YA problem novel [J]. School library journal, 1993, May.

[117] Tomlinson C M, Lynch-Brown C. Essentials of young adult literature[M]. Boston: Pearson Education, Inc., 2007.

[118] Trupe A. Thematic guide to young adult literature[M]. Westport: Greenwood Press, 2006.

[119] Voigt C. A solitary blue[M]. New York: Simon Pulse, 2003.

[120] Wellek R, Warren A. Theory of literature [M]. New York: Harcourt, Brace and Company, 1956.

[121] White B. Growing up female: adolescent girlhood in American fiction[M]. Westport: Greenwood Press, 1985.

[122] Witham W T. The adolescent in the American novel 1920—1960[M]. New York: Ungar, 1964.

［123］Wittke G. Female initiation in the American novel［M］. Frankfurt: Peter Lang，1991.

［124］Wolff V E. Make lemonade［M］. New York: Henry Holt and Company，1993.

［125］Wong S. Homebase［M］. Seattle: University of Washington Press，2008.

［126］Yep L. Child of the owl［M］. New York: Harper Trophy，1990.

［127］Yurgelun-Todd D. Emotional and cognitive changes during adolescence［J］. Current opinion in neurobiology，2007，17(2).

［128］Zhou S L, Pollard C W & Almes J (eds.) A survey of the United Kingdom and the United States of America［M］. Beijing: Peking University Press，2004.

（二）中文参考文献

［1］爱默生. 爱默生随笔选［M］. 黄立波，编译. 西安:陕西人民出版社，2005.

［2］奥尔多·利奥波德. 沙乡年鉴［M］. 吉林:吉林出版社，1997.

［3］曹文轩. 儿童文学观念的更新［M］// 蒋风. 中国儿童文学大系. 太原:希望出版社，1988.

［4］陈锡麟，王晓路. 当代美国小说理论［M］. 北京:外语教学与研究出版社，2001.

［5］陈英和，韩璁璁. 儿童青少年元认知的发展特点及作用的心理机制［J］. 心理科学，2012(3).

［6］陈英和. 认知发展心理学［M］. 杭州:浙江人民出版社，1996.

［7］陈永国. 互文性［M］// 赵一凡. 西方文论关键词. 北京:外语教学与研究出版社，2006.

［8］程锡麟.《他们的眼睛望着上帝》的叙事策略［J］. 外国文学评论，2001(2).

［9］大卫·谢弗. 发展心理学［M］. 邹泓，等译，北京:中国轻工业出版社，2005.

［10］丹尼尔·戈尔曼：情商：为什么情商比智商更重要［M］．杨春晓，译，北京：中信出版社，2010．

［11］丹尼尔·霍夫曼．美国当代文学［M］．北京：中国文联出版公司，1985．

［12］董　奇．论元认知［J］．北京师范大学学报，1989（1）．

［13］范　悦．美国文化［M］．北京：对外经济贸易大学出版社，2006．

［14］傅　华．生态伦理学探究［M］．北京：华夏出版社，2002．

［15］高秉江．苏格拉底对话法与理性的批判性［J］．长春市委党校学报，2009（3）．

［16］谷　裕．试论诺瓦利斯小说的宗教特征［J］．外国文学评论，2001（2）．

［17］顾仲彝．论"戏剧冲突"［J］．戏剧艺术，1978（3）．

［18］华莱士·马丁：当代叙事学［M］．伍晓明，译．北京：北京大学出版社，2005．

［19］江泽纯．论小说的悬念［J］．贵州社会科学，1986（4）．

［20］杰拉尔德·古特克．哲学与意识形态视野中的教育［M］．陈晓端，等译．北京：北京师范大学出版社，2008．

［21］居伊·勒弗朗索瓦．孩子们—儿童心理发展［M］．王全志，等译．北京：北京大学出版社，2004．

［22］科尼斯伯格．相约星期六［M］．芮渝萍，张倩，译，长沙：湖南少年儿童出版社，2009．

［23］李　敏．基于数据库的国内外青少年文学研究综述［C］//芮渝萍、范谊主编．青少年成长的文学探索——青少年文学国际研讨会论文集北京：外语教学与研究出版社，2011．

［24］林　慧．詹姆逊乌托邦思想研究［M］．北京：中国人民大学出版社，2007．

［25］林元富．非裔文学的戏仿与互文：小亨利·路易斯《表意的猴子》理论述评［J］．福建师范大学学报，2008（6）．

［26］刘若端．十九世纪英国诗人论诗［M］．北京：人民文学出版社，1984．

［27］卢瑟·利德基主编．美国特性探索［M］．龙治芳，等译．北京：中国

社会科学出版社,1991.

[28] 鲁枢元. 自然与人文[M]. 上海:学林出版社,2006.

[29] 罗宾·麦考伦. 青少年小说中的身份认同观念:对话主义构建主体性[M]. 李英,译. 合肥:安徽少年儿童出版社,2010.

[30] 罗伯特·科米尔. 巧克力战争[M]. 刘雪成,译. 南京:译林出版社,2012.

[31] 玛利亚·尼古拉耶娃. 儿童文学中的人物修辞[M]. 刘涛波,杨春丽,译. 合肥:安徽少年儿童出版社,2010.

[32] 尼尔森·古德,亚伯·阿可夫主编. 心理学与成长[M]. 田文慧,译. 北京:世界图书出版公司,2009.

[33] 诺斯罗普·弗莱. 批评的解剖[M]. 陈慧,等译,天津:百花文艺出版社,2006.

[34] 祁 林. 电视文化的观念[M]. 上海:复旦大学出版社,2006.

[35] 邱运华. 文学批评方法与案例[M]. 北京:北京大学出版社,2005.

[36] 芮渝萍,范谊. 认知发展:成长小说的叙事动力[J]. 外国文学研究,2007(6).

[37] 芮渝萍,范谊. 成长的风景——当代美国成长小说研究[M]. 北京:商务印书馆,2011.

[38] 芮渝萍. 美国成长小说研究[M]. 北京:中国社会科学出版社,2004.

[39] 申 丹. 西方叙事学:经典与后经典[M]. 北京:北京大学出版社,2010.

[40] 芮渝萍,范谊主编. 青少年成长的文学探索——青少年文学国际研讨会论文集[C]. 北京:外语教学与研究出版社,2011.

[41] 童 明. 美国文学史[M]. 北京:外语教学与研究出版社,2008.

[42] 王端祥. 儿童文学创作论[M]. 杭州:浙江大学出版社,2006.

[43] 王泉根. 王泉根论儿童文学[M]. 南宁:接力出版社,2008.

[44] 王泉根. 中国现代儿童文学主潮[M]. 重庆:重庆出版社,2000.

[45] 韦勒克,沃伦. 文学理论[M]. 刘象愚,等译. 北京:生活·读书·新知三联书店,1984.

[46] 沃特森. 多元文化主义[M]. 叶兴艺,译,长春:吉林人民出版社,2005.

[47] 肖　薇. 解读美国华裔作家李健孙的文化整合观——从《支那崽》和《荣誉与责任》看华裔文化发展的新方向[J]. 当代文坛,2004(6).

[48] 约翰·史蒂芬斯. 儿童小说中的语言与意识形态[M]. 张公善,黄惠玲,译,合肥:安徽少年儿童出版社,2010.

[49] 张　颖. 20世纪美国少年文学回顾[J]. 四川外语学院学报,2002(2).

[50] 张海燕. 柏拉图《理想国》与《礼记·礼运》的乌托邦思想比较研究[J]. 河北学刊,1994(5).

[51] 张文新. 青少年发展心理学[M]. 济南:山东人民出版社,2002.

[52] 赵毅衡,蒋荣昌主编. 符号与传媒百舌鸟[M]. 成都:四川教育出版社,2010.

[53] 周　宁. "独白的"心理学与对话的"心理学"[J]. 西北师大学报,2002(6).

索　引